NARRATORI MODERNI

Dello stesso autore in edizione Garzanti:
Una finestra vistalago
La signorina Tecla Manzi
Un amore di zitella
La figlia del podestà
Il procuratore
Olive comprese
Il segreto di Ortelia
La modista
Dopo lunga e penosa malattia
Almeno il cappello
Pianoforte vendesi
La mamma del sole

IL MECCANICO LANDRU

I personaggi e le situazioni raccontate in questo romanzo sono frutto di fantasia. I luoghi, invece, sono reali.

1.

Nel gennaio 1930 a Bellano l'eco delle nozze di Sua Altezza Reale Umberto di Savoia principe di Piemonte con Maria José di Sassonia Coburgo fu motivo di un fitto intrecciarsi di chiacchiere e iniziative.

Diede il via alle celebrazioni il Gruppo Escursionisti Bellanesi. Domenica 5 sulle fresche nevi del monte Muggio disputò il campionato sociale di sci e mise in palio, per la prima e ultima volta nella sua storia, una Coppa Reali d'Italia, riservata alla categoria giovanissimi. La vinse tal Cesarino Vitali, l'unico giunto al traguardo anche perché fu l'unico iscritto alla gara. Il giorno successivo presso la scuola elementare si inaugurò una mostra di disegni coordinata dal maestro Fiorentino Crispini, fervente monarchico. Tema delle esercitazioni grafiche: «Il Re, primo soldato d'Italia». Toccò poi alle orfanelle del brefotrofio delle suore di Betlemme offrire, mercoledì 8, a metà pomeriggio e di fronte a un pubblico striminzito, un concerto corale presso la scuola di taglio e cucito.

La Filodrammatica Dopolavoro Monte Grappa mise in cartellone una ripresa della riduzione del romanzo melodrammatico *Lasco, il bandito della Valsassina* di Antonio Balbiani: spettacolo unico la sera di venerdì 10 gennaio. Infine Aurelio Pasta, nuovo segretario della sezione bellanese del Partito Nazionale Fascista, patrocinò per sabato 11 gennaio una festa danzante: a conclusione di tutti quei festeggiamenti, un poco di euforia era quello che ci voleva.

Non tutti la pensavano come lui. La conferenza femminile dell'associazione di carità San Vincenzo infatti, per ribadire gli impegni austeri del regime mussoliniano, dei Savoia e dei tempi che correvano, aveva stabilito di riunirsi venerdì, lo stesso giorno dello spettacolo teatrale: era ora di chiudere i magri conti dell'anno appena concluso e pronosticare con occhio spento i grami destini del nuovo. A seguire, visto che nessuno ci aveva pensato, chiese e ottenne che il prevosto celebrasse un rosario sabato pomeriggio affinché si pregasse per la felicità dei principi e del popolo in generale.

2.

Attorno alle sedici e trenta di martedì 7, da una carrozza di terza classe di un treno giunto in stazione con oltre un'ora di ritardo scesero sei uomini malvestiti e con la barba lunga. Sul marciapiede, lucido a causa di una lastra di ghiaccio, si guardarono in giro spaesati.

Il capostazione Amedeo Musante, restando al riparo nella cabina di comando, li tenne d'occhio: a tutta prima gli sembrò che avessero sbagliato stazione. Poi rifletté: forse potevano essere zingari. Ma gli zingari si muovevano con i loro carrozzoni trainati da cavalli bolsi.

Quindi chi diavolo...

A interrompere le sue deduzioni provvide uno dei sei, che si staccò dal gruppo e si diresse verso di lui. Il Musante si infilò un paio di guanti e uscì dall'inviolabile reggia che era la sua cabina di comando. Fece qualche passo verso l'uomo, si fermò a lato di un albero di alloro sul quale da qualche giorno soggiornava un branchetto di viscarde di passo, stordite dal freddo, quindi si impalò.

«Sono il meccanico Landru», si presentò il forestiero, gli occhi fissi a terra.

Il Musante temette di non aver capito bene. O che quello lo stesse prendendo in giro. Fece per ribattere.

«Mi saprebbe indicare da che parte sta il convitto del cotonificio?» lo anticipò l'altro.

Ma al Musante la lingua prudeva.

«Landru?» chiese infatti. «Come quel tizio francese?»

Il meccanico sollevò gli occhi dal ghiaccio del marciapiede, guardò il Musante ma non aprì bocca. Al capostazione non restò che indirizzarlo verso piazza Verdi e per un po' seguire il sestetto che straccamente usciva dai confini del suo regno. Poi rifletté che non era da lui farsi abbindolare così.

Landru? Ma a chi voleva darla a bere, quello zingaro?

Rientrò in ufficio, non si tolse né cappotto né guanti, nonostante il caldo soffocante che vi regnava.

«Landru, eh?» mormorò sorridendo.

Al manovale, che corse alla sua chiamata, disse che doveva allontanarsi per una mezz'ora. Cinque minuti più tardi era nella caserma dei Regi Carabinieri per informare il maresciallo capo Agostino Rodinò dei nuovi arrivi.

«Tipi loschi?» chiese il carabiniere.

«Straccioni», puntualizzò il Musante sentendo l'acquolina corrergli in bocca.

Pensava, sperava di aver dato al Rodinò un'informazione che stimolasse l'appetito pure a lui. Il maresciallo però non aveva bisogno di altri guai. Così, quando il Musante, tanto per cambiare discorso e rivedere un'ombra di simpatia sorgere sul suo viso, gli chiese se avesse intenzione di prendere parte alla programmata festa da ballo, ebbe la seconda delusione nel giro di un quarto d'ora.

«Beato voi che avete il tempo per pensare ai valzerini», sentenziò il maresciallo.

«Veramente...» tentò il Musante.

Ma il Rodinò aveva un'ascia al posto della lingua.

«Veramente», continuò, attaccandosi al balbettio del Musante, «io comando una stazione di carabinieri e non di treni.»

Poi elencò, come se volesse sfogarsi, per nulla importandogli che lì presente ci fosse il ferroviere, le grane che lo attanagliavano.

Una forza di due carabinieri.

Un bell'esercito, no?

La guardia confinaria che chiedeva collaborazione per il pattugliamento delle rive.

Il ritardo – «Cronico!» – con l'aggiornamento dei fascicoli delle associazioni.

Infine, la fuga dal carcere di Pescarenico del maniaco sessuale e grassatore Edipo Medicetti.

«In due giorni», chiosò il maresciallo, «l'hanno visto in almeno venti posti tra Lecco e Sondrio. E a noi hanno chiesto di tenere gli occhi aperti. Come se avessimo tempo per dormire!»

In mezzo a tutto questo can can, come poteva una persona di mente sana pensare a una festa da ballo?

«Effettivamente...» mormorò il Musante umiliato.

Il Rodinò sospettò di aver forse esagerato un poco. Per medicare la situazione fece due passi e si avvicinò al capostazione.

In fin dei conti la festa da ballo era organizzata dal Partito: al servizio d'ordine avrebbero provveduto loro, senza bisogno di carabinieri.

«E poi...» aggiunse, emettendo il suono più basso che la sua laringe potesse produrre.

E poi due giorni prima aveva ricevuto certi salami piccanti.

«Ah, sì?» fece il Musante, rincuorato dal tono confidenziale.

Sì.

Da giù.

Da Varapodio.

«Così li sanno fare solo da noi», si vantò il Rodinò.

E per sabato sera aveva invitato a cena il collega di Colico.

«Siciliano, vero?» si informò il Musante.

«Calabrese anche lui», corresse il maresciallo. Di Scilla. I suoi tenevano campagna e di tanto in tanto gli spedivano una damigiana di rosso di Cirò e qualche bottiglia di zibibbo.

«Quindi», disse appoggiando una mano sulla spalla del ferroviere e spingendolo verso la porta del suo ufficio, «sabato sera ci sarà chi si toglierà la voglia di ballare e chi quella di vino e salame.»

Tanto più che alla festa ci sarebbe stato lui, no?

«Certo», confermò il Musante.

«Conto su una vostra bella relazione!» concluse il Rodinò, dando una spinta appena percepibile al capostazione per farlo uscire definitivamente dalla caserma.

3.

La signorina Emilia Personnini, segretaria del direttore del cotonificio bellanese, non era male. Di media altezza, caviglia asciutta, un seno che nessuno, tranne lei, aveva mai visto dal vivo ma che tra gli operai veniva giudicato tra una terza e una quarta misura sebbene nessuno, all'atto pratico, sapesse cosa voleva dire. Un bocconcino comunque, che soffriva di una sola cosa: le borse sotto gli occhi. Non c'era verso di svegliarsi alla mattina senza trovare, riflessa nello specchio, l'immagine di quelle due sacchette molli, e avevi voglia di massaggiarle per farle scomparire...
Se ne andavano da sole, infatti! Bisognava dare loro il tempo. Piano piano, tra le sei, ora della sveglia, e le undici del mattino erano belle e sparite: un mistero che nemmeno il dottore le aveva saputo spiegare.

Alle undici del mattino l'Emilia era pronta per offrire la sua bellezza a chiunque frequentasse l'ufficio di segreteria ma soprattutto a lui, al direttore Galimbelli ingegner Luigi, che appunto verso quell'ora aveva l'abitudine di chiamarla per dettarle lettere e comunicazioni varie.

Alla chiamata del direttore, un trillo di campanello, l'Emilia reagiva con tre rapide mosse: un tocco alla frangetta, una tirata alla gonna, il controllo delle occhiaie grazie a uno specchietto dal quale non si separava mai.

Era sempre andata bene, sempre perfetta. Non successe così la mattina di mercoledì 8 gennaio.

Tre, quattro trilli di campanello. Significava urgenza assoluta.

L'Emilia si limitò alla frangetta e alla gonna. Evitò le occhiaie, erano appena passate le nove, se le sentiva ancora pesanti.

«Amen», pensò. Agli ordini del direttore non si poteva disobbedire.

Entrò nel suo ufficio a testa bassa. Curiosa, però, di conoscere, prima fra tutti, cosa diavolo avesse scatenato una tale premura.

4.

Nel breve tratto tra la sua scrivania e il tavolino di cui disponeva nell'ufficio del direttore per battere a macchina le lettere, l'Emilia s'era immaginata di tutto, dai furti in magazzino alle risse tra operai, fino alle turpitudini più indicibili, quelle che le davano l'impulso di darsi una grattatina sopra la gonna. Roba da denuncia insomma, faccende da carabinieri.

Invece il comunicato che l'ingegner Galimbelli le aveva dettato, serio come un prete a un funerale, a lei era sembrato ammantato di freschezza: il futuro, finalmente, atterrava sul paese.

Al termine della dettatura il Galimbelli la richiamò.

«È chiaro?» chiese.

L'Emilia, nonostante tutto, fu costretta a guardarlo in viso: «Sì», rispose.

Il direttore fu lì per dire qualcosa ma si frenò: non erano affari suoi le occhiaie della segretaria, comunque se le fosse procurate.

«Bene, allora», concluse. «Lo rilegga, corregga eventuali errori e poi lo faccia appendere in bacheca.»

5.

Società Anonima Cotonifici Riuniti
Sede di Bellano

La Direzione comunica che a partire dal 1° febbraio corrente anno 1930, presso questa sede avranno luogo lavori di impianto di una linea di telai elettrici che occuperanno il secondo piano dello stabilimento sostituendo la terza linea di filatura. Tenendo conto delle straordinarie esigenze per i necessari lavori, la Direzione avvisa i Sigg. Dipendenti che i turni di lavoro potranno subire variazioni orarie che la Direzione stessa avrà cura di comunicare tempestivamente.
I Sigg. Dipendenti e in maniera particolare i Sigg. Capireparto sono invitati ad assicurare sin d'ora la loro massima collaborazione ai Sigg. Meccanici incaricati di impiantare i telai, agevolandone così il lavoro.

Mercoledì 8 gennaio 1930.

Il Direttore
Galimbelli ing. Luigi

Non c'erano errori di battitura, le maiuscole erano tutte a posto. C'era invece l'elettricità di quei nuovi telai, che all'Emilia fece venir voglia di darsi la seconda grattatina della giornata.

Perché mai il signor direttore glielo avesse dettato come se stesse recitando il *De profundis* era un mistero, rifletté l'Emilia dopo averlo letto e riletto: mistero tale e quale a quello delle borse che stavano cominciando a ridursi. Quando, verso le undici, dopo essersi passata le dita sotto gli occhi, avvertì che non c'erano più, fece chiamare il custode.

«In bacheca!» ordinò tendendogli il foglio dattiloscritto.

Quello, molle come una lumaca, fece due passi verso di lei ma non tolse le mani dalle tasche dei pantaloni per prendere il comunicato: non gli piaceva che le donne gli dessero ordini e se proprio doveva obbedire, visto che l'Emilia gli era superiore, rispondeva con molta calma.

«Ordine dell'ingegner Luigi», precisò allora la Personnini.

Il custode abbozzò. Allungò la mano, prese il foglio. Era come se avesse parlato il Galimbelli in persona.

Nessuno infatti, oltre all'Emilia, poteva permettersi di chiamare il direttore con il nome di battesimo. Senza naturalmente omettere il titolo accademico.

6.

Luigi Galimbelli a Bellano si considerava in esilio e ne aveva ben donde. Due macchie avevano sporcato irrimediabilmente la sua carriera: era monarchico dichiarato e non aveva mai voluto la tessera del Partito. A farlo cadere definitivamente in disgrazia erano state alcune accese discussioni con Tano Belloni, cugino di Ernesto nonché podestà di Milano, intimo amico del segretario del PNF Augusto Turati, oltre che membro influente del consiglio di amministrazione della SACR.

Fino all'emarginazione a Bellano, la sua era stata una carriera esemplare. Era entrato nell'azienda a trentotto anni, nel 1908, quando lavorava per un piccolo opificio tessile di Plasencis che il gruppo aveva rilevato insieme con tutto l'organico. Sotto la sua guida lo stabilimento era passato in due soli anni da 7000 a 42.000 fusi di filatura: un successo che aveva permesso al Galimbelli di migliorare il proprio stipendio e soprattutto di ottenere per i suoi operai tre letti all'ospedale di Udine e controlli regolari della salute con visite in fabbrica.

Nel 1914 era stato convocato a Treviso, dove la SACR aveva la direzione generale. I venti di guerra che soffiavano sempre più impetuosi ostacolavano l'approvvigionamento delle materie prime. Addirittura cominciava a diventare difficile fare scorta dei coloranti sintetici che provenivano dalla Germania. Il Galimbelli, incaricato di risolvere il problema, se la cavò brillantemente, cooptando tre giovani chimici italiani che avevano studiato in Germania e che erano riusciti a garantire una discreta produzione di colori allo zolfo, di colori diretti e sottoprodotti.

Finita la guerra, il Galimbelli era stato trasferito a Nogara, integrato nei quadri dirigenziali. Vi era rimasto sino alla fine del 1922, quando gli era stato proposto il trasferimento a Faedis, dove la SACR aveva acquisito una tessitura che aveva bisogno di rilancio. Anche lì le sue qualità avevano brillato finché nel 1926, in virtù di pressioni politiche, nel consiglio di amministrazione della società era entrato Tano Belloni.

Uomo da parata, quando era stato in visita allo stabilimento di Faedis e aveva incontrato il Galimbelli, gli aveva chiesto come mai non l'avesse accolto con il saluto romano; quest'ultimo gli aveva risposto: «Perché sono lombardo».

Prima di ripartire, e già con il dente avvelenato, il Belloni aveva pubblicamente chiesto al Galimbelli di dichiarare il numero della sua tessera.

«Non lavoro con la tessera», aveva risposto l'ingegnere.

«Sarebbe a dire?»

«C'è chi ha la testa e chi ha la tessera.»

Infatti la testa ce l'aveva rimessa: nel giro di un mese s'era ritrovato a Bellano, retrocesso da dirigente a semplice direttore in attesa di un onorevole collocamento a riposo. E in più, infognato in una situazione come quelle che gli avevano chiesto di sanare. La sede bellanese del cotonificio infatti aveva una batteria di 50.000 fusi di filatura e 12.000 fusi di ritorcitura: terminate queste fasi, le fibre prendevano la via del piccolo stabilimento di Castronno dove c'erano i telai, un sistema dispendioso che il Galimbelli aveva subito criticato senza ottenere risposta.

Ci aveva pensato il venerdì nero della borsa di New York. La crisi aveva investito anche la SACR, che si era vista costretta a ridurre dividendi e stipendi. Era stato allora che le osservazioni del Galimbelli avevano ripreso vigore.

Il consiglio di amministrazione della SACR aveva preso decisioni drastiche: chiudere Castronno, spostare i telai elettrici a Bellano, diminuire un po' la produzione e, di conseguenza, ridurre anche la manodopera.

Quando, verso la fine di novembre 1929, al Galimbelli venne spiegata la situazione, nella sua fantasia si era materializzata l'immagine del boia. Toccava a lui tagliare teste, cioè licenziare operai, e salvare coloro che, per intelligenza, avrebbero potuto essere affiancati ai meccanici per imparare alla svelta il funzionamento delle nuove macchine.

Adesso il momento era arrivato, non si poteva più rimandare.

Quindi, checché ne pensasse la signorina Emilia, elettrizzata dalla novità, i bellanesi non avevano di che far festa.

7.

Dell'arrivo delle nuove macchine e dei relativi addetti che avrebbero dovuto montarle e insegnarne l'uso parlottarono tra loro anche le dame della San Vincenzo nel tardo pomeriggio di venerdì. Lo fecero fuori, all'esterno della saletta che il signor prevosto aveva destinato alle riunioni del consiglio: l'argomento, laico per eccellenza, non permetteva di venire trattato entro quelle mura.

Erano una decina, un coacervo di nasi adunchi e fisici insugheriti. La maggior parte zitelle. Solo tre avevano avuto in sorte un marito, pescandolo tra coloro che le altre donne del paese avevano rifiutato. Nessun figlio, però. Ma tutte potevano esibire chi un fratello, chi un nipote impiegato presso l'opificio. A comandarle era la signorina Eupilia, severa come un angelo funerario. Per un po' le lasciò dire, con il viso levato verso il cielo, quasi per evitare quelle inutili chiacchiere. Poi, a un certo punto, inspirò rumorosamente l'aria ed emise la sentenza: «C'è odor di fogna, aspettatevi il diluvio».

Quindi se ne andò senza salutare, lasciando tutte le dame a interpretare l'oracolo.

8.

Proprio in quel momento Mirandola Gilardoni stava spiando il branchetto delle pie donne dalla finestra delle scuole di Santa Marta, dove sostituiva temporaneamente la bidella che s'era beccata il tifo.

«Eupilia, Eupilia, tutti la vogliono e nessuno se la piglia», mormorò sottovoce e sorridendo, come facevano anche i ragazzini della scuola.

Oddio, era una strofetta fatta in funzione della rima. Chi poteva mai volere una bruttona del genere, e con in più quell'alito che sapeva sempre di salmì?

Non erano affari suoi, rifletté la Mirandola. Lei apparteneva alla razza delle belle. Coccolandosi in quel pensiero attese che il gruppo delle consorelle si disperdesse. Poi si riscosse, finì di pulire le aule, chiuse la porta e uscì. Piazza San Giorgio era già immersa nel buio. Una luna piena d'argento stava a metà tra il campanile della prepositurale e quello del santuario di Lezzeno. Mirandola si fermò a guardarla fino a quando il freddo non la spinse a riprendere il cammino: prima di rientrare a casa, doveva ancora sbrigare una faccenda.

Erano ormai le sette di sera quando entrò nella Vineria Deri, che fronteggiava il Caffè dell'Imbarcadero.

Eugenia Caronti, vedova Deri, troneggiava dietro il bancone, incagnata come al solito. Non li mollava a nessuno, né il bancone né la cassa. Vedeva ladri dappertutto e, da quando era rimasta vedova giovanissima, temeva di averne cresciuto uno anche in casa, l'unico figlio che il marito le aveva lasciato sulla gobba prima di partirsene per l'altro mondo. Il giovanotto era una specie di cartilagine che nessuno in paese chiamava con il suo nome di battesimo, Paolo, ma Paoletto. L'incarognita genitrice lo trattava come se fosse, più che un figlio, il ragazzo di bottega.

«C'è il Paoletto?» chiese la Mirandola.

«No», rispose l'Eugenia mentendo. «Perché?»

L'aveva appena sotterrato nel cantinino a mettere ordine tra le bottiglie vuote.

«Volevo solo sapere se ha portato le sedie per lo spettacolo di stasera.»

«Mezz'ora fa», abbaiò la vedova Deri.

«Bene, allora buonasera», ribatté Mirandola ossequiosa. Le piaceva rispondere con il miele sulla lingua all'acidità di quella donna.

Ormai era ora di cena. Poco dopo si infilò dentro al portone del numero 2 di piazza Cavour, dove abitava con la madre.

9.

La famiglia di Mirandola era originaria di Bellagio. Tre o quattro ottuagenari ricordavano ancora Oreste Gilardoni, il nonno. Uomo grezzo e albergatore di pochi scrupoli, s'era creato una piccola fortuna mandando avanti con la moglie Irene una scalcinata trattoria, detta «del Trovante» perché situata sulla collina alle spalle di Bellagio, a poca distanza da un enorme masso erratico lasciato lì a testimoniare l'epoca della glaciazione. Il Gilardoni aveva arbitrariamente cinto l'area del Trovante e istituito la prassi di un biglietto d'ingresso, spargendo la voce che il masso fosse miracoloso e che toccarlo o baciarlo apportasse benefici anche erotici.

Erano numerosi coloro che non si accontentavano di guardarlo da lontano. Il Gilardoni apriva l'ingresso solo in orari prossimi a quelli del pranzo e della cena, sfruttando doppiamente i curiosi.

Sulla porta d'ingresso della trattoria aveva appeso una tavola di legno con scolpiti questi versi:

El noster lagh
l'è come on omm,
g'ha on pee a Lech
e l'olter a Comm,
el coo al pian
e i coioni a Belan.

Non si faceva scrupoli nell'adescare donne. Poco gli

importava che fossero nubili o sposate e andava orgoglioso del soprannome che i paesani gli avevano appiccicato addosso, «padre dei bastardi», anche se aveva tre figlie legittime. Poi, verso la metà del 1874, era capitato che sua moglie, valtellinese di Chiuro, silenziosa e lavoratrice, restasse incinta per la quarta volta.

«Speriamo che sia maschio!» aveva commentato il padrone della Trattoria del Trovante. Maschio, il figlio nato nel marzo 1875, lo era, ma aveva i capelli rossi. Oreste e Irene, come i loro padri e le loro madri, i capelli li avevano neri: c'era poco da discutere, era nato un bastardo in più.

Come prima mossa il Gilardoni aveva picchiato la moglie, poi si era messo a riflettere. Vagliando a una a una le chiome dei suoi avventori, aveva ristretto il campo dei responsabili a due soli indiziati: lo Sfonda, che ogni settimana portava i rifornimenti a dorso di mulo, e un inglese lentigginoso e antipatico che l'anno prima s'era fermato al Trovante un paio di giorni grattando un po' di polvere di roccia dal masso. Aveva propeso per l'inglese, per cui era svanita la possibilità di vendicarsi. Stava meditando di allontanare la moglie e il figlio, quando il destino aveva agito ancora una volta al contrario.

Alla fine del 1875 gli era arrivata all'orecchio la notizia che a Bellano era in vendita a buon prezzo un palazzotto signorile, pronto a diventare albergo per turisti danarosi. Oreste Gilardoni, reputandosi maturo per il grande salto, si era trasferito a Bellano con le figlie, lasciando al Trovante la moglie con il figlio dalla testa rossa. Se lo stabile non era costato molto, l'Oreste aveva dovuto sborsare parecchi denari per restaurarlo e ammobiliarlo. Alla fine, quando era arrivato il momento di arredare la sala da pranzo, il fumoir e le suite delle camere, il padre dei bastardi si era sentito sulla schiena il brivido dei debiti: per evitarli, aveva dovuto vendere la Trattoria del Trovante al suocero e ai cognati, mentre la moglie aveva continuato a gestirla.

Purtroppo l'Hotel Gilardoni non era mai decollato. I turisti arrivavano a Bellano, visitavano l'Orrido e la chiesetta di San Nicolao, consumavano il pranzo in una delle trattorie a buon mercato del paese e se ne ripartivano. Per il loro soggiorno, preferivano Bellagio, Cadenabbia, Menaggio o l'Isola Comacina.

Le tre figlie, capita l'antifona, erano tornate dalla madre, al Trovante. Nel 1878 il Gilardoni aveva chiuso l'hotel e si era messo a fare il fruttivendolo nomade. E fruttivendolo era morto, nel 1895, senza compagnia e senza prete, strapelato come i bastardini di pelo rosso che allevava in un canile del suo orto.

Poco dopo era sceso a Bellano il figlio di Irene, che si chiamava Geremia. Aveva vent'anni e le idee chiare. Aveva venduto l'ex palazzo Boldoni e aperto un negozietto di souvenir con cui aveva conquistato i turisti; e a ventitré anni aveva sposato Dirce Vergottini, cucitrice domestica, che nel 1904 gli aveva dato una figlia, Mirandola, di capelli rossi anche lei e con il visino puntinato di efelidi.

Geremia Gilardoni era morto di spagnola nel 1919. Dirce aveva venduto il negozio e si era adattata a sopravvivere, aspettando che la figlia, crescendo, scegliesse un lavoro e un marito. Una sera dell'inverno 1920 la ragazza aveva comunicato alla madre d'essere stata assunta al cotonificio, dove però la vita era dura e gli uomini spesso approfittavano dell'ingenuità delle ragazze. Ma Mirandola era di pelo rosso e i suoi modi spicci avevano subito messo in chiaro una cosa: meglio starle alla larga, a meno di non avere il suo esplicito consenso.

10.

La sera di venerdì il cielo sembrava promettere pioggia o neve. La cima del Monte Muggio era incappucciata da una corona di nuvole, le luci della frazione di Noceno, appena sotto Camaggiore, erano oscurate dalla foschia.

La rappresentazione del *Lasco* si dava nel teatro del convitto del cotonificio, in piazza Verdi, un'ampia sala destinata a vari usi: feste, spettacoli, premiazioni di anziani e raduni di ex. Mirandola si piazzò alla cassa e riuscì a raggranellare un bottino di venti lire: nessuno sapeva estorcere offerte libere meglio di lei. Davanti alla sua sfrontata bellezza, gli uomini non resistevano all'idea di mostrare la propria virilità mettendo mano al portafoglio ed entrando in gara l'uno con l'altro, salvo poi farsi riprendere sottovoce dalle mogli per l'eccessiva generosità.

Fin dall'inizio dello spettacolo fu chiaro che il pubblico era distratto. Un costante bisbiglio di fondo fece da colonna sonora a tutto il primo atto. Al punto che, durante l'intervallo, il Paoletto Deri, che faceva parte della filodrammatica, uscì sul palco per rivolgersi alla platea e chiedere maggiore attenzione. Gli risposero alcuni fischi dal fondo della sala. Così gli altri attori, informati dell'esito negativo della sua missione, decisero di farla finita in fretta: recitarono il secondo atto quasi mangiandosi le battute e sopprimendo pause e sospiri.

La fine, con la drammatica morte del bandito Lasco, fu una liberazione per tutti: per il pubblico, che sciamò rapidamente dalla sala; per gli attori della filodrammatica, che mai aveva registrato un tale fiasco; e per il manipolo di volontari guidati dal segretario del Partito Aurelio Pasta, che dovevano sistemare la sala per la serata danzante del giorno dopo: una decina, tra cui la Mirandola e il Paoletto Deri, che quando era lontano dagli artigli di sua madre cambiava espressione.

Le sedie furono allineate lungo le pareti; i festoni di carta, i palloncini e le stelle filanti vennero appesi ai muri e al soffitto; il palchetto per l'orchestrina fu sistemato al centro della sala. Sulla parete di fondo, sgombra, due giovani avanguardisti composero, a lettere giganti, su un telo di carta, le prime righe della poesia di Francesco Pastonchi che il «Corriere della Sera» aveva dedicato alla principessa Maria José.

Brillano i capelli d'oro
ma gli occhi hai di cèrulo argento
come la dea Primavera
di cui rechi il messaggio.

Un incolpevole scambio di vocali rese meno austera la poesia: «Brillano... come la dea Primavera di cui rechi il massaggio».

Dopo un paio d'ore tutto era pronto per la gran serata. Il Pasta, posizionato al centro del palchetto, i pugni ai fianchi, diede uno sguardo d'insieme alla sala e giudicò soddisfacente il lavoro fatto.

Teneva molto alla buona riuscita dell'impresa. Verso la fine del 1929, infatti, la sezione bellanese del Partito fascista aveva subìto un'ispezione provinciale. Il fiduciario del Federale aveva constatato che la gioventù di Bellano era in mano a don Ascani, che propagandava più le preghiere che il saluto romano. La festa da ballo era la prima mossa astuta per battere il nemico, sfruttando le tentazioni soprattutto degli scapoli.

«Domani sera verrà qui un corrispondente del "Gagliardetto"», comunicò il Pasta, «per fare un resoconto della festa. Dovrà essere una cronaca entusiasta. Non possiamo permetterci di fallire.»

Erano ormai le due di notte. Uscendo, Aurelio si avvicinò a Mirandola.

«Posso accompagnarti a casa?» le chiese con voce nasale.

«Piantala di miagolare», rispose Mirandola.

Gli altri, che erano a congelarsi nel freddo, di quel verbo risero di gusto, e filarono verso casa soffiandosi sulle mani: dal cielo, ancora ingombro di nuvole, cominciava a scendere qualche piccolo fiocco di neve gelata.

11.

Tempo addietro il Pasta e la Mirandola s'erano frequentati. Con molta cautela da parte della ragazza: qualche passeggiata, una gita in battello sino a Tremezzo in una domenica piovosa, un'altra sino a Giumello dove Aurelio, sulla neve appena caduta, aveva rotto il suo primo e ultimo paio di sci. Il giovane era da poco divenuto segretario del Partito e, volendo rispettare il motto «Dio, Patria e Famiglia», aveva progettato di sposarsi, tanto più che il podestà Redonati gli aveva promesso di farlo entrare come impiegato nella filiale bellanese del Piccolo Credito Lecchese. Mirandola, però, nonostante le pressioni materne, non aveva fretta. Voleva vedere ben chiaro nelle intenzioni di Aurelio: lo teneva a distanza, gli concedeva poco, solo qualche bacio.

Per aiutare Aurelio, mamma Dirce aveva organizzato per il San Silvestro del 1928 una festicciola casalinga; in quell'occasione Aurelio aveva fatto la conoscenza di Lingia, una gatta molto amata da Mirandola, anche perché era di pelo rosso: difatti la bestia era stata ospitata addirittura a tavola e aveva partecipato al brindisi di mezzanotte lappando una lacrima di spumantino dalla sua ciotola. Dal giorno successivo, Aurelio Pasta aveva cominciato a frequentare casa Gilardoni con regolarità.

Verso la fine del gennaio 1929 i soci fondatori della sezione bellanese del Fascio avevano fissato una riunione conviviale: sarebbe stata l'occasione per discutere, tra le altre cose, delle elezioni ormai prossime e delle questioni relative al servizio di vigilanza sul voto. La stagione aveva suggerito, con accoglienza plebiscitaria, questo menu: gatti in salmì. Ciascun iscritto s'era impegnato a procurarne uno. Il Pasta, troppo sicuro di sé, si era messo tardi in caccia del proprio gatto, quando il paese si era ormai spopolato dei felini. Una sera, quando temeva di doversi esporre al disonore di non contribuire alla cena, vedendo Lingia acciambellata su una sedia di casa Gilardoni, era stato colto dalla frenesia. Mirandola non era ancora rientrata dal lavoro, Dirce l'aveva lasciato solo ad aspettarla per andare a comperare la lisciva per il bucato del lunedì. Aurelio non aveva perso tempo a riflettere: rubata una borsa nel guardaroba, vi aveva infilato la gatta.

Un paio di giorni dopo la riunione e l'abbuffata, era successo il fattaccio: nella vetrinetta della Ditta Denti & Vitali, cuoio e pelli, avevano fatto la loro apparizione, bellamente conciate, le pelli dei gatti che eran stati cibo dei fascisti. Nel mezzo, vistosa, ce n'era una rossa. Mirandola era corsa a vedere: alla scoperta del delitto, aveva fatto seguito l'immediata rottura del fidanzamento.

Mirandola aveva ricominciato a salutare l'Aurelio solo verso la fine dell'estate. Ma, quando il giovanotto si azzardava a fare delle avance, lo bloccava: «Non dire gatto se non ce l'hai nel sacco», oppure: «Resta a bagno nel tuo sugo».

12.

Attraversando la piazza per tornare a casa, Mirandola notò che la finestra della canonica era illuminata: le parve strano, data l'ora tarda, e la sfiorò il pensiero che don Ascani stesse tramando qualcosa contro il ballo.

Il prevosto invece si era svegliato di soprassalto. Qualcuno aveva bussato con energia alla porta e lui, dopo aver sceso le scale riflettendo che non aveva avuto notizie di malati cui portare il viatico, senza nemmeno togliersi la papalina aveva aperto.

Lo aveva investito una folata d'aria gelida. Sulla porta c'era Angioletta Raimondi, una delle dame della San Vincenzo. Aveva l'espressione turbata, era rigida come suo solito, il freddo c'entrava niente, e spiegava confusamente il motivo di quella visita fuori orario.

«Ma insomma», l'aveva interrotta don Ascani, «mi volete dire cos'è successo?»

«Di preciso non so. Ma qualcosa dev'essere successo. Ho sentito rumori strani. E ho pensato di avvisare voi invece che il maresciallo.»

«Bene», aveva concluso il prete. «Tornate a letto. Ci penserò io.»

Il prevosto si era vestito di fretta, preoccupato. La casa di Maddalena d'Elia, da dove la Raimondi aveva sentito venire quei rumori sospetti, era in via Pradegiana, nel vecchio nucleo di Bellano. A passo di corsa, don Ascani aveva attraversato piazza San Giorgio, piazza Santa Marta e via Manzoni, nella quale s'era incanalato un montivo perfido. Arrivato in via Pradegiana, si era fermato per tirare il fiato e ascoltare: udiva solo il rumore dell'onda sbattuta dal vento.

Le due stanzette di Maddalena erano al secondo piano di una casa al numero 12. Il parroco era salito con molta circospezione la scala stretta e buia. Giunto al pianerottolo, si era trovato di fronte la porta d'ingresso semiaperta: dallo spiraglio filtrava la debole luce di una candela.

«Maddalena», aveva chiamato il prete.

Non ottenendo risposta, don Ascani aveva infilato la testa tra stipite e porta: la stanza era in un grande disordine.

Il prete aveva guardato in terra: disteso sul pavimento c'era il corpo della donna, che bloccava la porta.

Maddalena sembrava morta. Il prevosto le si era avvicinato con cautela e solo quando aveva visto che il suo torace comunque si espandeva in brevi respiri aveva compreso che era solo priva di sensi.

13.

Alle otto di sabato sera Aurelio Pasta si presentò tirato a lucido al teatro del cotonificio. Il pubblico che già affollava la sala fece ala al suo passaggio. Controllando il passo, conquistò il palchetto dell'orchestrina e con un gesto delle mani pretese il silenzio. Parlò per dieci minuti: le nozze dei Principi, la Real Casa, il Duce, i destini della Patria, la gioventù e il Partito. Infine annunciò che la festa avrebbe avuto inizio con le note di *Giovinezza*, l'inno fascista, orchestrate a valzer. Aprì lui stesso le danze invitando a ballare la signorina Isaura Belledonti, madrina degli alpini, che avendo una gamba più corta dell'altra seguì il ritmo della musica saltellando sulla sinistra. Nel frattempo continuava ad affluire gente, gli ultimi bagnati fradici perché intanto aveva cominciato a piovere. Verso le nove e trenta Mirandola, che come da tradizione aveva piantonato il botteghino, giudicò che non sarebbe più arrivato nessuno, quindi chiuse e andò a dare il cambio al Paoletto Deri al banco delle bevande.

I due avevano concordato la mossa prima che la festa iniziasse: era stato il Paoletto a chiedere soccorso alla Mirandola, confessandole il suo gran segreto, l'amore per Emilia Personnini. Mirandola aveva accettato e, quale viatico al successo, aveva dato un bacetto sulla guancia al Paoletto.

Non appena la ragazza raggiunse il banco delle bevande, il Deri partì a razzo, si fece largo tra la folla e si presentò con un inchino alla corteggiata, che accettò l'invito con degnazione. Era appena iniziato un valzerino e l'Emilia ne approfittò per evitare che il Paoletto le si stringesse troppo addosso. Il Deri però era ben deciso ad affondare l'attacco. Lontano dagli occhi e dai richiami cagneschi di sua madre riusciva a trovare coraggio e lingua per dar sfogo a quello che definiva il suo animo d'artista. Man mano che le note del valzer andavano stendendo sulla sala la loro magia, il Deri si sentì sempre più illanguidire e, a metà circa del ballo, trovò il coraggio di parlare. Doveva far capire all'Emilia chi fosse in realtà, quali fossero le sue ambizioni.

«Vi piace il lavoro che fate?» esordì.

«Perché, a voi no?» ribatté l'Emilia.

Il Paoletto non comprese bene il senso della risposta. Ma visto che aveva rotto il ghiaccio ne approfittò per dire quello che aveva sulla lingua.

«No», disse, e si riferiva al suo di lavoro, alla bottiglieria del padre, morto ammazzato dall'eccessiva passione per il vino.

«Nutro altre speranze», aggiunse.

L'Emilia accennò appena con la testa, in attesa di sapere quali fossero.

«Fare l'artista», le soffiò in faccia il Deri.

Si stava già allenando. Spesso infatti, appena poteva liberarsi dalle catene della madre, se ne andava in giro con un cavalletto a ritrarre paesaggi lacustri dalle balze di Biosio e dalle rivette del Bogino.

«Prediligo i paesaggi tempestosi, gli orridi», sottolineò, convinto che una tale affermazione potesse fare colpo sulla ragazza.

«A me piace il sole», osservò la Personnini, senza riuscire a trattenere un sorriso. Perché, quando il Paoletto le aveva detto degli orridi, non aveva potuto fare a meno di ricordare la volta in cui suo fratello Otello, che lavorava in municipio, le aveva raccontato la storia di un ritratto del poeta Tommaso Grossi, opera dello stesso Deri donata dall'autore alla municipalità: brutto senza rimedio, il ritratto sembrava quello del padre del Paoletto in uno dei suoi proverbiali doposbronza. La vista del quadro era stata tollerata solo per qualche mese, dopodiché, per ordine del podestà, era stato trasferito in una soffitta del palazzo municipale.

Il Deri equivocò sul sorriso dell'Emilia. Forse, rifletté, avendo a che fare con il mondo del commercio era più sensibile ai numeri, ai proventi, agli incassi. Tanto più che il valzer stava ormai finendo.

«Tuttavia...» buttò lì.

Tuttavia era innegabile che la bottiglieria rendeva bene, dando di che vivere nel comodo a sua madre e a lui.

«Avanzandone, eh!»

Intendeva avanzando denari in misura tale da poterci far star dentro, altrettanto comoda, almeno una terza persona.

Il valzer era giunto al gran finale.

«Se più tardi vorrete concedermi un altro ballo...» sussurrò il Paoletto.

La risposta dell'Emilia si perse nel chiasso dell'orchestrina.

«Pausa!» annunciò il violinista. Era ora di rifocillarsi al banco dei beveraggi. Pure Aurelio Pasta, con sottobraccio il corrispondente del «Gagliardetto» Laerte Bentipenso, andò a bersi un bicchiere con il giornalista. Rideva. Dopo il primo sorso gli sussurrò qualcosa all'orecchio e, subito dopo, fece un cenno alla madrina degli alpini che, arrossendo, uscì zoppicando dal locale.

La raggiunse poco dopo e, adattandosi al passo di lei, la accompagnò nel magazzino degli attrezzi dell'uomo che curava l'orto e il giardino dell'ingegner Galimbelli. Se in piedi l'Isaura presentava qualche difetto, da sdraiata era come tutte le altre. L'ambiente era un po' freddo, d'accordo. Ma i due non persero molto tempo per scaldarsi a vicenda, grazie anche alle note della mazurca che aveva attaccato l'orchestrina: senza sforzo, si adattarono al suo ritmo.

14.

I sei meccanici fecero il loro ingresso nella sala della festa attorno alle dieci. Nell'aria risuonavano le note di *Amapola*. Mirandola, dal banco delle bevande, li notò subito. Però evitò di precipitarsi alla cassa per pretendere l'offerta: le bastò un colpo d'occhio per capire che almeno cinque dei sei uomini erano ubriachi, oltre che zuppi di pioggia. Si avvicinò cauta, e più che guardarli li annusò. Poi emise la diagnosi: «O Signùr, questi qui sono stati intossicati dal Confortòla!».

Nell'Osteria del Confortòla, in via Boldoni, regnava un perenne odore di fritto. Piccola, chiusa sul retro, senz'altro sfogo che la porta d'ingresso, l'osteria impregnava del sentore d'olio di cucina i vestiti di quanti vi sostavano anche solo il tempo di bere un bicchiere. Era tuttavia quotata per via del vino che vendeva: non c'era bellanese che non vi avesse preso la sua prima sbronza il giorno della visita di leva.

Il vino del Confortòla era noto con il nome di «Manduria Rinforzato» e con il soprannome di «Sottobanco»: era una micidiale mistura, preparata mischiando vino pugliese con nostranello delle vigne di Ombriaco e di Oro, di cui l'oste teneva i bottiglioni a portata di mano sotto il bancone di mescita.

Quella sera, dopo aver lasciato i locali del convitto del cotonificio, i meccanici, ostiando contro l'umidità del paese, avevano visitato l'Osteria del Pèpp, il Caffè Porta, il Caffè Prisco, il Trani della Lena, l'Osteria del Ponte, il

Cantinone, per finire dal Confortòla dove, seduti a un tavolo, avevano chiesto cinque bicchieri.

«Non siete mica sei?» aveva osservato il Confortòla.

«Io non bevo», aveva chiarito quello che chiamavano Landru.

Avevano lasciato l'osteria poco prima delle dieci. Mentre rifacevano il percorso a ritroso, li aveva attirati il rumore della festa e lì si erano infilati.

I sei meccanici stettero un po' in attesa sulla soglia, finché Mirandola rivolse loro la parola, dicendo che, se li avesse conosciuti la sera prima, li avrebbe scritturati per fare la parte dei giannizzeri del bandito Lasco.

Il Landru si staccò dal gruppo e andò a sedersi su una sedia d'angolo. Gli altri cinque, invece, dondolando, urtandosi e urtando le coppie che ballavano, attraversarono la sala e si avvicinarono al tavolo della mescita.

Mirandola li raggiunse, tirò su le maniche del vestito, li squadrò uno per uno e domandò ironica: «Vogliamo fare il pieno?».

Nessuno dei cinque rispose, la lingua a riposo nel vino. Le rivolsero però uno sguardo bieco. Al che Mirandola rifletté che a quel punto era necessario l'intervento del Pasta con tutta la sua forza maggiore.

Ma dov'era?

Si guardò in giro, senza vederlo.

Vide però il Paoletto, che stava ancora inzigando l'Emilia. Con un gesto del capo gli fece capire che aveva bisogno di aiuto ai beveraggi.

«Dov'è l'Aurelio?» gli chiese quando il Deri fu al banco.

«Non lo so», rispose il Paoletto, lo sguardo fisso alla postazione dell'Emilia.

«C'è bisogno di lui, qui, adesso», disse la ragazza.

Il Paoletto non domandò perché ci fosse un bisogno così urgente del segretario: era impegnato a scrutare una manovra di avvicinamento all'Emilia e cercava di individuare chi fosse il molestatore che gli dava le spalle.

«Be', te sta qui un minuto che io vado a cercarlo», comunicò la Mirandola.

«Sì», fece il Paoletto, «ma fa' in fretta!»

L'orchestrina attaccò il tango *Gelosia*, la Mirandola partì e l'ignoto concorrente si rivelò agli occhi del Deri, ponendosi di lato all'Emilia, esibendosi in un inchino e chiedendole l'onore di un ballo.

E quella... lei... lei, quella... sotto il suo sguardo innamorato accettò senza esitazioni di ballare con quella lumaca del capostazione Musante.

Per i nervi del Paoletto era troppo. Crollò, infatti. E, per dare sfogo al nervoso che sentiva montare, si rivolse ai cinque imbesuiti che continuavano a guardarlo con un sorriso sciocco: «Possiamo servire solo gazzosa!».

Uno dei cinque bestemmiò, raccolse dal banco un bicchiere mezzo pieno e gli lanciò addosso il vino, che dipinse la faccia del Deri a strisce rosse come quella di un indiano. Gli altri quattro meccanici, vedendolo lì imbambolato a muovere disordinatamente le mani, credettero che il Paoletto volesse far rissa e si lanciarono ad acchiapparlo. Lo tirarono fuori da dietro il banco e lo trascinarono in mezzo alla sala, tra le coppie che si spostavano e inciampavano. Ne seguì una zuffa generale cui parteciparono tutti, uomini e donne, con sberle e grida che il corrispondente del «Gagliardetto» registrò prendendo nota dei gesti e stenografando gli epiteti.

15.

La mazurca aveva condito il primo atto tra l'Isaura e il Pasta. *Gelosia* stava condendo il secondo quando si interruppe all'improvviso. Quel repentino silenzio calò come ghiaccio sulla potenza del segretario, che si ritrasse in un battibaleno.

«Cosa fai?» domandò l'Isaura ansimante.

«Sta' zitta, cretina», rispose lui. «Non senti?»

«Sento più niente», confessò la madrina degli alpini.

«Appunto», chiuse il Pasta alzandosi in piedi e sistemandosi le braghe.

«Ma dove vai?» chiese ancora la ragazza quando l'Aurelio era già sulla porta del magazzino.

Manco le diede retta. Quel silenzio improvviso non gli piaceva per niente. A passo di corsa tornò nella sala della festa e, appena entrato, gli si presentò un singolare spettacolo: Mirandola stava al centro di un cerchio umano, dietro di lei il Paoletto, davanti i cinque meccanici, le braccia lungo i fianchi, che sembravano scimmioni imbambolati. Tra gli spettatori alcuni si tenevano chi una mano sulla guancia e chi una mano sul naso.

«Cos'è successo?» gridò il Pasta.

Tutte le teste si girarono verso di lui, ma fu Mirandola la prima a parlare: «Da dove arrivi, bel campione?».

«Quelli lì hanno rovinato la festa», intervenne il Deri, senza mollare la posizione di sicurezza dietro la Mirandola e segnando a dito i cinque bestioni.

«E chi sono quelli?»

«I meccanici del cotonificio», lo informò il Musante.

«Voglio i loro nomi», gridò il Pasta, mentre tentava di ridare la piega ai capelli.

Gli occhi di Mirandola cercarono il Landru: quando lo vide, la donna gli fece, con la mano, cenno di andarsene. Intanto il corrispondente del «Gagliardetto» si era avvicinato al Pasta.

«Vorrei anch'io i nomi, per la cronaca», chiese ossequioso.

«Cronaca di che?» sibilò il Pasta. Si fece consegnare il blocchetto degli appunti e lo stracciò, comunicando: «Questa storia la racconterò io. Voi, acqua in bocca». E fece sfollare la sala che in un quarto d'ora restò deserta, sporca di carta, scaracchi e macchie di vino.

I meccanici ubriachi uscirono in fila indiana, guidati da Landru, strascicando i piedi. Uno di loro si portava in giro un pezzo del lenzuolo di carta dov'era stata pennellata la poesia di Pastonchi; attaccata a una sua scarpa si muoveva, imbrattandosi di neve acquosa e sporca, la parola «saggio».

16.

Il vento che aveva scompigliato i capelli del Pasta durante la notte rinfrescò per bene. La mattina di domenica il termometro era abbondantemente sotto lo zero e qualche stalattite di ghiaccio pendeva dai rami dei platani sul lungolago. Sulla murata del molo s'era formata una crosta ghiacciata. Il brusco virare del tempo sarebbe stato un ottimo argomento di conversazione nei caffè e nelle osterie, tanto per tirare l'ora di pranzo, se non ci fosse stata la zuffa della sera prima.

Un disonore per il paese, una figuraccia che resterà nella storia, disse il capostazione Musante al maresciallo Rodinò.

Era tranquillo il carabiniere, non aveva ricevuto denunce e quindi non gli toccava entrare in azione. Ma era sempre meglio essere informati dell'accaduto.

«Com'è cominciata?» chiese.

Il Musante, in quel momento, stava ballando con l'Emilia e dava le spalle al banco dei beveraggi: era stata proprio la ragazza, sorridendo, a dirgli che uno dei cinque aveva impiastrato di vino la faccia del Paoletto.

«Provocati?» domandò il maresciallo.

«O provocatori?» insinuò il Musante.

«Volete dire che hanno fatto apposta... che siano anti... o addirittura...»

Era meglio non pronunciare la parola che entrambi avevano sulla punta della lingua.

«Maresciallo», fece il Musante, «io non posso leggere i

pensieri altrui, ma è certo che l'aspetto di quei cinque...»

«Cinque o sei?» lo interruppe il Rodinò, ricordando bene che quando il capostazione l'aveva avvisato dell'arrivo aveva parlato di sei straccioni.

«Io ne ho contati cinque», affermò il Musante.

«Va bene, nel caso verificheremo», tagliò corto il maresciallo. «Piuttosto, del servizio d'ordine cosa mi dite?»

«Latente!» sentenziò Amedeo Musante con tono da giudice.

Si figurasse il signor maresciallo che se non ci fosse stata la Mirandola...

«Chi?»

La Mirandola Gilardoni, quella ragazza rossa di capelli, impossibile non averla presente, quella che per un certo tempo era stata la morosa del Pasta...

«Sì, sì, ho capito», fece il Rodinò.

Ecco, bene, se non ci fosse stata lei a strappare dalle braccia dei meccanici il Paoletto e a coprirlo con il suo stesso corpo... bel corpo neh!, be' insomma, e poi a gridare come un'indiavolata, obbligando tutti i convenuti a schierarsi contro i muri...

«Se non ci fosse stata lei, sarebbero ancora tutti lì a prendersi a sberle», concluse il Musante.

«L'importante è che sia finita e che nessuno si sia fatto troppo male», osservò il maresciallo.

Qualche contuso, roba di poco conto, confermò il Musante.

Invece, sul fatto che sia finita...

«Volete dire?»

«*Relata refero,* maresciallo», citò il capostazione.

A quanto pareva, a quanto si diceva in giro... con l'arrivo dei telai elettrici sarebbero venuti a mancare dei posti di lavoro.

«A qualcuno questa faccenda potrebbe dare un po' sui nervi. Sapete, ci sono di mezzo famiglie che rischiano di finire sul lastrico o trasferirsi altrove per trovare un impiego.»

«Capisco», mormorò il maresciallo.

«Senza contare che anche il Pasta...»

«Il Pasta? E cosa c'entra? Mica lavora al cotonificio!»

«Certo! Però gli hanno rovinato la festa. Una festa della quale voleva menar vanto, aveva invitato addirittura un corrispondente del giornale. Sono proprio curioso di vedere cosa scriverà!»

«Scusate, Musante, un'ultima cosa e poi vi lascerò andare. Se per il Pasta questa festa era così importante, perché non è intervenuto lui a sedare la rissa al posto di quella... della rossa, insomma.»

Il capostazione si chinò verso la scrivania: «*Dicunt*», soffiò, «che in quel momento l'ardito del battaglione don Abbondio...».

«Chi?»

«Il Pasta. Lo chiamano così in paese», chiarì il Musante.

«Buono a sapersi», fece il Rodinò.

«Ecco. Dicono che si fosse momentaneamente trasferito in val Passera!»

«In val Passera?» interloquì il maresciallo. «E dove diavolo è?»

Il Musante si grattò la fronte: «Maresciallo, come tutte le valli sta in mezzo a due cose... Anzi, forse farei meglio a dire due cosce».

«Ah!» sbottò il Rodinò. «È così che quello interpreta il servizio d'ordine?»

Il Musante allargò le braccia: «Al cuor non si comanda!» volle concludere in bellezza.

«Adesso si chiama cuore?» fece il maresciallo senza ottenere risposta.

17.

L'ardito del battaglione don Abbondio aveva passato una notte insonne. Nervoso come una biscia, girandosi nel letto, fianco dest! fianco sinist!, s'era trovato alle prime luci dell'alba con gli occhi ancora spalancati e un elenco di meditate vendette tra le quali non aveva ancora scelto la migliore. Al campanile della chiesa suonavano le sette della mattina quando, vestita la divisa, aveva deciso di uscire a fare quattro passi. L'inclemenza del tempo non l'aveva spaventato: aveva battuto i tacchi, e i denti, lungo le contrade deserte e poi sul lungolago. Non aveva incontrato nessuno, né aveva intenzione di scambiare pareri circa i fatti della serata precedente: a lui solo toccava prendere una decisione, anzi due. Una, in verità, l'aveva già presa, immediatamente, la sera prima: nel buio di piazza Verdi aveva detto all'Isaura che se le fosse uscita una sola parola su dov'era lui mentre si animava la rissa, le avrebbe fatto accorciare anche l'altra gamba.

I meccanici, invece, come poteva sistemarli?

Rientrando dal giro mattutino, quando non erano ancora le otto e traversando la piazza della chiesa, l'idea gli era venuta: le lezioni della dottrinetta producevano i loro frutti.

Nostro Signore non aveva forse cacciato i mercanti dal tempio?

Bene, lui avrebbe cacciato i meccanici dal paese.

Rincuorato dalla decisione finalmente presa, gli era venuto di salutare con un calore particolare don Ascani, che in quel momento usciva dalla canonica.

«Signor parroco, buongiorno», aveva detto levando la mano nel saluto romano.

«Buongiorno, figliolo», aveva risposto il prete. Poi i due s'erano avviati verso le rispettive mete: per il Pasta di nuovo casa, e a letto, al calduccio, perché il gelo di quella passeggiata gli stava mordendo le dita dei piedi. L'indomani mattina avrebbe dovuto fare una visita ufficiale all'ingegner Galimbelli.

Il prevosto, invece...

18.

Don Ascani era tornato anche la sera prima a visitare Maddalena e di sua iniziativa aveva chiesto al dottor Lieti di andare a darle un'occhiata. Adesso a casa della ragazza c'era un penetrante odore di aceto, consigliato dal medico per gli impacchi sulle contusioni.

Maddalena era ancora a letto. Stava distesa, gli occhi fissi al soffitto.

«Come va?» chiese il sacerdote.

«Mi fa male dappertutto», rispose Maddalena.

Il parroco si mise a capo del letto, le mani strette dietro la schiena. Il povero arredamento della stanza gli dava un senso di angoscia: c'era addirittura meno del minimo, un cassettone tarlato, un comò sul cui piano era poggiata la bacinella dell'acqua. Sopra la testata del letto era appesa un'immagine sbiadita di santa Rita da Cascia.

«Chi è stato?» domandò affettuosamente.

Maddalena tacque. Il prete si massaggiò il mento non sbarbato.

«Dimmelo, Maddalena», insisté don Ascani.

La ragazza emise un lungo sospiro ma non disse una parola.

«Sono stati loro?» chiese ancora.

Ma sapeva che non avrebbe ottenuto risposta. Gli occhi della ragazza si chiusero come se volesse dormire, ne scivolò fuori una lacrima. Il prevosto recitò mentalmente un'avemaria, poi, senza far parola, lasciò quella casa deciso a entrare in azione.

19.

Maddalena d'Elia era una bella figlia del Campidano. La sua figura alta e slanciata era l'esatto contrario del luogo comune secondo il quale gli abitatori della Sardegna sono piccoli e neri neri. Solo i capelli corvini e la pelle, che dava un poco a prendere il colore delle olive, denunciavano la sua provenienza. Era giunta sulle rive del lago tre o quattro mesi prima, come giovane vedova di un bellanese, tal Giacomo Orio della frazione di Bonzeno, il quale, a sedici anni, era andato sull'isola a lavorare come minatore.

Il padre di Giacomo, Emanuele, prima di lui aveva avuto due altri figli, gemelli; morta la moglie s'era risposato e da quelle nozze era nato Giacomo. I gemelli non l'avevano visto di buon occhio, trattandolo subito come se fosse un bastardo. Così il giovane, giunto in età da lavoro, aveva mandato tutti sul fico ed era partito per l'isola senza più dare notizie di sé fino al 1928, quando aveva scritto al prevosto per farsi spedire i documenti necessari al matrimonio con Maddalena d'Elia.

Don Ascani s'era incaricato di spedire quanto occorreva e aveva anche scritto due righe confidenziali al giovane, con l'invito a tenerlo informato. Giacomo non aveva risposto.

Passato un anno, il sacerdote aveva riscritto in Sardegna. Di lì a qualche mese aveva ricevuto una lettera, firmata da tale don Mulas, che l'informava della morte del bellanese, avvenuta in miniera. Don Ascani allora aveva avvisato i fratellastri, i quali avevano accolto la notizia con indifferenza e invitato il prevosto a fare altrettanto.

A don Ascani, cui non mancava il carattere, era salita la mosca al naso.

«C'è una moglie di mezzo», aveva fatto notare. «E c'è anche un'eredità da dividere in tre.»

Ai due era venuta la caghetta. Fischia! L'eredità non era poca cosa: prati, boschi, stalle, due case, bestiame. Senza contare il capitale in banca. Avevano tentato di comprare il sacerdote, gli avrebbero lavorato gratis i prati della parrocchia!

Niente da fare, il prevosto s'era addirittura messo le mani a coprirsi le orecchie. E aveva subito scritto a don Mulas per chiedergli di aiutare la ragazza a raggiungere Bellano.

Nell'autunno del 1929 Maddalena era sbarcata a Bellano. Lei e la sorpresa che si portava nel bagaglio. Quando l'aveva appresa, don Ascani s'era sentito venir meno: Maddalena non era sposata, non era la moglie di Giacomo Orio!

Priva di istruzione religiosa, la ragazza aveva dovuto studiare per essere cresimata e comunicata prima del matrimonio. Purtroppo, nell'arco di quel tempo, il Giacomo aveva trovato la morte in miniera.

Passato il primo momento di sconcerto, don Ascani aveva ripreso animo: di darla vinta ai due non ci pensava nemmeno. Con malizia – che il Signore gliela perdonasse! – aveva cominciato a tenere sulla corda i gemelli. Nel frattempo aveva sistemato la Maddalena nelle due stanzette di via Pradegiana, finite per lascito tra le proprietà della parrocchia.

20.

L'ingegner Galimbelli uscì puntuale dalla sua abitazione di piazza Verdi alle sette e trenta del mattino di lunedì 13 gennaio. L'aria era ancora molto fredda, il tempo incerto. Dal lago saliva un penetrante odore di pesce e di muschio. Guardò i prati bianchi di brina attorno alle frazioni di Ombriaco e di Lezzeno. Si fregò le mani, s'aggiustò il cappello e, notando il vapore che gli usciva dalla bocca, pensò che avrebbe fumato volentieri una sigaretta: per ordine del medico aveva smesso di farlo due mesi prima. L'ignaro Aurelio Pasta gli si presentò offrendogli una Macedonia e spiegando: «Devo parlarvi di una faccenda delicata da affrontare con urgenza».

«Potete farlo mentre camminiamo?»

«Come volete.»

S'avviarono sul lungolago lastricato di un ghiaccio sottile che scricchiolava sotto i loro passi. Il segretario strinse le mani dietro la schiena. Guardava i piedi dell'ingegnere. A metà viale, davanti a Villa Pensa, non aveva ancora aperto bocca.

«Allora?» lo sollecitò il Galimbelli.

Il Pasta gettò il mozzicone della sigaretta nel lago e tossicchiò.

«Come forse sapete, sabato sera, durante una festa da ballo in omaggio a Sua Altezza Reale il principe Umberto, si è verificato un increscioso incidente...»

Si fermò per valutare se l'ingegnere si mostrasse al corrente dell'accaduto; il Galimbelli lo guardò con viso privo d'espressione, né incuriosito né interrogativo.

«Perché vi siete fermato?» chiese infatti l'ingegnere.

Il segretario fascista, schiarendosi la voce con un colpetto di tosse, precisò: «Devo informarvi che i responsabili di questo incidente, che ha profondamente turbato la festa, sono stati individuati in sei dipendenti dell'azienda che voi dirigete».

L'ingegnere si bloccò e osservò il Pasta, corrugando la fronte: «E chi sarebbero questi facinorosi?» chiese.

Il segretario non colse l'ironia: «I meccanici per macchine tessili giunti in paese nella giornata di martedì. La loro identità mi è ancora ignota. So soltanto che uno di loro si fa chiamare, pensate un po', Landru».

L'ingegnere riprese a camminare, spedito e quasi indifferente: «Vi ringrazio. Prenderò i provvedimenti del caso», garantì.

Il Pasta tornò a guardare a terra, sorrise e comunicò: «Il provvedimento è già stato deciso. I sei meccanici devono essere allontanati dal paese».

L'ingegnere si irrigidì. Si voltò, si tolse il cappello in segno di saluto e annunciò: «Scordatevelo! Io prendo ordini solo dalla mia direzione generale!» e lasciò lì il Pasta rigido come uno stoccafisso, accanto ai gabbiani che erano allineati sul molo, stretti uno contro l'altro.

21.

Martedì mattina un'occhiata di sole si degnò di sciogliere un po' di ghiaccio. Sulla cima del Monte Muggio la croce votiva risaltava, scura, contro il manto di neve candida. L'acqua, che era gelata nelle condutture di molte case, riprese a scorrere.

Aurelio Pasta presenziò alla premiazione del miglior disegno della mostra allestita presso le scuole elementari. Vinse il figlio del direttore della filiale del Piccolo Credito Lecchese con un disegno intitolato *Il re è grande come una montagna* nel quale Sua Maestà sovrastava una corona di monti; il maestro Crispini pregò Aurelio di fare un discorso. Ma il segretario trepidava, aveva bruciore di stomaco: non gli riusciva infatti di digerire il modo secco, brusco, con il quale l'ingegner Galimbelli l'aveva trattato, avocando a sé la punizione dei meccanici.

A parte il fatto che a far discorsi non era mica tanto bravo, il Pasta quella mattina non aveva altra idea che mettere in atto un nuovo piano per vincere la partita: denunciare i meccanici.

Perciò, quando il Crispini gli rivolse l'invito a dire due parole: «Le parole lasciano il tempo che trovano», rispose. «Adesso è tempo di agire.»

22.

C'era tra il maresciallo Rodinò e l'Aurelio Pasta una specie di rapporto di parentela.

Una specie, appunto, un rapporto lasso, poiché il sottufficiale dei carabinieri aveva sposato Liberata Vergottini, figlia di una prozia del Pasta: gli inestricabili fili delle genealogie li avevano quindi in qualche modo uniti, anche se al maresciallo non fregava niente.

Tuttavia, dal momento che il Rodinò era un uomo cordiale, accolse cordialmente pure il Pasta e lo stette a sentire per un bel quarto d'ora. Poi, senza rinunciare all'uso del voi per mantenere comunque un poco di distanza, diede aria alla lingua: «Ma siete convinto di doverli denunciare?».

«Sì! Perché?»

«Mi sembra una minchiata.»

«Sarebbe a dire?» chiese Aurelio, che si aspettava la massima collaborazione.

«Una denuncia è come una valanga. Non si sa dove si ferma e chi sotterra.»

Al Pasta, irritato, scappò un pugno sulla scrivania.

«Andateci piano», consigliò il maresciallo.

«A me non mi ferma nessuno, ostia!» si scalmanò il Pasta, cominciando a sudare per l'emozione.

Il maresciallo sospirò: «Dicevo, andateci piano con il tavolo. E con la mano. Per il resto, se proprio avete deciso, sono affari vostri. Baccalà!» gridò poi con aria quasi divertita.

Sulla porta dell'ufficio comparve un carabiniere dal viso brufoloso e dall'aria confusa: «Carabiniere Baccalà, agli ordini».
«Raccogli la denuncia di questo signore. E mettila sul mio tavolo. Io, adesso, ho un appuntamento.»
Con gli spaghetti. Sentiva arrivare il profumo del ragù dalla cucina.

23.

Il maresciallo Rodinò andò a sedersi a tavola e lì restò silenzioso, piluccando la pasta. L'appetito se n'era andato. A un certo punto, lasciò cadere la posata nel piatto, facendo volare uno schizzo di sugo sulla camicia.

Sua moglie Liberata lanciò un «Oh!» di disappunto per la camicia macchiata. E di sorpresa, per quel gesto che mai il marito s'era permesso davanti a uno dei suoi piatti preferiti.

Per tutta risposta il maresciallo imprecò: «Porcaccio Giuda!».

«Non va bene la pasta?» chiese la donna.

«La pasta va benissimo», rispose l'uomo.

«E allora si può sapere cos'hai?»

«Vuoi proprio saperlo?»

«Se non è un segreto militare...»

Al Rodinò scappò un sorriso: «Segreto? Ma se ormai lo saprà tutto il paese!».

«Manco solo io, allora», osservò la moglie.

«E allora ti informo. È per via di quella tua specie di cugino, l'Aurelio. L'ardito del battaglione don Abbondio!»

Liberata sorrise: «Cos'ha mai fatto di così grave?».

Il maresciallo si rilassò sulla sedia, raccontò della rissa...

«Ne ho sentito parlare», interloquì Liberata.

...e della denuncia dei meccanici.

«Questo invece non lo sapevo», aggiunse la donna.

Per forza, era roba di un'ora prima!

Poteva finire tutto in una bolla di sapone, e invece…

Liberata si alzò dalla sedia: «Non la mangi più la pasta?» chiese.

Il Rodinò scrollò la testa.

«Devi portare pazienza», consigliò la donna, considerare che l'Aurelio, a tre anni, dopo aver fatto il morbillo aveva sviluppato un carattere un po' ostinato.

«Ha sofferto», disse girandosi verso il marito. «A quanto ne so è stato vicino a morire!»

«E non sarebbe stato meglio per tutti?» buttò lì il maresciallo.

Liberata lo fulminò con uno sguardo.

«Scusami», ribatté lui.

La risposta di lei si limitò a un ronco di laringe.

24.

Pochi minuti.

Gli avrebbe rubato pochi minuti, disse il maresciallo Rodinò all'ingegner Galimbelli. Erano le otto di mattina di mercoledì. In quei pochi minuti, che poi divennero una mezz'ora abbondante, il carabiniere mise al corrente il direttore che il Pasta aveva sporto denuncia, obbligandolo a mettersi in campo.

«Capirete, ingegnere, ci vorrà un'indagine, ci saranno interrogatori, l'inevitabile processo.»

«Tanto rumore per nulla», sentenziò il Galimbelli.

«Può darsi, può darsi...» sospirò il Rodinò.

Però intanto ci sarebbe stato rumore. E del rumore tutti si sarebbero accorti, mentre del nulla...

«Invece...» strascicò il maresciallo.

Abbassò la voce. L'idea gli era venuta nottetempo, sveglio come un grillo senza sapere nemmeno lui se fosse colpa della preoccupazione o dello stomaco vuoto, visto che sua moglie per cena non gli aveva fatto trovare che un brodo slavato.

«Ecco!»

Ecco quello che aveva pensato.

Non era possibile allontanare per qualche tempo quei sei meccanici? Lontano dagli occhi, lontano dal cuore. Almeno così si diceva.

Il Galimbelli diede l'impressione, con un rapido gesto del capo, di approvare la soluzione del Rodinò. Invece si era solo chinato sul piano della scrivania per prendere un foglio.

«Leggete», disse tendendolo al maresciallo. «È il comunicato che comparirà domani mattina nelle bacheche del cotonificio.»

Il Rodinò lo lesse rapidamente, non erano che quattro righe. Poi tornò a guardare il Galimbelli.

«Non possiamo fare altro», osservò questi.

I meccanici erano indispensabili all'azienda, quindi non si poteva mandarli via. D'accordo con la direzione generale, l'ingegnere aveva preso la decisione di consegnarli nei loro appartamenti, tenendoli alla larga da fascisti e compagnia bella, sino al giorno in cui sarebbero arrivati i telai.

«E sarebbe?» chiese il Rodinò, intendendo il giorno.

«Venerdì 17», fu la risposta del Galimbelli.

«Tutto un programma», commentò il maresciallo che, senza farsi notare, si toccò i coglioni.

25.

Le nove del mattino erano passate da poco quando don Ascani si ripresentò in casa di Maddalena d'Elia.

La ragazza era ancora a letto, ogni movimento le dava dolore. E non aveva mangiato niente nonostante la Raimondi, una delle stropicciate dame della San Vincenzo, su consiglio del sacerdote, le avesse portato del cibo. Sul viso di Maddalena era dipinta un'espressione attonita, quasi assente. Perciò il prete, anziché andare dritto al nocciolo della sua visita, la prese un po' larga. Divagò, raccontando alla donna del freddo che faceva fuori, e pure in quella casa per dire la verità, della neve che aveva imbiancato il Monte Muggio, dei passeri che tutte le mattine si trovavano sul davanzale della cucina a beccare le briciole di pane.

«Figuratevi che, a causa del freddo, alla prima messa manca almeno la metà dei soliti!» esclamò con un sorriso.

Pure lei mancava, anche se il freddo non c'entrava niente.

«E allora», affondò don Ascani, «me lo volete dire chi è stato?»

Maddalena levò appena il capo dal cuscino: «Solo in confessione», rispose.

E lui, sottolineò il prevosto, per che cosa era lì?

Trascinò una sedia al capezzale di Maddalena. «Dimmi, figliola.»

Mentre ascoltava fissò lo sguardo sulla finestrella della camera. Dava sul tetto di una casa. Un gatto stava camminando in prossimità della grondaia. Indolente, dava l'impressione di una paciosa tranquillità, di una vita senza guai: l'esatto contrario di quello che le parole della donna gli stavano rivelando e che, come se fosse lei colpevole, gli sussurrava tenendo gli occhi chiusi e la fronte aggrottata.

Da circa una ventina di giorni, infatti, uno dei due gemelli di Bonzeno, l'Ermete, aveva preso a visitarla un giorno sì e uno no. La prima volta si era introdotto in casa con la scusa di parlare dell'eredità. La seconda aveva tentato, con maniere rozze, di portarsela a letto. Lei non aveva ceduto. Ma l'Ermete, scornato, chissà cosa aveva detto all'altro, al Sisto. Perché anche lui, qualche sera prima, si era presentato reclamando gli stessi favori che lei, secondo l'Ermete, gli aveva elargito. Aveva ricevuto la stessa paga ma il Sisto non s'era dato per vinto. Da bestia quale era, non s'era accontentato di urlare che nessuno al mondo, lei il prete o il gemello, potevano farlo fesso: l'aveva menata per bene e il risultato era sotto gli occhi del prevosto.

«Cos'hai intenzione di fare?» le chiese questi dimenticando addirittura di darle l'assoluzione.

«Secondo voi?» ribatté Maddalena.

A don Ascani la mano partì d'istinto, andò ad accarezzare lo zigomo destro di Maddalena, ancora livido.

«Ci pensiamo», provò a rassicurarla.

Poi se ne andò.

26.

Quando chiamavano dalla direzione generale di Legnago, la Personnini sentiva come un rimescolamento interno e la sua voce cinguettava. Il telefono gracchiò, la Personnini capì che Legnago chiamava, strinse la bocca a cuore, sorrise alla cornetta e con dolcezza zifolò: «Società Anonima Cotonifici Riuniti, ufficio di segreteria, sede di Bellano».

Le rispose un colpo di tosse da cui nacque una voce rauca: «Sono l'ingegner Raggi, passatemi il direttore».

La Personnini accentuò la cadenza cantilenante, agevolata dal fatto di parlare, per via delle adenoidi, nel naso: «L'ingegnere è fuori».

«Comunicategli che l'attendiamo in sede per domani. È una questione urgente», ordinò la voce rauca che, senza salutare, interruppe la comunicazione.

La Personnini depose, meno brusca, la cornetta e disse: «Vilàn!».

Il Galimbelli era uscito dall'ufficio per recarsi alla stazione ad accertarsi che l'arrivo delle macchine fosse stato confermato e nulla ostasse all'operazione di scaricamento. Il capostazione Musante gli mostrò l'ordine di servizio relativo al trasporto.

«Tempo mezz'ora», suggerì l'ingegnere, «dovranno già essere sui montacarichi del cotonificio!» E, per convincerlo, promise al Musante che gli avrebbe fatto avere in omaggio un completo da tavola, due tovaglie e ventiquattro tovaglioli, e slittò via senza permettere al capostazione di precisare che lui, da scapolo per bene, non perdeva mai tempo ad apparecchiare.

27.

Il Galimbelli partì per Legnago che Bellano era ancora addormentata nel buio. Il cielo, sereno e puntinato di stelle, prometteva altro vento. Le rare luci dei paesi della sponda occidentale baluginavano intermittenti e nell'aria non c'era altro rumore che il verso delle anatre che s'erano riparate nel molo per la notte.

Eumeo Pennati aprì il suo minuscolo emporio con rivendita di giornali due ore dopo, cristonando tra sé per il dolore che gli procuravano i geloni.

Eumeo era un fedelissimo della banda del Pasta. Tra i bellanesi era stato il primo in assoluto a iscriversi al Partito fascista: l'aveva fatto quando a Bellano non c'era ancora una sezione del PNF e per tesserarsi aveva dovuto recarsi a Lecco. E andava fiero di aver assistito, nell'aprile del 1923, a Crescenzago, alla posa della prima pietra di una Casa del Fascio da parte del Duce: si vantava di aver passato lui stesso la cazzuola a Mussolini.

Fino al 1924 aveva ottenuto fama per la sua somiglianza con il divo della canzone Gino Franzi: difatti, negli intervalli delle recite della filodrammatica bellanese, si esibiva, languido e tetro, in canzoni famose come *Scettico blu*, *Spazzacamino*, *Come una coppa di champagne*. L'ultima sua esibizione aveva scatenato l'entusiasmo della platea, Eumeo s'era visto costretto a bissare l'interpretazione di *Addio tabarin*; poi s'era fatto portare sulla scena una coppa di cristallo e, guardando tetramente la folla che applaudiva, l'aveva scagliata dietro le spalle, mandandola in frantumi. «Con le scene e le canzoni, signori, ho chiuso», aveva esclamato mentre la gente ammutoliva. Dopodiché s'era dedicato solo alla politica: nei fine settimana, anziché il cantante, faceva il manganellatore e il distributore di olio di ricino.

Il Pasta, dopo la rissa del sabato, s'era consultato con lui. Eumeo s'era dichiarato favorevole a una duplice azione: dura contro i cinque o sei meccanici, nemmeno lui aveva capito quanti fossero.

«E su questo siamo d'accordo», aveva risposto il Pasta.

Morbida, invece, nei confronti dell'opinione pubblica.

«Sarebbe a dire?» aveva chiesto l'Aurelio.

Il Pennati aveva sorriso. A uno come lui, che aveva passato la cazzuola a Mussolini, gli faceva un baffo di quello che quattro coglioni avevano visto e sentito.

«Vuoi sapere come la farei scrivere la storiella di sabato al tuo amichetto del giornale?»

«Gli ho ordinato di non scrivere niente, di dimenticare la cosa.»

«E hai fatto male!» sentenziò l'Eumeo.

«Perché?»

Glielo aveva spiegato, il perché. E non si pentì di averlo fatto mercoledì mattina, dopo aver dato un'occhiata al «Gagliardetto».

Nelle pagine delle cronache del lago, compariva finalmente l'articolo del Bentipenso intitolato *Omaggio alle Altezze Reali.*

Sorrise, leggendo. Il pennivendolo, come da istruzioni ricevute, aveva dapprima suonato il violino circa la «spontanea partecipazione della popolazione accorsa in allegria per rendere omaggio alle nozze di Sua Altezza Reale il principe Umberto». Poi, prono agli ordini, aveva accennato alla rissa, ma come se fosse stato un siparietto, prontamente sventata da un gruppetto di miliziani all'uopo comandati in servizio d'ordine. I provocatori, sei dipendenti forestieri del locale cotonificio, erano stati rapidamente bloccati e individuati.

Il Pennati era convinto che fossero cinque. Ma gliene fregava meno di un cazzo. Cinque o sei, l'importante era che «nessuno fosse caduto nel tranello della provocazione» e che la popolazione «avesse chiaramente espresso il desiderio che l'incidente, seppur di nessuna entità, venisse severamente punito».

Fu verso metà mattina che il Pasta andò a trovarlo.

«Letto?» gli chiese.

L'Eumeo accennò con il capo.

«Come ti sembra?»

«Come dev'essere», rispose.

«Sì, però ho già sentito qualche voce di quelli che c'erano...»

«Altolà!» lo frenò l'Eumeo.

Poi emise la sentenza.

Raglio d'asino non sale in cielo. E con un gesto circolare della testa comprese il panorama che gli stava intorno.

28.

L'ingegner Galimbelli fece ritorno da Legnago all'alba del giorno dopo. Il paese era sferzato da un vento teso che aveva spaccato rami, fatto volare tegole e cappelli, compreso quello della guardia municipale Menotti che impiegò mezza mattina a cercarlo, ritrovandolo in Puncia.

Il Galimbelli aveva un viso scuro, camminava curvo. La Personnini aveva indossato un vestito di «crespe» nero: lo usava solo ai funerali e alla festa dei morti. Quella mattina le era sembrato necessario fare un'eccezione. E con un tono da *arimortis*, salutò l'ingegnere commentando: «Un bel guaio, eh?».

«Eh, già», ammise il Galimbelli, soprappensiero.

«Non ci voleva proprio», continuò Emilia.

«No, davvero», confermò l'ingegnere che poi, stupito, domandò: «Ma voi, signorina, come fate a esserne già informata?».

La Personnini lo guardò sconcertata e precisò: «Ma è sul giornale! Ormai è di dominio pubblico».

«Sul giornale? Ma com'è possibile?»

La Personnini tirò fuori dalla borsa di tela marrone una copia del «Gagliardetto» e l'allungò al direttore. Il Galimbelli lesse velocemente, restituì e, estratto a sua volta un foglio dalla sua borsa di cuoio nero, lo passò alla segretaria.

«Il guaio vero è lì», disse.

La Personnini impiegò un bel cinque minuti per leggere. Nonostante ciò, non capì.

«A me pare...» osò dire.
«Cosa? Sentiamo...»
Be', le pareva che il comunicato della direzione generale fosse foriero di novità e di progresso. Mentre gli altri stabilimenti chiudevano, quello di Bellano si arricchiva, progrediva, si modernizzava! Addirittura, stando a quello che era scritto sul comunicato...
«Cosa?» la interruppe il Galimbelli.
La Personnini ebbe un attimo di esitazione. Non si capacitava del viso scuro dell'ingegnere.
«Insomma, secondo me, questo comunicato ha un sapore... un sapore di futuro, ecco!»
«Per alcuni», commentò il Galimbelli.
L'Emilia scosse la testa: non aveva compreso la battuta dell'ingegnere ma non osava dirlo.
«Intendo», chiarì lui, «che il futuro di cui voi parlate non riguarderà coloro che dovranno essere licenziati.»
«Ma qui non si parla di licenziamenti», osservò la segretaria levando il foglio.
«Ma questo non vuol dire che non ci saranno», sospirò l'ingegnere.
«Ah!» fece la Personnini.
«Eh!» concluse il Galimbelli che poi diede alla segretaria le consegne: «Fatene le solite due copie. Una per l'archivio e l'altra in bacheca, accanto alla prima».

29.

I telai elettrici arrivarono come previsto alle sette del mattino di venerdì 17. Il convoglio di dieci vagoni entrò in stazione sferragliando: lo attendeva un cielo grigio, color piombo fuso come il lago.

Il capostazione Musante era agitato: alle sei aveva notato sul piazzale della stazione una decina di operai del cotonificio; aveva temuto che fossero lì per ostacolare lo scaricamento delle macchine: poi gli operai erano risultati inviati dal Galimbelli nel caso ci fosse stato bisogno d'aiuto.

Tuttavia, prima di iniziare le manovre, fu necessario far passare un'ora, sino alle otto, per dare strada all'accelerato delle sette e ventidue per Milano e al postale delle sette e quaranta per Colico. Venne poi persa mezz'ora abbondante per cercare il manovratore della motrice che doveva guidare, uno alla volta, i vagoni con i telai sul binario che, deviando dalla linea ferroviaria, arrivava direttamente nel cortile interno del cotonificio. E quella mezz'ora fu fatale. Rintracciato il manovratore, si dovette rimandare ulteriormente la manovra per permettere il transito, attorno alle nove, di un merci carico di bestiame. Il merci passò, ma solo alle nove e trenta. Il manovratore, annoiato per il rinvio, s'era rifugiato nel caffè della Trattoria della Pesa da dove ricomparve alle dieci, quando cominciò a nevicare. La motrice, messa in pressione, fu pronta per la manovra alle undici. Il Musante uscì allora dall'ufficio, munito di kepì e di paletta. Correndo verso i binari, scivolò e cadde.

«Spegnere», ordinò al manovratore con il naso che andava in fumo. «Spegnere tutto!»

«Ma siete impazzito?» domandò il manovratore.

«Non si può più manovrare», chiarì il Musante, rialzandosi e spolverando via i fiocchi bianchi dal cappotto. «A Colico la neve ha bloccato il traffico nei due sensi. I treni provenienti da Milano si fermeranno qui. Non possiamo intralciare la linea.»

Alla notizia l'ingegner Galimbelli reagì con un moto di nervosismo. Il segretario Pasta invece venne avvisato da uno dei suoi scagnozzi. Nonostante l'ora fosse tarda, Aurelio s'era alzato da poco e si stava facendo la barba.

«Bene», commentò, benedicendo tra sé la neve che gli consentiva di guadagnare tempo.

«Novità?» gli chiese poco dopo suo padre Augusto.

«Abbiamo in pugno la situazione», rispose l'Aurelio sedendo al tavolo per bere una tazzina di caffè di cicoria.

30.

In casa Pasta, dove l'Aurelio abitava ancora con il genitore, nel salotto tutto trine e velluti sulla parete di lato all'armadietto del rosolio spiccava un «Brevetto di partecipazione alla Marcia su Roma»: era quello di suo padre Augusto, che aveva anche una tessera del Partito acquisita antecedentemente al 28 ottobre 1928 e la qualifica di Benemerito della Causa Fascista.

Augusto Pasta era stato decorato, durante la Grande Guerra, con una Croce al Merito che il figlio non poteva più mostrare, avendola il titolare scagliata nel lago nel settembre del 1923: in quel mese Augusto aveva tentato un concorso per entrare in municipio come messo, ma era stato battuto da un altro reduce, decorato con la Croce al Valor Militare. Quella del Pasta senior, aveva spiegato la commissione, era una decorazione comune; l'altra decorazione, che premiava un atto d'eroismo, ai fini del punteggio valeva di più. «E le tre dita dei piedi che ho lasciato sul Sabotino?» aveva gridato Augusto, andandosene senza attendere risposta.

Aveva così trovato lavoro come guardia notturna, continuando a sostenere che con lui, eroe di guerra e benemerito, il Partito fascista restava in debito. Così quando, a metà del 1929, era stato necessario provvedere alla nomina di un nuovo segretario di sezione e lo avevano cercato, Augusto aveva rifiutato la carica. Ma l'aveva pretesa e ottenuta per il figlio.

Ingurgitato l'ultimo sorso del pessimo caffè, l'Aurelio guardò l'orologio: «Ueilà, com'è tardi!».

«Tardi per cosa?» si informò il genitore.

Ma non glielo aveva detto?

Aveva un appuntamento a Como, con il Federale, alle ore sedici.

«E allora vatti a vestire no? O vuoi andarci in vestaglia?»

31.

Il Federale non aveva creduto alla versione dei fatti apparsa sul «Gagliardetto». Per vederci chiaro, aveva fatto chiamare il Bentipenso e l'aveva stretto nell'angolo: se ci teneva al posto, che gli dicesse tutta la verità. A quello non era rimasto altro da fare se non ammettere che sì, insomma, quello che aveva scritto in parte era vero e in parte era una versione, diciamo, edulcorata dei fatti...

Il tutto a fin di bene naturalmente!

«Sarebbe a dire?» aveva chiesto il Federale.

A tutela del segretario bellanese e di ciò che rappresentava!

«Lui non era presente ai fatti? Non poteva tutelarsi da sé?»

Il Bentipenso aveva avuto un attimo di esitazione. Il Federale l'aveva aiutato a superarlo.

«C'era o no?» aveva ringhiato.

«Era momentaneamente assente», aveva risposto il giornalista.

«Dov'era?»

«Non c'era.»

Dal braccio del Federale era partito un formidabile pugno che aveva fatto ballare la scrivania: «Ho chiesto: dov'era?».

Il Bentipenso non aveva avuto altra strada che quella della verità: «S'era ritirato a trombare la madrina degli alpini».

«Sicuro?»

«Me lo disse in un orecchio prima di sparire.»

«Bene», aveva concluso il Federale congedando il Bentipenso. E con un telegramma aveva fatto convocare il Pasta.

L'Aurelio partì da Bellano con il battello delle undici e trenta. Il battellotto gli aveva detto che da una settimana a quella parte non c'erano stati viaggiatori: lui era il primo. I battelli non attraccavano nemmeno al pontile, li faceva proseguire agitando le braccia.

Viaggiò per quasi tre ore sul lago immerso nella nebbia. Non si vedevano le rive, il battello sembrava navigare in una nuvola. Da Bellagio ad Argegno godette della compagnia del battellotto, che gli impose i racconti particolareggiati delle sue avventure erotiche con le turiste straniere. Solo verso Cernobbio, essendosi dissolta la nebbia, Aurelio riuscì a scrollarsi di dosso quella zecca. Sbarcò a Como nel momento in cui cominciò a nevicare. Senza ombrello com'era, giunse in federazione fradicio. Ciononostante il Federale gli fece fare anticamera, per salutarlo poi con freddezza senza farlo nemmeno sedere; sicché ai piedi del Pasta si andò formando, a causa della neve che si era sciolta sotto le scarpe, una pozzetta d'acqua. Il Federale ne approfittò: «Sei emozionato? Ti sei pisciato addosso?».

Aurelio fece per dire qualcosa ma non ne ebbe il tempo.

«Voglio sapere tutto», ordinò il Federale. «E che sia la verità.»

«Non ho niente da nascondere», ribatté l'Aurelio. E spifferò ogni cosa, compresa la trombata con l'Isaura, lasciandosi sfuggire un sorrisetto di compiacimento, poiché si sapeva che loro, i fascisti...

«Va bene. E poi?»

«I cinque facinorosi sono stati denunciati.»

«Denunciati, eh?» soppesò il Federale.

«Ho forse sbagliato?»

«Non lo so», rispose, «è un passo che potrebbe costarti la carriera.»

«Ho fatto quello che era doveroso fare, eccellenza», azzardò Aurelio.

«O forse hai scuoiato il gatto senza essere sicuro d'aver a disposizione un buon cuoco», sentenziò il Federale.

Con 'sti gatti! Il pensiero della Mirandola fulminò per un momento il Pasta e lo fece arrossire. Se almeno il Federale avesse parlato, si sarebbe distratto. Invece taceva. Anzi, a un certo punto tirò fuori un pettinino dal taschino della giacca, si stirò bene sulla fronte i capelli impomatati di brillantina, rimise il pettinino nella custodia, si girò di tre quarti sulla poltrona per ammirarsi allo specchio, si alzò in piedi e annunciò: «Saremo, in ogni caso, al tuo fianco. Per carità di Patria».

L'Aurelio tirò il fiato e alla parola Patria gli sembrò indispensabile scattare e impalarsi nel saluto romano.

32.

Più o meno all'ora in cui il Pasta partiva per Como, al capostazione Musante venne l'insopprimibile desiderio di farsi sorridere dalla Personnini. Motivi per andare a conferire con l'ingegner Galimbelli ne aveva a iosa, dopo il casino di quella mattina e, si sapeva, prima di entrare nell'ufficio del direttore bisognava chiedere alla sua segretaria e magari, chissà!, fare anche un po' di anticamera.

Uscito dalla stazione, camminò con grande cautela per non ripetere la caduta di poco prima. Oltrepassò il ponte sulla Pioverna, entrò in via Roma dove alcuni bambini giocavano alla lippa. In piazza San Giorgio alcuni operai del secondo turno del cotonificio stavano battagliando tra loro a palle di neve: una, per poco, non lo colpì. Non si aspettava certamente che l'Emilia gli buttasse le braccia al collo, però, almeno un sorrisetto di circostanza...

Invece, niente. Lo guardò come se non lo vedesse e immediatamente l'annunciò al direttore.

Il Galimbelli fu più cordiale, lo fece accomodare.

«Ci sono novità?» chiese poi.

In realtà, no. Ma per giustificare quella visita il capostazione s'era preparato una mezza storia.

«In via informale, naturalmente...» cominciò a dire.

«Certo.»

Ecco, informalmente aveva parlato con il suo collega di Colico e visto che lassù nevicava ancora più fittamente che non a Bellano, bisognava mettere in preventivo che nemmeno il giorno seguente i vagoni con i telai avrebbero potuto essere spostati.

«E la domenica non se ne parla, anche se dovessero splendere due soli», sospirò l'ingegnere.

Il Musante sospirò a sua volta.

«Caro ingegnere, ognuno ha i suoi guai!»

«Perché, anche voi...»

«Proprio...»

«E che genere di guai avete, se posso permettermi?»

Il capostazione fece una smorfia, si sporse verso il Galimbelli e, abbassando la voce, domandò: «Lo sapete che quel fesso mi ha citato?».

«Scusate, chi sarebbe il fesso?»

«L'ardito del battaglione don...»

«Ah, capito! Ma, sempre che vogliate dirmelo, citato per cosa?»

«Citato come testimone! Al processo! Per il fatto che ho rimediato una sberla. Una sberla di cui mi ero già dimenticato.»

Il Galimbelli, facendo orecchio da mercante, allargò le braccia e lo consolò: «Ognuno ha il suo gatto da pelare! Comunque immagino che voi non sarete l'unico che dovrà testimoniare, visto che la sera del ballo c'era parecchia gente».

«L'unico?» sorrise amaro il Musante.

Poi spiegò.

«Il Pasta ha preparato, cominciando dal Deri che ha ricevuto il primo schiaffo, una lista di testimoni lunga un metro! E sta facendo sapere in giro che chiunque abbia bisogno di chiarimenti, consigli o altro, può rivolgersi a lui. È a disposizione degli incerti e dei deboli di memoria.»

«Il nostro segretario è sempre stato uomo di grande gentilezza», commentò il Galimbelli.

«La verità è che vuole vendicarsi perché quelli gli hanno rovinato la festa.»

«Ma no, cosa andate a pensare?» ribatté l'ingegnere.

«Piuttosto, non appena ci sono novità circa i miei telai, fatemelo sapere, ve ne sarei grato.»

«Vi terrò informato giorno per giorno», rispose il Musante alzandosi dalla sedia.

L'idea di avere una scusa per poter vedere tutti i giorni la Personnini, seppur scontrosa, gli scaldò un po' il sangue.

«Con le donne ci vuole pazienza», mormorò tra sé una volta all'esterno. «Tanta pazienza...»

Intanto dal cielo continuava a cadere una neve fitta e asciutta.

33.

Per andare e tornare dal lavoro, la Personnini passava davanti al convitto del cotonificio. Da tre giorni, quando, svoltato l'angolo, arrivava sotto la finestra del convitto, abbassava gli occhi: l'alloggio dei meccanici era al primo piano e chi di loro stava alla finestra, vedendola arrivare, fischiava: a quel segnale si precipitavano tutti a darle il buongiorno o la buonasera. I meccanici erano consegnati, come najoni puniti, nelle loro tre camere e passavano il tempo giocando a carte e misurandosi in gare di sputi verso il lago; le notizie le portava Mirandola, che arrivava una volta al giorno a stuzzicarli e a prenderli in giro.

Quel venerdì sera Emilia stava camminando attenta a non scivolare sulla neve oltre che a non alzare gli occhi, quando fu raggiunta da una voce calda.

«Buonasera, signorina.»

La Personnini, pur evitando di guardare, si fermò, emozionata.

«C'è qualche novità in paese?» chiese la voce.

Emilia rifletté un istante, poi disse: «Le macchine potranno essere mosse solo lunedì. Sempre che smetta di nevicare».

«Scusate», domandò la voce, «perché non mi guardate?»

La Personnini si girò verso l'uomo. Per il buio, il suo viso si distingueva appena.

«Non so, così... Non vi conosco», rispose.

«Siete timida?»

Emilia lasciò cadere la domanda.

«Permettete che faccia due passi con voi?» azzardò la voce.

«Sto andando a casa. Mio fratello mi aspetta, devo preparare la cena.»

Landru scavalcò la finestra e le si mise al fianco. Nonostante la fretta dichiarata, Emilia adottò immediatamente un'andatura da processione.

«Del processo che si dice? Si farà?» chiese il meccanico.

«Ne so quanto voi.»

«Hanno fissato la data?»

«Vi ripeto, non so niente.»

«È una bella fregatura!»

«Che cosa, il processo?»

«Se ci condanneranno, mi ritireranno il passaporto.»

«E allora?»

«Allora, addio progetti!»

Il meccanico si fermò, bloccando anche la ragazza. Si ritrovarono a guardare tutti e due per terra.

«Vedete, signorina», riprese Landru, «io avevo intenzione di lasciare l'Italia. In Argentina ho un amico che dirige una fazenda, avevo deciso di raggiungerlo. Fatto quest'ultimo lavoro, mi sarei licenziato e via, verso l'America del Sud.»

«Con la famiglia o da solo?» chiese Emilia.

«Non ho famiglia. Ma laggiù, in Argentina, avrei la possibilità di rifarmi una vita e forse anche una famiglia vera... E il nome che porto potrebbe sembrare sudamericano. Nessuno ne riderebbe come qui...»

«Perché?» domandò Emilia. «Lei sarebbe...»

«Il meccanico Landru. Ridete pure, hanno riso in molti.»

«Ma no, non rido. Però è un nome strano», osservò la Personnini, riprendendo a muoversi, quasi per invitare l'uomo a raccontare.

Difatti Landru capì l'antifona e si confessò: «Tutta colpa del mio patrigno, un uomo infame. Dovete sapere che sono cresciuto a Villa Vicentina, un paesino dell'entroterra friulano, in una famiglia il cui capo aveva sette figli avuti da quattro mogli. Cominciarono a chiamarlo Landru dopo che in Italia si riseppero le gesta di quell'assassino francese. Lui, quando usavano quel soprannome, andava in bestia. Alzava il gomito e da ubriaco si sbracava. Obbligava anche noi a bere: da bambino bevvi tanto che, quando fuggii di casa, giurai che non avrei mai più bevuto. La quarta moglie di quel barabba fu mia madre, che si sposò incinta di me; del mio vero padre non volle mai dire il nome; suo marito, il Landru, per liberarsi del soprannome, lo attribuì a me. Prima di me avevano subìto quel battesimo un cane e un gatto: quando in casa chiamavano Landru, correvano in tre, il cane, il gatto e io. Scappai di casa a quindici anni, e ormai l'ho scordata: ma del nome non ho potuto liberarmi».

La Personnini aveva seguito il racconto a bocca aperta. Approfittando della luce dei lampioni, aveva anche guardato il suo accompagnatore: un uomo di bel profilo, capelli neri, alto, spallato.

Il campanile batté le otto. Emilia guardò in direzione della chiesa. «Mamma mia, com'è tardi!» esclamò. «Chissà cosa dirà mio fratello Otello.»

Landru, compiaciuto, si fermò e disse magnanimo: «Vi lascio andare, ma spero che ci rivedremo».

34.

Otello non aveva nemmeno apparecchiato. Aveva aspettato la sorella picchiettando le dita sul tavolo. Adesso aveva una faccia lunga e scura, da inquisitore.

«Scusa il ritardo», salutò Emilia per anticipare le sue domande e non dare spiegazioni. Poi andò a rintanarsi in cucina.

Poco dopo Otello si affacciò sulla soglia e annunciò: «Dopo cena vado a fare un po' di compagnia al Musante. Ha dei guai. Vuole sfogarsi un po'».

Emilia reagì prontamente: «Fa' come vuoi ma ti proibisco di invitarlo in casa nostra!».

«Perché, scusa? Ti ha fatto qualcosa?» chiese Otello.

«No, niente.»

«E allora?»

E allora voleva che continuasse a non farle niente. Discorso chiuso.

35.

Nella cucina della canonica c'era odore di minestrone. Don Ascani era seduto a tavola, davanti alla scodella vuota, con la collottola slacciata e un'ombra di incertezza sul viso.

Il dottor Lieti bussò ed entrò senza attendere che gli andassero ad aprire: «Ho trovato il vostro messaggio», disse.

Il parroco lo ringraziò per la premura e lo fece accomodare. Il dottore si scusò per l'aria trasandata, era stato in giro tutto il giorno per le frazioni a far visite. Era inzaccherato e le scarpe lasciavano segni di fango sul pavimento lucido della cucina.

«Non preoccupatevi, qualcuno pulirà», lo tranquillizzò il prete. «Volevo parlarvi di quella ragazza, di Maddalena», e gli sciorinò tutta la storia, dal mancato matrimonio all'arrivo a Bellano.

«Un bel guaio. Una promessa di matrimonio non ha alcun valore legale. La ragazza non può accampare diritti sull'eredità. E quei due non mi sembrano tipi ragionevoli. Non vedo come se ne possa uscire. A meno che...»

Il prete stava giocherellando con il cucchiaio. Il dottore, al quale il calore della cucina aveva arrossato le gote e la punta del naso, si accomodò in una poltrona e disse: «Cercatele un lavoro o, meglio ancora, un marito».

Il prevosto sorrise.

«Dovrei mettermi a fare il paraninfo?» Poi aggiunse: «Voglio fare un tentativo con i due Orio, per spremergli un po' di generosità. Con il loro aiuto, la ragazza potrebbe tornare in Sardegna».

«A fare che?» chiese il dottore. «A subire i sospetti dei parenti? Siete in un vicolo cieco, don Ascani. Non credo che riuscirete a fare aprire il portafoglio degli Orio. Se li toccate sulla roba, diventano ombrosi e gelosi peggio di Otello con Desdemona.»

Al risuonare del nome di Otello, il parrocco levò di scatto la testa.

«Ho detto qualcosa che vi ha offeso?» domandò il Lieti, notando la reazione del prete.

«Tutt'altro», lo tranquillizzò il prevosto. Poi, cambiando discorso, aggiunse: «Non vi ho nemmeno offerto un bicchiere di vino! Ne volete?».

Il dottore rifiutò, dicendo che l'unica cosa che desiderava era un bagno caldo che gli sciogliesse il freddo che gli aveva congelato il corpo.

36.

Il temporale scoppiò nella tarda mattinata di sabato e si riversò per intero sulla testa del Federale. Temporale di parole trasmesso a senso unico per telefono che il Federale subì in umiliante silenzio. Poi però, una volta deposta la cornetta, non impiegò che pochi secondi per riprenderla in mano e chiamare Aurelio Pasta.

Al suo «Pronto?» il Federale berciò: «Alzati! Sta' in piedi quando parli con me!».

L'Aurelio era ancora un poco assonnato: «Sono già in piedi», rispose.

«Bene, allora stacci! E adesso dimmi una cosa. Tu sai chi è Tano Belloni?»

Il Pasta scosse la testa e fu come se il Federale lo vedesse.

«Te lo dico io. È un socio di maggioranza della SACR, primo cugino di Ernesto Belloni, ex podestà di Milano, la cui amicizia con il segretario del Partito Augusto Turati è nota a tutti tranne che a te, pistola!»

«Bene», farfugliò il Pasta.

«Bene un cazzo!» esplose il Federale.

Perché poco prima, al telefono, era stato proprio lui a scatenare il temporale sulla sua testa: voleva sapere a chi andava attribuito il merito della denuncia contro i meccanici grazie alla quale l'azienda, già in difficoltà, subiva ulteriori perdite in tempo e denaro.

Alla parola «merito» il Pasta si inorgoglì per un brevissimo istante: subito, però, comprese che c'era poco di che vantarsi.

«Be'...» farfugliò.
«Be'?»
«Se è il caso posso sempre ritirare la denuncia», buttò lì l'Aurelio.
«Ma bene!» osservò il Federale. «Ottima idea! Una figura di merda dietro l'altra! Ti vuoi mettere in testa che hai agito in nome del Partito? E che il Partito non ha l'abitudine di fare marcia indietro? Tanto più che il processo è già stato fissato per giovedì 30 gennaio.»
Pasta rimase in silenzio.
«Quindi niente. Non muoverti, non fare niente. Se ti viene qualche idea, fattela passare subito. A tirarci fuori dai guai ci penserà l'avvocato Cirincino.»
«Cirincino l'Africano?» non poté fare a meno di chiedere l'Aurelio.
«Lui», confermò il Federale.
Era il momento giusto per mettere in campo un pezzo da novanta come il Cirincino: quello che il Pasta non sapeva e che il Federale aveva orecchiato era che Augusto Turati stava cadendo in disgrazia, sul punto di essere sostituito da Giovanni Giuriati, alle spalle del quale Roberto Farinacci smaniava contro gli affaristi plutocratici, che poi erano gli industriali che non gli allungavano la bustarella.
Nonostante tutto, la denuncia del Pasta faceva gioco: ma finché la situazione non si fosse chiarita, era meglio andarci cauti. Il cadreghino innanzitutto, era la convinzione del Federale. E tacere e obbedire, lasciando fare a quelli che stavano sopra di lui.
«Poi», concluse, «passato il processo faremo i nostri conti.»
E senza salutare appese la cornetta.

37.

Fu il maresciallo Rodinò a informare l'ingegner Galimbelli che il processo si sarebbe svolto l'ultimo giovedì del mese.

«Prendete delle contromisure», suggerì il Raggi dalla direzione centrale. «Bisogna salvare i meccanici. Raccogliete controprove. All'avvocato provvederemo noi. Il consiglio d'amministrazione è in ebollizione.»

«Politica?» chiese il Galimbelli. «Il Belloni soffia sul fuoco?»

«Me ne frego della politica», ribatté il Raggi. «Mi interessano le macchine! Devono essere montate in fretta.»

L'ingegner Galimbelli fece chiamare il ragionier Mario Senti.

«Dobbiamo preparare», gli comunicò, «una memoria difensiva per il nostro avvocato. È necessario interrogare tutti i testimoni del fatto, i meccanici prima di tutto.»

Il Senti, facendo un piccolo inchino, si dichiarò onorato: chiese soltanto che gli venisse assegnata una dattilografa, che era il suo sogno decennale. Il direttore soppesò la richiesta.

«Ci vuole una persona fidata», disse infine ad alta voce. E indicò la Personnini che stava ascoltando lì in piedi.

«Voi godete della nostra completa fiducia», le comunicò il Galimbelli. «Collaborerete con il ragionier Senti. E, se mi passate il consiglio, comincerei subito, oggi stesso. Adesso, insomma.»

Il ragioniere fece un piccolo inchino anche a Emilia e si mise d'accordo per lavorare con lei pure fuori orario: già gli brillavano gli occhi.

38.

Otello Personnini attese invano il rientro di Emilia sino all'una. Battuto il tocco, si decise a mangiare da solo: si cucinò una frittatina con le cipolle. Mise poi i piatti sporchi nell'acquaio, si lavò, si sbarbò, si cambiò d'abito. Aveva una riunione all'Azione Cattolica per le tre ma, considerata l'ora di tempo che gli restava, prese carta e penna, si accomodò in sala e, dopo aver ben riflettuto, cominciò a scrivere una lettera.

«Egregia signorina Gilardoni, con questa mia desidero ribadirvi il sentimento profondo che nutro verso di voi e che mi suggerisce di confermarvi la proposta che ho già avanzata a vostra madre...»

Gli bastarono pochi minuti per mettere nero su bianco la richiesta di matrimonio meditata da mesi. Si firmò con il nome intero, «Otello Vernerò Personnini», imbustò la lettera e andò a imbucarla direttamente nella cassetta della famiglia Gilardoni. Fischiettava, si sentiva leggero, felice, come dopo una sosta al confessionale.

39.

Passata la domenica a scrutare il cielo dal quale la neve aveva smesso di cadere, l'ingegner Galimbelli cenò con gusto e andò a dormire bello tranquillo: verso le otto della sera infatti il capostazione Musante l'aveva avvisato che, stando così le cose, la mattina seguente avrebbero potuto manovrare. Prima di addormentarsi aveva fatto due conti: al processo mancavano ancora una decina di giorni e i meccanici erano, a tutti gli effetti, liberi cittadini. Con i telai in fabbrica e quel tempo a disposizione non ci sarebbero stati problemi per montarli, e poi succedesse quello che doveva succedere.

Ma lunedì mattina un telegramma della direzione generale di Legnago lo avvisò di non avviare i lavori di montaggio dei telai elettrici: «Seguirà telefonata», preannunciava.

A rovinargli del tutto la mattinata fu la relazione sugli interrogatori dei primi cinque meccanici. Da loro il ragionier Senti era riuscito a cavare ben poco: Emilia aveva verbalizzato solo risposte monche e inconcludenti, dei «non so» e dei «non ricordo». Passata la sbornia, la loro memoria era stata cancellata come una lavagna.

«Solo quel tal Landru sembra meno fesso degli altri», affermò il ragioniere, «e ha detto delle cose precise. Però...»

Il Senti parlava animato da una gelosia nemmeno tanto vaga. S'era accorto, infatti, che quando il meccanico era entrato nella saletta destinata agli interrogatori la segretaria aveva reagito con una forte emozione: rossore, frangetta e grattatina.

Così in piena luce l'Emilia non l'aveva mai visto: sembrava un attore. Lo aveva immaginato vestito da gaucho e si sarebbe abbandonata a chissà quali fantasie nella pampa sconfinata se il Senti, con una certa secchezza, non avesse cominciato a interrogarlo, obbligandola a verbalizzare. Senza preamboli, il ragioniere era andato diritto al nocciolo della questione, contestandogli l'accusa per la quale sarebbe comparso davanti al pretore. Landru era scattato. Ma compostamente, con stile.

«Balle», aveva detto quasi sottovoce. «Io non c'entro.»

«Ma ci vorrà un testimone che confermi la vostra deposizione!» aveva risposto, un po' isterico, il Senti.

«Con tutta la gente che era lì, un testimone lo si troverà», aveva suggerito il meccanico. Poi, dopo essere rimasto un momento soprappensiero, aveva teso il braccio verso Emilia e aggiunto: «La signorina, per esempio. Era presente. Deve aver visto tutto».

Emilia era arrossita di nuovo. Vedendola ancora in imbarazzo, il ragioniere per il dispetto aveva sogghignato: «E vi sembra una testimone attendibile? È la segretaria del direttore del cotonificio. Ci vuole qualcuno sopra le parti, affinché sia credibile. In caso contrario, avete pochissime chance di cavarvela».

Ma c'era, quel testimone?

40.

«C'è?» chiese il Galimbelli.

Il ragioniere aveva terminato la sua relazione ma aveva lasciato pendere per aria quel dubbio.

L'ingegnere non se n'era dimenticato.

«Ragioniere», insisté, «c'è o non c'è? Se lo sa, me lo dica.»

Il Senti sospirò.

«Per esserci ci sarebbe», rispose. «Ma non so se...»

Il Galimbelli giunse le mani come se volesse pregare: «Parli, per carità, poi vedremo!».

Il ragioniere si decise. Alla festa, confessò, c'era andato anche lui: «Così, sapete, per divertirmi, fare un po' di movimento...».

«Sì, d'accordo», tagliò corto l'ingegnere. «E poi?»

E poi... visto che era lì e come si erano svolti i fatti...

«Quindi sareste voi il testimone sicuro?» sbottò il Galimbelli.

«Io? Ma nemmeno per idea!» si affrettò a rispondere il Senti.

Piuttosto una donna, una ragazza. Una certa Gilardoni Mirandola, che aveva accolto i meccanici al loro ingresso e addirittura s'era messa di mezzo, sostituendosi all'assente servizio d'ordine e impedendo che la zuffa degenerasse.

«A mio parere», concluse il Senti, «è l'unica persona che può raccontare come si sono svolti i fatti dall'inizio alla fine. Perché, allo stato, non si può escludere che i meccanici siano stati provocati e abbiano reagito, diciamo, per difesa.»

«Certo», annuì l'ingegnere.

E di dov'era questa Mirandola?

«È una nostra dipendente», chiarì il ragioniere con un tono di stupore, come se il direttore dovesse conoscere uno per uno tutti i dipendenti del cotonificio. «Lavora alla linea di filatura.»

«Ottimamente», fece il Galimbelli. «Allora, una volta uscito dal mio ufficio me la manderete a chiamare. Le voglio parlare di persona. Dopodiché...» aggiunse.

D'accordo che c'era in ballo un processo. D'accordo che la direzione di Legnago aveva temporaneamente sospeso l'impianto delle macchine. Tuttavia l'esperienza gli aveva insegnato a non farsi cogliere impreparato dagli eventi. Meglio portarsi avanti.

Quindi disse al ragioniere che voleva un elenco di tutti i maschi, celibi e sotto i quarant'anni, impiegati al cotonificio.

«So di chiedervi un ulteriore sacrificio ma mi serve entro domani.»

41.

Il lungo colloquio tra il direttore e il ragioniere aveva temperato per bene la curiosità di Emilia Personnini. La segretaria però aveva resistito. Tuttavia quando, nemmeno un quarto d'ora più tardi, si vide comparire davanti la Mirandola, ebbe un sobbalzo.

«Il direttore mi attende», si presentò la Gilardoni.

«Il direttore la attende», ripeté tra sé la segretaria. «Io non ne so niente», rispose secca secca. Non le piaceva per nulla quella rossa sfacciata intorno alla quale se ne dicevano di tutti i colori.

«Me l'ha detto il ragioniere», chiarì la Mirandola per nulla in imbarazzo.

«Se è così», disse la Personnini, «attendete un momento che vi annuncio.»

Mossa, quella dell'annunciare le visite, che le era venuta lì per lì, tanto per dimostrare all'operaia che in quell'ufficio c'era una procedura da seguire e lei ne era la principale officiante.

L'annunciò, quindi. Al Galimbelli sfuggì la novità. Alla Personnini invece non sfuggì il fatto di avere la maniglia della porta dell'ufficio direttoriale in mano: seguendo un incontrollabile istinto, invece di chiuderla l'accostò appena. Quindi, visto che ormai il dado era tratto, anziché tornare alla sua scrivania, restò lì impalata, cercando di sentire quello che si dicevano.

Il Galimbelli, gentile come suo solito, spiegò alla Mirandola il motivo per il quale l'aveva convocata. E la Mirandola, a suo agio come se non si trovasse davanti al direttore, raccontò lo svolgimento della serata.

Il Galimbelli la interruppe una prima volta quando la Gilardoni parlò di cinque meccanici.

«Il Pasta ne ha denunciati sei», osservò.

«Erano cinque», ribadì la ragazza, «so contare bene.»

Nella denuncia quindi, rifletté il direttore, c'era un errore di forma.

Una seconda interruzione capitò quando la Mirandola dichiarò di aver forse fatto un errore di valutazione.

«Sarebbe a dire?»

Voleva dire, spiegò la Gilardoni, che probabilmente aveva sbagliato a farsi sostituire al banco dei beveraggi dal Paoletto per andare a cercare l'Aurelio.

«Era già nervoso perché la serata gli buttava male», osservò, «e non posso escludere che si sia lasciato scappare qualche parola o qualche gesto che abbia provocato la reazione dei cinque.»

«Capisco», disse il Galimbelli. «Ma adesso viene il difficile...»

«Cioè?» chiese la Mirandola.

Se la sentiva di ripetere quelle stesse cose che aveva detto a lui davanti a un pretore, in un'aula di tribunale?

«Perché no?» fu la risposta della ragazza. «Non ho paura di dire la verità e nemmeno quello che penso.»

Il Galimbelli la guardò con ammirazione.

«Mi compiaccio», dichiarò. «E sappiate che la direzione non resterà insensibile al vostro aiuto. Quando vi sposerete, sarà nostra cura farvi avere un corredo completo.»

«Sposarmi?» sorrise Mirandola.

«Be', prima o poi capita a tutti, o quasi. E, se me lo permettete, credo che a una ragazza come voi le proposte non manchino.»

Il sorriso della Gilardoni divenne una franca risata: «Se è per quello ne ho ricevuta una anche questa mattina. Per lettera. E volete sapere da chi?».

Allo svelarsi del nome la Personnini si sentì percorrere da una scossa, temette di cadere a terra, raggiunse a fatica la sua scrivania.

Quello schifoso, quel vigliacco, quel verme di suo fratello!

Faceva le cose di nascosto da lei, eh! E proprio con quella cretina rossa di capelli, che in più pretendeva di essere l'ancora di salvezza del meccanico Landru!

Allo scoccare del mezzogiorno, mentre incappucciava con la cerata la macchina per scrivere, la Personnini aveva almeno un'idea chiarissima: doveva marcare stretto suo fratello, capirne le mosse, le intenzioni, così da poterlo anticipare.

«Vedremo!» disse uscendo.

Vedremo chi arriverà prima alle nozze...

42.

La gelosia di Emilia non era esplosa solo per una paturnia femminile. C'erano di mezzo i soldi, quelli che cominciava a rendere la casa dei Personnini in via Manzoni.

Era stata, la casa di via Manzoni angolo piazza Santa Marta, la rovina di Carlo, il padre di Otello e di Emilia. L'aveva acquistata nel 1920 quando lavorava come capomastro nell'Impresa Corona. L'acquisto gli era costato innanzitutto il posto di lavoro: il titolare dell'impresa aveva lungamente trattato l'affare e il Personnini, che era al corrente della transazione, s'era inserito nella trattativa e l'aveva battuto sul traguardo.

Carlo Personnini aveva in mente grandi progetti di riassetto per quello stabile e si era messo subito al lavoro, ma tre mesi dopo l'acquisto era morto cadendo da un ponteggio, lasciando inconsolabili la moglie quarantenne Amelia, Otello che aveva diciott'anni ed Emilia che ne aveva quindici.

L'intervento del prevosto era valso a sistemare Otello in municipio. Emilia, invece, era rimasta in casa fino a diciannove anni.

Nel 1924, quando la giovane Personnini aveva trovato impiego nel cotonificio, la casa di via Manzoni era ancora disabitata e disabitata era rimasta fino al 1927, quando Amelia era morta lasciando un testamento ispirato dal prevosto: aveva diviso l'eredità in due parti; al primo figlio che si fosse sposato andava la casa di via Manzoni, mentre quello che se ne restava solo poteva contare sull'abitazione di famiglia.

I due fratelli avevano preso atto delle volontà materne con noncuranza; la casa di via Manzoni per loro non aveva importanza. Aveva cominciato ad averne solo quando Ugolino Bereni, un macellaio, l'aveva chiesta in affitto, ancora su suggerimento del prevosto, per aprirci bottega: il Bereni si era offerto di finanziare la ristrutturazione dello stabile per la parte che gli interessava, scontando i soldi dal canone d'affitto degli anni a venire. Sempre il prevosto aveva consigliato Otello ed Emilia di approfittare del buon affare: li aveva addirittura convinti a impegnare tutti i loro risparmi per completare i lavori.

Alla fine del 1929 l'edificio aveva preso il suo assetto definitivo: al pianterreno, a fianco del locale della macelleria (con annessi servizi e cella frigorifera), c'era il locale (con annessi servizi e profumeria) di un barbiere; al primo piano due appartamenti aspettavano di essere abitati.

La casa di via Manzoni era una banca, una garanzia sul futuro: uno solo però ne avrebbe potuto godere, e lì stava il busillis.

43.

Mite come un agnello, molle come uno gnocco di patate, gli occhi bassi sul piatto di pasta, l'Emilia partì all'attacco.

«Ti devo chiedere scusa», esordì.

Otello si stava ingolfando di pasta. Con la bocca mezza piena e la bazza unta di sugo bofonchiò: «Perché?».

Emilia depose la forchetta e lo guardò in viso: «Ma per l'altra sera, no?».

Quando gli aveva proibito di introdurre in casa loro il capostazione.

«Sono stata un po' brusca, ho agito d'istinto, senza riflettere.»

Otello continuava a riempirsi la bocca.

«Se non lo vuoi qui», sputacchiò, «vado io da lui ogni tanto. Non ti devi preoccupare.»

L'Emilia era già preoccupata. Preoccupata che quelle uscite serali del fratello avessero altre mire.

«Otello!» proruppe.

Si stava scusando e lui continuava a mangiare come un maiale.

«Ma cosa c'è?»

C'era che s'era pentita di essere stata così villana con lui: «Non ci ho dormito la notte e adesso voglio riparare», confessò.

Un fratello e una sorella come loro, come loro soli al mondo, non potevano, non dovevano farsi del male.

«Ecco quello che ti volevo dire. Fallo venire quando

vuoi, il tuo amico. Magari... magari anche stasera... Vi preparo un dolcetto... voi parlate delle vostre cose...»

Otello aveva cominciato a fare scarpetta nel piatto: «Se proprio insisti...» aveva risposto. Poi l'occhio gli era caduto sul piatto della sorella: «Ma non mangi?».

«Non ho un grande appetito.»

Allora, con mano di rapina, le sottrasse il piatto e ripartì all'attacco.

44.

Gli argomenti preferiti di Amedeo Musante erano gli orari di arrivo e partenza dei treni, con relativi ritardi, il ciclismo e il tempo.

Quella sera però, impagliato su una sediola del salotto di casa Personnini, non sapeva da che parte iniziare. Seduta davanti a lui infatti c'era la donna dei suoi desideri, che aveva appena servito il dolcetto promesso al fratello, una torta margherita cucinata con un po' troppa fretta: era risultata asciutta asciutta, con dei «frati» irrisolti nell'impasto. Il Musante ne prese subito una fetta. Mentre la ingollava a fatica, rifletteva sull'argomento da mettere in campo per avviare la conversazione.

Quella prima fetta non gli diede alcuna idea. Per mandarla giù tracannò tutto d'un fiato un bicchierino di rosolio, elogiò le mani che avevano creato il dolce e, controvoglia, chiese il permesso, accordato, di servirsene una seconda porzione. Fu a metà della strenua lotta con la seconda fetta di torta che nella sua mente si accese la lampadina. Doveva toccare le corde sensibili della Personnini, far leva sul suo istinto femminile, materno, muoverla a compassione nei suoi confronti: ma non una compassione becera, piuttosto quella che potevano evocare dei soldati in partenza per il fronte.

Così, mentre Otello masticava senza difficoltà la terza fetta dell'orribile torta, il Musante entrò in argomento: «La va' a pochi, eh?» chiese con aria di mistero.

Intendeva il processo ai meccanici che si sarebbe celebrato di lì a pochi giorni: gli sembrava che esservi in qualche modo coinvolto gli potesse donare un'aura da eroe cui era difficile restare insensibili.

Chiarì quindi quello che intendeva significare.

«Ah», fece la Personnini, «bel guaio!»

Il Musante fu d'accordo con lei, poi si passò una mano sul viso e sibilò un «Mah!» che stimolò la curiosità di Otello.

«Mah, cosa?» chiese sputacchiando briciolette della quarta fetta di torta.

Fu come se a chiederglielo fosse stata l'Emilia. Il Musante infatti non si girò nemmeno verso di lui.

«Figuratevi, signorina», rispose, «che io sarei un testimone d'accusa!»

«Testimone voi?» finse di meravigliarsi l'Emilia.

«Pare», mentì a sua volta il Musante, «che abbia preso una sberla.»

«Davvero?»

«Una sberletta, quasi un buffetto», aggiunse il capostazione.

Tuttavia, essendo suo malgrado rimasto coinvolto nella zuffa, il Pasta l'aveva inserito nella lista dei testimoni di accusa.

«Mi dispiace per voi», lo compianse l'Emilia. Più che le parole, fu lo sguardo della ragazza: pietoso, con un fondo di commozione.

Eccola, fu il pensiero del Musante. L'aveva finalmente toccata, la corda sentimentale! Adesso era ora di ergersi a eroe, dimostrare che era un uomo con tutti gli attributi.

«Io, però...» disse. Poi si fermò.

«Ma», osservò, «c'eravate anche voi quella sera. Avrete visto come si sono svolti i fatti...»

«No», si affrettò a dire l'Emilia.

Distratta da un valzer che stava ballando, per obbligo – l'aveva promesso! – s'era avveduta tardi di quanto stava accadendo.

«Io no», affermò il Musante. Aveva visto tutto, poiché dopo la sberletta s'era ritirato in fondo alla sala. Pronto a intervenire se ce ne fosse stato bisogno, naturalmente.

Fu a quel punto che l'immagine del meccanico Landru riprese corpo nella mente della Personnini: era sempre vestito da gaucho e spaziava liberamente nella pampa sconfinata.

«Allora avete in mano la prova per scagionare almeno uno di quei poveri diavoli!» proruppe.

Il Musante restò interdetto. Di andare contro il Pasta non aveva una gran voglia. Fece per dire qualcosa, ma la Personnini era lanciata: aveva scovato un testimone d'eccezione per scagionare il meccanico, evitare che lo mandassero via e poi chissà...

«Sono certa che un uomo come voi non avrà timore di dire la verità!» concluse.

Al Musante quelle parole infusero più calore dei tre bicchierini di rosolio che aveva bevuto nel frattempo.

«Conosco il mio dovere», rispose.

Poi, come svuotato, non sapendo più cosa dire e pensare, incollò gli occhi su ciò che rimaneva della torta margherita che, fetta dopo fetta, era sparita nella bocca di Otello.

45.

Prima di entrare in ferrovia, Amedeo Musante era stato marinaio. Originario di Nicosia, aveva vissuto sulle pendici dei Monti Nebrodi, aiutando il padre Leandro, proprietario di zolfare. Quando il genitore era stato costretto a cedere l'attività, Amedeo aveva deciso di arruolarsi in Marina, entrando nel centro equipaggi di Taranto. Nella primavera del 1922, imbarcato come elettricista sull'incrociatore *Irpinia*, era sbarcato a Tolone. Aveva con sé, oltre a una settimana di franchigia, tutte le voglie della sua giovane età: la prima sera di libertà, nella stessa gargotte dove aveva saziato lo stomaco, aveva puntato una ragazza dalla chioma scura e folta, due bei labbroni, un poco di pelo sul labbro superiore, che non guastava. Gli aveva fatto sangue, e lui a lei, visto che per sei giorni quella non aveva avuto altri clienti al di fuori del Musante. L'ultima sera Amedeo le aveva confessato di essere pazzamente innamorato di lei. Disposto, addirittura, ad abbandonare la Regia Marina per sposarla e mettere su casa a Tolone.

Isidore, così si faceva chiamare la ragazza, si era commossa.

«Mon cheri!» aveva esclamato. «Tu es vraiment fou. Moi aussi je t'aime, mais... mais j'ai un secret!»

«Un che?» aveva chiesto Amedeo.

«Un segreto», aveva tradotto Isidore. «Petit, tout petit...»

«E sarebbe?» aveva indagato lui.

«Songo napolitana», aveva confessato Isidore ridendo.

«Qui a Tolone mi ci trovo per un caso della vita. Ma la nostalgia dell'Italia è tanta e sarei felice di tornarci con te!»

Al Musante erano cadute le braccia: aveva sperato di poter sposare una donna francese!

Era scappato di corsa dalla camera di Isidore e pochi giorni dopo aveva anche chiesto un trasferimento, temendo che quella potesse rintracciarlo. Dall'*Irpinia* era passato all'incrociatore *Conte di Cavour* che, la mattina del 30 agosto 1923, al comando dell'ammiraglio Soleri, era stato inviato a occupare l'isola di Corfù. Era stata una sorta di licenza premio, per lui come per i suoi commilitoni: sole, mare, ragazze greche da insidiare e bambini armeni da prendere a calci nel sedere.

Tutto era durato sino al 27 settembre, quando la flotta era stata richiamata in patria e il Musante, tramite telegramma, a Nicosia, causa improvvisa malattia del padre. Malattia grave, visto che quando era arrivato a casa il genitore era già sepolto: saltato per aria maneggiando una mina, gli avevano detto. Il Musante aveva abboccato a quella balla. Sentendosi responsabile, s'era dimesso dalla Marina e aveva preso il posto del vecchio che da anni ormai coltivava agrumi. Però quando, un paio di mesi più tardi, gli avevano spifferato che il genitore era stato ucciso da un concorrente, Amedeo aveva deciso che il sole di Sicilia scottava troppo per lui. Spiacente per sua madre, i parenti e pure per gli agrumi. Il mare non lo attirava più. La strada ferrata piuttosto. Grazie a quella, il ferroviere Musante era approdato a Bellano.

46.

La mattina di martedì 28 gennaio si aprì con un bel cielo sereno. Il freddo ne aveva guadagnato: nelle contrade, in piazza della chiesa, sul lungolago. Ovunque la neve caduta era gelata in una crosta dura e scivolosa. Il brutto tempo era tutto concentrato nella bacheca del cotonificio. L'ingegner Galimbelli, sempre temendo di farsi prendere in contropiede dagli eventi, aveva fatto un altro passo, facendo affiggere un secondo avviso.

SACR - Direzione di Bellano

Tenuto conto del piano di inserimento di una linea di telai elettrici presso questa sede e della conseguente riduzione delle unità di torcitura e ritorcitura, si rende noto che l'organico dei Sigg. Dipendenti subirà un ridimensionamento dell'ordine di 80 unità. Tale provvedimento non ha carattere di licenziamento essendo la Direzione Generale disposta a concordare trasferimenti presso le altre sedi della Società in Faedis e Plasencis, con mansioni paritarie alle attuali del personale esuberante. Verranno dapprima prese in considerazione domande volontarie.

Galimbelli ing. Luigi

Il Galimbelli non si era fermato lì. All'avviso aveva fatto seguire una lista di nomi, una sessantina. Tutti maschi, celibi e sotto i quarant'anni. Voleva parlare personalmente con ciascuno di loro.

«I seguenti lavoratori verranno convocati presso la Direzione», era specificato in testa all'elenco.

Approccio indispensabile, era stato il pensiero del Galimbelli, per capire le intenzioni di costoro e impedire che dalla Direzione Generale arrivassero colpi a casaccio, scombinando famiglie e generando panico.

Nel via vai dei turni, una volta letto il comunicato e presa visione dell'elenco che non faceva presagire niente di buono, gli operai del cotonificio maledirono i padroni ma soprattutto i telai che rappresentavano materialmente la sgradita novità. Tant'è che qualcuno tra i più agitati propose di andare, nottetempo, a farli fuori a colpi di mazza.

Ma c'era bisogno di una tale violenza?

Il Musante, nel corso della solita ispezione tardo pomeridiana, osservandoli ancora in attesa sui vagoni del carro merci posteggiato sul binario morto, rifletté che se dal cotonificio avessero aspettato ancora un po' a spostarli, già prima di montarli avrebbero dovuto essere riparati.

Sospirando, levò uno sguardo al cielo livido della sera incipiente: le rare nuvole che lo solcavano avevano tutte lo stesso profilo, quello di lei, della Personnini che in quel momento stava uscendo dal cotonificio con la certezza che l'avrebbe visto.

Non il Musante.

L'altro, il meccanico.

Landru.

Infatti.

Al suo passaggio, studiato, davanti alla finestra del convitto dove i meccanici erano consegnati, l'uomo era lì.

La Personnini si avvicinò alla finestra, mettendosi un dito sulle labbra.

«Non dite niente a nessuno», mormorò, «ma credo di essere riuscita a salvare il vostro passaporto.»

Il meccanico ebbe appena il tempo di chiedere come avesse fatto. La Personnini era già lontana.

Fremeva di gioia come un pescatore che avesse appena gettato in acqua l'amo.

47.

L'avvocato Salvatore Cirincino arrivò a Bellano il giorno prima del processo, scortato dal peso della sua fama.

Sulla bilancia denunciava centodiciotto chili distribuiti in un metro e novantadue centimetri di altezza. Cranio pelato e incarnato roseo percorso da venuzze bluastre ne caratterizzavano ulteriormente la figura. Il Pasta l'aveva visto una volta sola, a Milano, nel covo fascista di via Paolo da Cannobio, nel corso di una manifestazione di ex legionari fiumani. Lo temeva, prima ancora che per la sua autorevolezza, per l'incombente corporatura.

Aveva quarantatré anni e lo chiamavano l'Africano perché aveva trascorso quasi vent'anni della sua vita in Africa. Vi era sbarcato giovane, appena laureato, nell'ottobre del 1911, inquadrato tra i rinforzi del corpo di spedizione in Libia con il grado di sottotenente di fanteria; era un giovane animoso e in terra d'Africa si era distinto subito per l'intraprendenza e la spregiudicatezza. Promosso tenente, aveva trascorso gli anni del conflitto mondiale a Tripoli, in parte impegnato in compiti di polizia nel settore fra Merg e Cirene. La notizia dell'armistizio l'aveva indotto a chiedere, nel 1919, il rimpatrio. Rientrato a Taranto, sua città natale, aveva trascorso giorni di patimento, per odio verso l'avvocatura e nostalgia d'Africa. Così, agli inizi del 1920, si era aggregato a una missione agricola diretta in Somalia, stabilendosi nell'azienda del Duca degli Abruzzi, sull'Uebi Scebeli, nella regione del medio Scidle, a circa 120 chilometri da Mogadiscio: di quei 25.000 ettari aveva diretto, insieme con alcuni veterani di Libia, la bonifica; dopodiché vi aveva esportato le colture del cotone, dei fagiolini nitrificanti, della canna da zucchero, del sesamo, del ricino, del granturco, del cocco. Nel settembre del 1926, il giorno della cerimonia d'inaugurazione di un grande canale che, derivando dall'Uebi Scebeli, doveva irrigare un terreno destinato alla coltura sperimentale del riso, il Cirincino aveva manifestato i sintomi di una colite amebica. In dieci giorni aveva perso venti chili; si era reso necessario il suo rientro in Italia, dove aveva soggiornato in ospedale, a Roma e a Milano. Guarito, aveva dovuto rinunciare all'Africa e abbracciare l'arte forense, con predilezione per la difesa dei reduci o veterani di varie guerre. In poco tempo si era guadagnato l'attenzione dei dirigenti del PNF; era stato incaricato di supervisionare l'attività delle segreterie provinciali di Lombardia e Veneto. Agli inizi del 1929 aveva fondato un foglio intitolato «Legione» e aperto uno studio legale a Como: lì il Partito andava a cercarlo quando c'era da risolvere un grosso guaio.

Era, per dirla in poche parole, una garanzia.

Anzi, due.

48.

Due.

In primis perché, nominandolo quale sostenitore dell'accusa, il Partito salvava la faccia.

«Quando scende in campo un pezzo da novanta come voi», gli aveva detto il Federale comasco, «l'opinione pubblica non resta indifferente. Così facendo dimostriamo di non aver paura di niente e di nessuno.»

In secundis perché, sempre il Partito, contava sulla sua innegabile abilità nel mediare e mettere d'accordo tutti, come aveva ben dimostrato durante gli anni della sua avventura africana.

Era insomma necessario salvare capra e cavoli. Mentre alle spalle del segretario nazionale e della sua cugineria stava maturando il destino, era meglio non sollevare troppa polvere: in parole povere, dare al Belloni l'illusione di strappare una mezza vittoria, così che lui e il suo cotonificio la smettessero di rompere i coglioni, archiviando definitivamente la faccenda.

Il Cirincino era abituato a parlare chiaro, non tollerava mezzucci o compromessi: «In buona sostanza», aveva chiesto al Federale, «il Partito cosa vuole che faccia?».

Il Federale s'era grattato la pera.

«Innanzitutto uscirne a testa alta», aveva risposto.

Insomma, una punizione ci voleva. Ma non doveva essere eccessiva, in modo, appunto, da poter salvare quella capra del Belloni e i cavoli del Partito.

«Vedrò quello che posso fare», lo aveva rassicurato il Cirincino.

Mercoledì, nel tardo pomeriggio, era sceso alla stazione di Bellano.

49.

Puntualmente, alle quattro del pomeriggio. Adorava i treni che spaccavano il minuto. Non conosceva molto l'ambiente dell'Alto lago, l'aveva frequentato poco. S'era quindi fatto l'idea di prendersi quei due giorni come una specie di vacanza. Tanto doveva solo fare un po' di teatro e tenere a freno la propria irruenza. Ma faceva un freddo cane. Se lo sentì addosso non appena sceso dal convoglio.

Il Pasta, che lo aspettava sul marciapiede, dapprima lo salutò romanamente. Poi cercò subito di rendersi simpatico.

«Sapete come dice il proverbio, avvocato? Se vuoi patire le pene dell'inferno a Varenna d'estate e a Bellano d'inverno.»

Il Cirincino gli restituì solo uno sguardo. Il Pasta, al freddo dell'aria, sentì aggiungersi quello degli occhi azzurri del Cirincino. Non gli restò che tossicchiare e chiedere se l'avvocato volesse riposarsi un po' oppure prendere subito visione delle carte processuali.

La risposta lo lasciò di stucco.

«Né l'una né l'altra delle due cose!»

«Come?» fece il Pasta.

«Per quanto riguarda il processo», spiegò il Cirincino, «ne so quanto basta. Circa l'albergo, ditemi come si chiama, lo troverò da me.»

L'Aurelio deglutì: «Avremmo pensato di sistemarvi all'Hotel Grossi...».

«Hotel Grossi», registrò l'Africano.
«E avevamo in programma una cena con i camerati...»
«Vi ringrazio, ma preferisco cenare da solo.»
Padrone... ma c'era il fatto che dopo la cena... ecco... si era permesso di convocare una riunione in sezione per fare il punto... insomma, organizzare la strategia...
Il Cirincino non lo lasciò andare oltre: «Sapete chi è l'avvocato difensore?» chiese.
Meno male che lo sapeva, pensò l'Aurelio: «Tal Consolandi, un trevigiano dell'ufficio legale del cotonificio».
«Non conosco», tagliò corto il Cirincino.
Poi, con il sottofondo del treno che partiva, chiuse la conversazione: «Ci vediamo domattina, in aula».

50.

Aurelio Pasta dovette rinunciare ai suoi sogni di gloria. Nella fantasia s'era fatto l'idea di presentarsi, sottobraccio al Cirincino, davanti ai camerati bellanesi riuniti per la cena e brillare così di luce riflessa. Invece quell'ostia di un omone glielo aveva messo nel gobbo. Mercoledì sera, all'Osteria del Crachen, il posto riservato all'Africano, capotavola, era desolatamente vuoto e i presenti vollero sapere perché.

«La nebbia», rispose il Pasta.

Dopo il tramonto era infatti calata un'inusuale nebbiolina, un cotone che aveva isolato le luci dei lampioni e quelle delle finestre, come se fossero sospese per aria, senza appoggi.

«La nebbia?» domandò uno.

Certo, fu la pronta risposta del Pasta.

Per uno come il Cirincino, abituato ai climi africani, la nebbia era esiziale.

«Gli è venuto mal di gola», mentì.

E dovendo parlare in aula il giorno seguente, aveva preferito risparmiarsi.

«Piuttosto», aggiunse poi, notando una seconda sedia priva di occupante.

L'Eumeo Pennati dov'era? Perché non era presente?

«Mal di gola anche lui?» buttò lì sempre quello.

Il Pasta fu esentato dalla risposta. In quell'istante l'oste del Crachen fece capolino dalla cucina: «Cominciamo a servire?» chiese.

51.

«Con questo è tutto e mi scuso ancora per il disturbo.»

Mentre l'oste del Crachen cominciava a servire un antipasto di affettati, Eumeo Pennati si congedò così dall'avvocato Cirincino che, controvoglia, l'aveva ricevuto in veste da camera.

Non aveva potuto fare a meno di approfittare dell'occasione: parlare con un benemerito della rivoluzione fascista, con un eroe d'Africa, con un esempio per le generazioni a venire, con un personaggio che aveva voce in capitolo. E poteva, volendo, far intendere a chi di dovere che l'Aurelio Pasta, quale segretario di sezione, faceva più onore al suo cognome che al Partito: una pasta, appunto, pronta a trasformarsi in qualunque cosa.

«Il mio curriculum non fa una piega», disse.

Addirittura si era permesso di metterlo su carta e ne tese copia all'Africano.

«Dopodiché non mi resta che augurarvi buona cena», concluse.

«Ho già cenato», furono le uniche parole che emise il Cirincino.

«Pure io», ammise il Pennati.

Non era vero, ma non aveva fame. Come Angelo Bettolini, avanguardista di vent'anni che gli antipasti del Crachen non li aveva nemmeno guardati e del risotto con i filetti di persico aveva chiesto una porzione piccola piccola. Così che al Pasta erano girati i coglioni.

52.

Ce l'aveva davanti agli occhi. Posto d'onore, di fronte a lui e di lato al Cirincino, che non c'era.

«Cos'è?» chiese. «Ti manca l'avvocato?»

«No», rispose immediatamente il Bettolini, «è l'appetito che mi manca.»

Il Pasta sorrise con sprezzo.

«Alla tua età mangiavo anche le gambe delle sedie!»

«Giusto quelle mi resteranno, se perdo il lavoro», ribatté l'avanguardista.

«Sarebbe a dire?» fece il Pasta.

Il Bettolini sorrise a sua volta: se il segretario viveva nel paradiso dei sempre contenti, buon per lui. Se invece si fosse degnato di ficcare il naso un poco più sotto, avrebbe scoperto che il cotonificio stava per licenziare un'ottantina di operai, grazie all'arrivo dei telai elettrici che avrebbero ridotto la necessità di mano d'opera.

Al Pasta quella spiegazione, breve e rotta da un paio di singulti, non bastò. Pretese maggiore precisione. Il Bettolini, mentre pastrugnava il risotto, lo mise al corrente dei comunicati della SACR.

Alla fine Aurelio Pasta emise la sua sentenza: «Bene!» gli scappò detto.

Il Bettolini lo guardò come se fosse diventato improvvisamente scemo: «Bene?» ripeté.

Sì, in un certo senso bene, pensò il Pasta: senza però dire niente e dedicandosi all'oste del Crachen, che era tornato per prendere le ordinazioni dei secondi.

Bene, però. Perché così, con quelle informazioni in mano, aveva la possibilità di salvarsi la faccia, senza dare troppe spiegazioni circa la sua assenza al momento della rissa. Per secondo quasi tutti presero pesce, lavarelli pescati in giornata. E, visto che il Cirincino era assente, decisero all'unanimità che trasferirsi in sezione per la prevista adunanza fosse inutile. Tanto più che l'oste del Crachen aveva già messo le bottiglie della grappa sul tavolo. Lasciarono l'osteria che mezzanotte era ormai passata. Il giorno del processo era cominciato.

53.

Nella piazzetta antistante il palazzo della pretura, molti bambini giocavano gridando, nonostante il freddo pungente. Sulla porta della sua merceria, che dava nella piazza, Nina Perini, il naso rosso per il gelo, osservava con occhi pacifici l'andirivieni della gente.

L'aula delle udienze traboccava di curiosi, l'aria era surriscaldata, c'era una puzza di sudore che dava quasi la nausea e un chiacchiericcio che non si fermò nemmeno quando il pretore, al secolo Valeriano Seccomandi, fece il suo ingresso.

Pure lui, al pari di altri, aveva maledetto quel processo. A preoccuparlo era il fatto di trovarsi di fronte all'avvocato Cirincino, che sapeva essere nelle grazie del Partito: un passo falso, una sentenza sgradita avrebbero potuto costargli la carriera.

Una volta preso posto sullo scranno, il Seccomandi chiese prima di tutto il silenzio, che impiegò qualche minuto a ottenere. Quindi scrutò l'aula. Subito diede un'occhiata all'Africano, che non indossava alcuna toga e, soprattutto, nemmeno la camicia nera. Accorgendosi del suo sguardo il Cirincino rispose con un cenno del capo a mo' di saluto. Il pretore, non sapendo come interpretarlo, distolse immediatamente gli occhi dalla sua imponente figura per girarli verso il Consolandi: era magro, gobbo e portava occhiali da far invidia a un binocolo. Accanto a lui sedevano i sei meccanici, composti e pettinati, come da istruzioni ricevute la sera precedente dal Consolandi stesso. Nel momento in cui il pretore fece per prendere la parola e riassumere i termini del dibattimento, dal fondo della sala si sentì chiedere convulsamente «Permesso!». Era il Musante, trafelato, che conquistò a forza di gomiti le prime file nel settore di destra: la Personnini, che stava in quello di sinistra insieme con la maggior parte delle donne, gli inviò un sorriso di incoraggiamento che al capostazione parve sottintendere ben altro. A quel punto il Seccomandi fu costretto a esigere di nuovo il silenzio. Quando lo ottenne, riuscì finalmente a cominciare, riassumendo i termini del processo.

«La parola a voi», disse quindi rivolto all'avvocato Consolandi.

Questi, per prima cosa, si tolse gli occhiali, e chissà cosa vedeva! Poi, per la meraviglia di tutti i presenti, tirò fuori da quel corpo rinseghito un vocione potente che suscitò nuovi commenti da parte del pubblico. Il pretore dovette, per la terza volta, richiamare all'ordine e chiedere al Consolandi di ripetere da capo quanto stava dicendo. Il difensore si rimise gli occhiali e la sua voce misteriosamente si abbassò.

«Chiedo l'annullamento del processo», esordì.

«Come?» ribatté il Seccomandi.

Annullamento, ribadì il Consolandi. Poiché a quello stesso dibattimento si era arrivati attraverso un vizio di forma della denuncia.

«Sei denunciati mentre noi abbiamo la certezza che gli eventuali, e dico eventuali!, colpevoli sono solo cinque. Abbiamo testimoni in tal senso e potremmo produrli. Ma noi, signor pretore, siamo in quest'aula per difenderli tutti ed è per questo motivo che chiedo l'annullamento del processo e una revisione dell'indagine relativa.»

La fronte del Seccomandi si stava coprendo di sudore. Mentre l'avvocato della difesa aveva esposto le sue ragioni, il pretore non aveva fatto altro che guardare di sottecchi il Cirincino: lo vedeva come una mina pronta a brillare e si preparò al botto subito dopo avergli dato facoltà di parlare.

L'Africano si levò in piedi, sovrastando tutti di un bel venti centimetri.

«Signor pretore», esordì, «egregio collega...»

I testimoni ce li aveva pure lui, ben sei, disposti a confermare quanto era esposto nella denuncia. Ma non gli sembrava il caso di farla andare troppo per le lunghe.

«Anche perché...» proseguì, mantenendo una calma olimpica.

Perché sapeva perfettamente chi fossero i due testimoni che la difesa avrebbe voluto far scendere in campo.

Il primo, Amedeo Musante, capostazione e confidente dei carabinieri, il quale non poteva che confermare quanto già dichiarato, a meno di non voler finire a sua volta sotto processo.

Il secondo... o meglio, la seconda, era tal signorina Mirandola Gilardoni, presente la sera della zuffa e successivamente entrata in confidenza con uno dei sei accusati, in maniera tale da rendere poco attendibili le sue dichiarazioni, rischiando magari anche un'accusa di complicità.

Mirandola, che se ne stava schiacciata tra i presenti e sino ad allora non aveva fatto altro che ripetersi quello che avrebbe dovuto rispondere alle domande del pretore, saltò su come una molla.

«Non è vero!»

«Per favore, signorina», intervenne il Seccomandi.

«Ma sono tutte balle!» replicò la ragazza.

«Insomma...»

«Io quel Landru l'ho visto solo la sera della festa», insisté la Gilardoni.

«Ma io non ho mai detto che si tratti proprio di colui che voi avete spontaneamente citato», tuonò l'avvocato Cirincino.

Alle parole dell'Africano seguirono alcuni istanti di silenzio. Le prime risatine cominciarono a levarsi proprio dal settore di sinistra, dov'era la maggior parte del pubblico femminile. A seguire, risate e qualche fischio si aggiunsero anche dall'ala destra.

Il pretore tentò di riprendere in mano le redini della situazione, ma comprese che doveva dare modo all'ilarità generale di sfogarsi per qualche minuto. Sentiva di avere bisogno di un caffè e chiese all'usciere di portargliene uno. Nel frattempo Aurelio Pasta si avvicinò al Cirincino e gli soffiò due parole all'orecchio. Era arrivato il suo momento.

54.

A differenza del Cirincino, Aurelio Pasta s'era messo in tiro: stivali, pantaloni, camicia, giacca e cravatta tutti neri. Talmente nero che dava fastidio guardarlo. Quando il pretore, sorbito il caffè, annunciò che intendeva riprendere il dibattimento, l'Africano scattò in piedi, facendogli temere che la mina fosse sul punto di scoppiare.

«Prima di passare all'interrogatorio dei testi», dichiarò, «vorrei che venisse messa agli atti una dichiarazione del segretario Aurelio Pasta.»

Aveva parlato con tono tranquillo, non c'era ombra di minaccia nella sua voce. E da avvocato, da quel grande avvocato che era, il Cirincino sapeva bene che la procedura prevedeva che fosse lui, il pretore, e non altri, a condurre le danze.

«Se l'avvocato Consolandi non ha nulla in contrario...» disse tuttavia il Seccomandi.

«Nulla», fu la pronta risposta di quest'ultimo, che voleva proprio sentire cosa avesse da dire uno dei pochi che alla rissa non aveva assistito.

L'Aurelio raggiunse il banco dei testimoni.

«Vi ringrazio», esordì rivolto al pretore, «per avermi concesso la possibilità di dire ciò che sento come un preciso dovere.»

Dovere imprescindibile per un segretario di Partito quale lui era.

Si impettì, mettendosi di lato per non dare le spalle al pretore e non perdere di vista il pubblico.

«La zuffa?» buttò lì.
Una goliardata sulla quale si sarebbe potuto sorvolare.
«I denunciati. Cinque, sei?» proseguì.
Non era una questione di numeri. Nossignore! Piuttosto era una questione legata al momento, ai tempi – «Grami!» – che stavano per piombare sopra il paese intero.
«Ottanta!» gridò.
Ottanta onesti lavoratori che, con l'arrivo dei telai elettrici, avrebbero perduto il lavoro. Quelli erano i numeri di cui bisognava tenere conto!
E quello era l'unico motivo per cui lui, quale segretario di Partito, s'era deciso a denunciare i sei.
«O cinque che siano!»
Non per un infantile desiderio di vendetta!
Non per una rivalsa personale, come forse qualcuno potrebbe aver pensato!
Bensì...
Il Pasta fece una pausa. Voleva capire se il suo tentativo di spostare i termini della questione stesse andando a segno. Le goccioline di sudore che imperlavano la fronte del pretore gli diedero sicurezza. Il Cirincino, impassibile, teneva il testone appoggiato al pugno e sembrava pensare ad altro, forse all'Africa lontana. L'avvocato Consolandi invece prendeva appunti con il naso incollato al foglio di carta. Fu però un «Bene!» salito dalla folla a dargli la certezza di avere imboccato la strada giusta. Riprese il «bensì...» che aveva lasciato sospeso e si lanciò nell'affondo: «...bensì perché ciascuno di noi non può dimenticare che ottanta persone stanno per perdere il lavoro!».

C'era anche qualche mosca nella sala, noiosa, insistente. Mentre il Pasta sparava la sua frase a effetto, una di queste si posò per l'ennesima volta sulla guancia di Gaspare Perdinelli il quale, per l'ennesima volta, tentò di abbatterla dandosi uno schiaffo. Il rumore sembrò quello di un timido applauso cui, per imitazione, ne seguì uno vero. Nel giro di pochi secondi tutta la sala applaudiva. Il Pasta approvò, bersaglio colpito. E sparò l'ultima botta.

«Ottanta!» tuonò.

Non cinque o sei che fossero. Poi, con passo da martire, ritornò al suo posto.

Il pretore Seccomandi non provò nemmeno a reclamare la calma in aula. Attese, sudando, che l'applauso scemasse. Poi, rivolgendosi al Cirincino e al Consolandi: «Desidererei conferire con entrambi», disse.

Privatamente.

E facendo strada ai due si avviò alla volta dell'ufficietto che gli era riservato.

55.

Valeva la pena di stare al mondo?

In quella maniera, poi. Senza nessuno cui voler bene, senza nessuno cui badare.

Dopo le botte prese, a Maddalena d'Elia quel pensiero s'era piantato nel cervello. E un altro, ancora più insinuante: togliersi di mezzo. C'era il lago così comodo, così vicino, e lei non sapeva nuotare. L'idea di finire all'inferno però la spaventava. Oddio, come se non fosse già un inferno quello che viveva ogni giorno, ogni minuto. Come se non fosse un piccolo inferno anche quella casa, se casa si poteva chiamare: piccola, umida, fredda. Poteva essere peggio di così l'inferno vero, quello che ogni tanto predicava don Ascani?

Si alzò dal letto. Qualche dolore la pungeva ancora qua e là, ma di lì a un po' non ne avrebbe più sentiti. Si vestì lentamente, si coprì il viso con un foulard nero, scese con passo incerto le strette scale della casa e, una volta fuori, venne colpita dall'aria fredda. C'era un vago odore di bosco che le ricordò quello della sua infanzia: la stagione dei giochi, il mirto selvatico che la mandavano a raccogliere, la fanciullezza del sole e dei bagni nel mare vissuti come una memorabile avventura. Il pianto le salì in gola ma lo ricacciò. Non valeva la pena vivere così. Il mondo che aveva sognato non esisteva. O forse c'era, ma in paradiso. A quel pensiero si fermò.

Era a metà circa di via Manzoni. Proprio in quel momento si aprì una finestra, una donna sporse la testa e, tenendo ben saldo un orinale, lo vuotò in strada, mancandola di poco.

Non c'era dubbio, si era decisa. Non valeva la pena vivere così. Ma non voleva finire all'inferno. In paradiso, piuttosto, nel mondo che aveva sognato. E per entrarci aveva bisogno di un permesso speciale, rilasciato da Colui che comandava uomini, bestie e cose. A passo svelto raggiunse la chiesa con le parole della richiesta già pronte sulla lingua: «Signore Deus, fammi entrare in paradiso».

In chiesa non c'era nessuno. Così almeno le parve.

Don Ascani invece, inginocchiato davanti al tabernacolo e raccolto in preghiera, si accorse subito che era entrato qualcuno e si fermò nell'ultima fila di banchi.

Lo vinse la curiosità.

Chi era mai quel cristiano che rinunciava allo spettacolo del processo per andare in chiesa?

Scivolando, più che camminando, lungo il corridoio laterale della prepositurale, si avvicinò e la riconobbe immediatamente.

«Maddalena?»

Non era riuscito a trattenere la voce.

Al sentire il suo nome, Maddalena si mise le mani sul viso e cominciò a piangere come mai aveva fatto davanti ad alcuno.

56.

Da una parte c'era l'Africano, a tutti gli effetti il Partito.

Dall'altra il Consolandi, a tutti gli effetti la SACR, con le sue amicizie altolocate e potenti.

In mezzo ci stava lui, il vaso di coccio. Pretorucolo. Non aveva vergogna a pensarsi, a definirsi così. Una carriera vissuta sempre alla periferia dei reati. Una carriera che, tra l'altro, stava per concludersi. E proprio sul più bello gli capitava quella grana: decidere del destino di ottanta anime. A Bellano lui era venuto per giudicare una zuffa e a tale reato voleva ridurre la questione.

Il Cirincino inspirò con il naso: il suo olfatto, uso a percepire l'odore selvatico degli animali che aveva cacciato in Africa, avvertì quello del Seccomandi: paura.

«Quindi?» chiese.

Una fucilata. Cui il Seccomandi reagì ingobbendosi.

«Quindi», esalò, «visto che trattasi di zuffa, come tale continuerei a trattarla. Lasciando a chi di dovere», aggiunse, «le implicazioni, le conseguenze relative all'atto nei confronti del quale siamo chiamati a giudicare.»

«In buona sostanza?» domandò il Consolandi.

«Leggi vigenti alla mano», spiegò il Seccomandi, «se lorsignori sono d'accordo e onde evitare che l'animo del popolo presente si scaldi ulteriormente, emetterei una sentenza di condanna per i sei meccanici...»

«Condanna?» fucilò il Cirincino.

«Eccellenza», parò il pretore con un sorrisetto infantile, «condanna a una multa di lire cinquanta, convertibile, in caso di insolvenza nel termine di giorni sette, in quindici giorni di carcere.»

Lo sguardo del Seccomandi si posò poi sul viso dell'avvocato Consolandi.

«Provvederemo», assicurò questi.

L'Africano rivolse uno sguardo al collega: con un battito di ciglia gli fece intendere di essere d'accordo. Il Consolandi gli rispose con un gesto del capo. Capra e cavoli erano salvi. Il Seccomandi giudicò che quello appena concluso era il miglior colpo della sua vita da pretore. Tenne per sé il pensiero, strinse la mano ai due avvocati e uscì per dare lettura della sentenza.

57.

Cielo grigio. Altra neve in arrivo?

Neve o no, il Seccomandi non vedeva l'ora di raggiungere la stazione, beccare il treno e ritornare a Lecco. Via da quel paese, lontano dai guai.

Appena letta la sentenza, era sparito dall'aula con la velocità di un fulmine, battuto in rapidità dalla sola Mirandola Gilardoni, che si aspettava di poter essere interrogata per difendersi dalle insinuazioni dell'avvocato Cirincino e invece era rimasta di stucco quando il pretore era rientrato per leggere la sentenza.

Rossa in viso per la vergogna e il dispetto, sgomitando tra i risolini dei presenti, aveva lasciato l'aula per filare a casa e riflettere.

L'Emilia Personnini no. Quando dalla bocca della Mirandola era uscito il nome del gaucho dei suoi sogni, aveva cominciato a ingrigire in viso, un po' come il cielo di quella giornata memorabile. S'era vieppiù incupita dopo la lettura della sentenza, insensibile alle smorfie che il capostazione Musante aveva fatto al suo indirizzo per farle intendere che, nonostante la sua buona volontà, se non lo chiamavano a testimoniare non poteva farci niente, mani legate.

Era rimasta lì, impalata, pure lei riflettendo sul da fare, nella sala ormai vuota.

Quasi vuota.

Anche l'Africano si era trattenuto. Pure lui non vedeva l'ora di lasciare quel paese e quell'aula impregnata di sudore, ma doveva dire due paroline in privato al Pasta e preferiva regolare subito la faccenda. Lo fece mentre la Personnini, con passi meccanici, cominciava a uscire.

«Il culo ce lo siamo salvato», esordì.

Il culo o la faccia, aggiunse, vedesse lui.

Tuttavia, consigliò, che agisse con più raziocinio, d'ora in avanti.

«Cioè?» chiese il Pasta.

Lasciando da parte la vanità, le vendette personali.

«Il Partito viene prima di tutto», sentenziò l'Africano.

E se voleva servirlo, ne aveva di cose da fare: diffondere «Il giornale dei Balilla», per esempio, che gli risultava non andare benissimo in quel paese.

«Nelle menti dei giovani, Fasciolino e i signori Cocorite devono sostituirsi a Bibì, Bibò e sor Pampurio.»

Formare una squadra di calcio. Organizzando incontri facili con avversari più deboli.

«Le vittorie, comunque ottenute, richiamano la gioventù!»

E poi, mai prendere di petto i preti. Aggirarli, piuttosto. Andare sempre a messa, in camicia nera, scortato dai camerati. Senza dimenticare i saggi ginnici e la minestra.

«Che minestra?» domandò il Pasta.

Il Cirincino sorrise.

«Non ti piace?»

«Veramente, tutte le sere, io...»

«Fesso!» lo interruppe l'avvocato.

La minestra del Duce per i poveri.

«Quasi ogni comune della provincia ce l'ha, tranne il tuo!»

«Obbedisco», rispose il Pasta.

«L'ha già detto un altro», ironizzò il Cirincino.

«Davvero?» chiese serio il Pasta.

58.

«Davvero?» chiese con un filo di incredulità Otello Personnini.

Al processo non aveva potuto assistere. Era curioso, ci sarebbe andato volentieri, ma non poteva certo mostrarsi in pubblico mentre tutti sapevano che se ne doveva stare in municipio a ottemperare ai suoi doveri di messo comunale. Però non voleva rinunciare a sapere e così la sera prima aveva chiesto alla sorella Emilia, che invece al processo ci sarebbe andata per incarico del direttore Galimbelli, una relazione puntuale, precisa, particolareggiata. L'Emilia gli aveva risposto un sì stracco: la relazione vera e puntuale l'avrebbe fatta al Galimbelli, suo fratello si sarebbe dovuto accontentare di un riassunto, dei passaggi fondamentali. O almeno questa era stata la sua intenzione sino al momento in cui la Mirandola si era, secondo quanto aveva pensato senza osare dirlo ad alta voce, sputtanata in pubblico.

Nel corso del pomeriggio, rientrata nel suo ufficio di segreteria e fatta la relazione al direttore, Emilia non aveva fatto altro che conti: alla fine, tirata la riga, aveva compreso che la prima cosa da fare era eliminare suo fratello dalla corsa alla casa paterna. Il bel gaucho poteva lavorarselo con più comodo. E le sembrò di avere in mano la carta giusta. L'avrebbe servita, con il minestrone riscaldato, all'Otello durante la cena.

Emilia aveva riferito della pessima figura della Mirandola in aula, al cospetto di quasi metà paese. Come se l'imputata fosse lei, e non i meccanici.

Una figura ridicola, da oca giuliva, caduta come una pera matura in un trappolotto che quel gran furbo dell'avvocato Cirincino le aveva teso. Ma fosse stato solo quello!

«Cos'altro è successo?» aveva domandato l'Otello, disinteressandosi del minestrone.

Niente di che, aveva risposto l'Emilia fingendo di dare poca importanza alla faccenda. Solo che adesso anche l'altra metà del paese, quella che non era presente al processo...

«Come te, per esempio», aveva infierito l'Emilia.

...anche l'altra metà adesso sapeva che la Mirandola si mischiava con quella gente lì, zozzoni che non si sapeva da dove venivano e dove se ne sarebbero andati una volta finito il lavoro, comportandosi di fatto come...

«Come?» aveva chiesto l'Otello.

«Come!» aveva esclamato l'Emilia.

Aveva poi lasciato cadere il discorso per un momento, notando con piacere che il minestrone nel piatto del fratello restava tale e quale.

«Voglio proprio vedere chi avrà il coraggio di andare in giro con lei, dopo che quelli se ne saranno andati», aveva ripreso.

«E dico, andare in giro...» aveva aggiunto. «Figurarsi fidanzarsi, o sposarla, una così!»

A quel punto aveva taciuto, perché l'Otello era impallidito. Il minestrone era ormai freddo, come le sue mani e i piedi. L'Emilia gli aveva sfilato il piatto da sotto il naso senza che lui se ne avvedesse.

Cristo!, stava pensando, un pubblico impiegato come lui, il messo comunale che portava il gonfalone nelle manifestazioni ufficiali...

Si era alzato e aveva comunicato che usciva a fare due passi.

«Non prendere freddo», s'era raccomandata l'Emilia, pietosa.

Ma era impossibile, visto che faceva un freddo becco.
«Faccio solo due passi, vado dal Musante», aveva assicurato l'Otello.
Sì, altro che Musante.

59.

Freddo cane, che mordeva come un cane.

Meglio così. Almeno non c'era in giro nessuno, nessuno vedeva.

Anche perché, anziché andare dal Musante a sentirlo parlare di orari e scambi, Otello Personnini si stava dirigendo verso via Cavour, a casa della Mirandola Gilardoni. Schivo come un ladro, camminando gobbo, a filo dei muri, raggiunse il portone, che era sempre aperto, e si infilò su per le scale.

Una volta dentro, tirò il fiato e guardò verso il terzo piano, quello della Mirandola, sperando che non fosse già a letto. La vide, invece.

Stava uscendo dal cesso comune, una vestaglietta addosso. A passi di corsa rientrò in casa. Otello, onde evitare che si infilasse subito a letto, imboccò anche lui le scale, tre gradini alla volta. Bussò due colpi leggeri, mettendosi in ascolto finché non udì che si avvicinava uno strascicare di passi.

Era quello che temeva. Infatti ad aprirgli fu la signora Dirce, la mamma, infagottata in un vestaglione color verde marcio che poteva tranquillamente fungere anche da cappotto. Quando lo vide, si illuminò di un sorriso fatto più di buchi che di denti. Poi, stringendosi il bavero al collo, lo accolse: «Che bella sorpresa!» e lo invitò a entrare.

Otello obbedì. Ma due soli passi, giusto per dare agio alla Dirce di chiudere la porta.

«Qual buon vento?» chiese la donna, ma a denti – si fa

per dire – stretti. Non poteva illudersi che l'Otello, quel bel giovanotto con un impiego sicuro che era lì, pronto da sposare, avesse bussato per rendere visita a lei.

Per la Mirandola, senza dubbio. Ma aveva scelto il momento sbagliato: e glielo avrebbe detto, se avesse osato.

Dal pomeriggio quella benedetta ragazza aveva un diavolo per capello. E considerando che li aveva rossi, i capelli, si poteva facilmente immaginare quanto fosse difficile dirle anche solo «Be'...». Aveva cercato di capire che cosa fosse successo a sua figlia, ma per tutta risposta la Mirandola le aveva detto che non era giornata. Voleva essere lasciata in pace e basta.

Sarebbe stato corretto, quindi, mettere sull'avviso il bel giovanotto, avvisarlo della tempesta, fargli intendere insomma che aveva scelto il momento sbagliato. Ma questo equivaleva a cacciarlo via, con il rischio che quello finisse per pensare di non essere bene accetto.

Mentre la Dirce aspettava di sapere qual buon vento l'avesse menato lì, il Personnini stava decidendo cosa fare e poi dire. Sul fare, ritenne opportuno assumere la postura ufficiale, quella da messo comunale: bello diritto, gli occhi socchiusi e le mani incrociate sul davanti, che sembrava un cadavere ma in piedi.

Sul dire, gli tornò alla memoria una battuta della filodrammatica e, dopo averla soppesata, decise di usarla: «Vorrei parlare con vostra figlia».

Fosse stato facile, pensò la Dirce: anche lei avrebbe voluto farlo.

«Accomodatevi, intanto», disse.

Ma l'Otello era ormai entrato nel ruolo del pubblico ufficiale.

«Grazie, ma preferisco rimanere in piedi.»

«Come volete», biascicò la Dirce. E dopo aver sogguardato per un istante il messo, sospettando un'altra tempesta sotto il tetto di casa sua, si girò e sparì nel corridoio.

Poco dopo, da quel semibuio emerse la Mirandola. La rabbia che le covava dentro dopo aver abbandonato l'aula della pretura ora la riscaldava al punto di non sentire il freddo: sia quello di fuori sia quello che, tutto sommato, regnava anche in casa. Tanto che si presentò all'Otello indossando solo la vestaglietta con la quale il messo l'aveva vista poco prima rientrare dal cesso.

Al primo apparire della ragazza, l'Otello sentì un groppo alla gola e tentò di deglutire: ma non era facile mandar giù l'immagine che gli stava andando incontro. La vestaglietta? Niente di che, pure un po' consunta volendo. Ma quello che c'era sotto! Chiunque avrebbe fatto carte false per vederlo meglio e magari anche allungargli una mano sopra.

Chiunque, ma non lui, il pubblico ufficiale nonché messo comunale Personnini Otello. Che, al pensiero di quando sfilava in testa al corteo in occasione del 4 novembre con tanto di gonfalone stretto nelle mani, si ricordò chi era e perché era lì.

Nel frattempo la Mirandola gli era arrivata quasi addosso, e sorrideva con tutti i denti a posto.

Toccava a lui parlare: «Sono venuto per...» cominciò, la voce un po' in cantina.

«Per chiedermi la mano?» sparò subito la ragazza.

«La mano?» strascicò l'Otello.

«Sì», fece la Mirandola. «Per cos'altro, sennò, sareste qui?»

Adesso o mai più, fu il pensiero di Otello. Perché sotto quella vestaglietta sbrindellata, dietro quel sorriso a mille denti, intuiva nascondersi una tigre.

«Per la lettera», sparò.

«La lettera?»

Il giovanotto confermò con un gesto del capo: «Sapete...» continuò.

L'aveva scritta in un momento di sconforto. Profondo

sconforto. Aveva litigato con la sorella, c'era stato qualche dissidio sul lavoro e allora...

«Siete venuto a dirmi che non eravate sincero quando mi avete scritto quelle cose?» chiese la Mirandola.

«Ve l'ho detto, ero in un momento di profondo sconforto», ripeté l'Otello.

«E per dirmelo c'era bisogno di venire qui, di notte, con il freddo che fa?»

Il tono della Mirandola era già virato verso una pericolosa rabbia. Difficile guardarla negli occhi. Otello li abbassò verso i piedi della Mirandola, nudi.

«Sarei venuto a chiedervi la cortesia di restituirmela.»

«Che cosa?»

«Cercate di comprendermi», bofonchiò l'Otello. «Il ruolo che ricopro... un ruolo pubblico...»

«Cosa c'entra il ruolo pubblico?» chiese secca la Gilardoni.

«Dopo quello che è successo oggi... in pretura...»

La Mirandola si impettì e così facendo spinse in avanti i seni, nudi sotto la vestaglietta.

«Guardatemi in faccia, vigliacco!» ordinò.

Suo malgrado l'Otello si sentì obbligato a ubbidire.

«L'ho bruciata», disse poi.

«Bru...» fece per chiedere il giovanotto.

«E adesso, fuori di qui!»

«Ma...»

«Fuori, ho detto!»

60.

Fuori faceva un freddo sempre più cane. Un freddo cagnaccio, anzi, che all'Otello fece venire un'acuta nostalgia del trapuntone sotto il quale dormiva pacificamente sino a quando sua sorella non andava a svegliarlo, perché altrimenti faceva tardi al lavoro. Sonni beati, senza sogni né pensieri. Sino alla notte prima.

E adesso?

Una volta ritrovatosi di nuovo in via Cavour, l'Otello rivolse lo sguardo verso l'appartamento dei Gilardoni. C'era ancora una finestra illuminata. Non ebbe dubbi: era la camera da letto della Mirandola. Da lì a immaginare e poi convincersi che quella stava rileggendo la dichiarazione che lui le aveva scritto, il passo fu breve.

Altro che dormire, altro che trapuntone! In mano a una così, quella lettera, gonfia di sdilinquimenti e di sdolcinatezze (aveva scritto addirittura «Perpetuo amore!»), poteva fare il giro del paese, minare la sua onorabilità. Se li vedeva già i suoi colleghi d'ufficio che lo salutavano: «T'el chì il perpetuo amore!».

E ci sarebbe andata di mezzo anche l'Emilia, sua sorella, perché la Mirandola non avrebbe certo rinunciato a mostrare la sua lettera alle colleghe di lavoro, e allora addio fichi! Ciao ciao all'armonia domestica!

Bisognava... Doveva riaverla a tutti i costi! E poi mangiarsela, bruciarla con le sue mani e sotto i propri occhi. Che l'avesse bruciata la Mirandola, non ci credeva neanche un filo. Non era mica nato ieri.

Erano le nove, ormai. Un orario ancora cristiano, tutto sommato. Non c'era in giro un'animaccia. L'Otello rifletté quel tanto che bastava per convincersi di non avere alternative.

Traversò la strada, imboccò il lungolago e giunse nei pressi del convitto. Colto da un rigurgito di cautela, rasentò il muro dell'edificio sino a raggiungere la finestra del locale che ospitava i sei meccanici.

Sbirciò. Erano tutti svegli. Tre giocavano a carte, due erano su materassi buttati per terra, uno stava in piedi e si stava grattando le balle.

Picchiettò con le nocche sul vetro della finestra, richiamando l'attenzione proprio di quest'ultimo che, sospesa l'operazione, si infilò un dito nel naso e si avvicinò alla finestra. Non l'aprì. Con un gesto eloquente gli chiese cosa volesse.

«Cerco il signor Landru», rispose l'Otello.

Il grattaballe non capì. Si arrese ad aprire di una spanna la finestra: «Che c'è?» domandò.

«Avrei necessità di conferire con il signor Landru», scandì Otello, scimmiottando il gergo che aveva orecchiato dentro gli uffici municipali.

«Volete il Landru?» chiese quello.

«Sì», confermò Otello.

«E non potevate dirlo subito?» ribatté il meccanico appoggiando la finestra senza chiuderla e girandosi verso i giocatori di carte che non si erano minimamente scomposti.

Con un fischio attirò l'attenzione di tutti e poi annunciò: «Landru in parlatorio».

«Maschio o femmina?» fece il Landru.

«Maschio», chiarì il grattaballe.

«Allora digli che finisco la mano e arrivo.»

61.

Quella notte nemmeno il trapuntone riuscì a fare il miracolo. L'Otello era rientrato a casa verso le dieci, con addosso un freddo che lo faceva balbettare. Aveva dovuto starsene l'intera chiacchierata davanti alla finestra, in piazza Verdi, in balia non solo del freddo ma anche delle scuffie di vento che venivano su dal lago e giù dalla montagna. Il fatto era, gli aveva spiegato il meccanico, che per ordine del signor pretore non potevano far entrare nessuno in quella stanza, a parte i carabinieri o persone autorizzate dagli stessi, né potevano uscire. Cioè, lui sì, visto che era risultato innocente: ma chi glielo faceva fare di uscire con il rischio di beccarsi una bella polmonite?

L'Otello era stato costretto ad ammettere che il ragionamento non faceva una piega. A quel punto, però, temendo di beccarsela lui, la polmonite, aveva trovato il coraggio di lasciar perdere i convenevoli e di entrare subito in argomento. Era lì perché aveva bisogno di un gran favore dal signor Landru. Inutile stare a prenderla troppo alla larga.

«So benissimo...» aveva continuato.

Da quella mattina sapeva benissimo, lui come tutto il resto del paese, dei rapporti che intercorrevano tra il signor Angelici Landru e la signorina Gilardoni Mirandola. Il meccanico non riusciva a capire dove volesse andare a parare, ma la faccenda cominciava a interessargli. Invece di fargli domande se n'era rimasto zitto, così l'Otello aveva continuato a parlare.

Gli aveva raccontato che in un momento di sconforto – «Profondo sconforto!» – aveva fatto la sciocchezza di scrivere una lettera d'amore alla stessa Gilardoni.

«E be'?» aveva mormorato Landru.

«Be'...» s'era attaccato Otello.

Visto che il profondo sconforto era ormai passato, ambiva...

«Cosa?»

...desiderava rientrare in possesso della lettera in questione per poterla distruggere con le sue mani.

«Chiedetela alla Gilardoni», era stato il consiglio del meccanico.

Già fatto. Ma quella non mollava. E proprio per questo s'era spinto a disturbare la quiete sua e dei suoi colleghi.

«Se voi poteste metterci una buona parola... Stante i buoni rapporti che intercorrono... Fatemela riavere, vi prego!» aveva implorato l'Otello.

Landru s'era grattato un istante la fronte.

«Cosa siete disposto a fare per tornare in possesso della vostra lettera?» aveva poi chiesto.

«Qualunque cosa», aveva risposto sicuro l'Otello.

«Bene», aveva approvato il meccanico.

Allora, siccome certi favori si pagano: «Cinquecento lire».

Più bianco e freddo di quello che era l'Otello non poteva diventare: non li aveva tutti quei soldi, sì e no cento lire in tasca.

«Cento lire subito», aveva concesso allora il Landru.

E quattrocento domani.

«Un buon prezzo, no?» aveva detto il meccanico con un mezzo sorriso.

Come no. Buono per perderci il sonno.

62.

Fu in buona compagnia l'Otello quella notte nel rivoltarsi sotto le lenzuola. Donne e denari agitarono anche il sonno del prevosto e quello dell'ingegner Galimbelli.

Don Ascani non fece che pensare a Maddalena d'Elia. Castamente, s'intende. Paternamente. D'altronde, poteva essere sua figlia... Tutto il dolore, la disillusione nei confronti della vita che aveva colto nelle parole e negli occhi della ragazza l'avevano profondamente colpito. Se era riuscito a rintuzzarne i gravi propositi che gli aveva raccontato – gettarsi nel lago, farla finita... – non poteva escludere che in un momento di desolazione, sola com'era, anziché rivolgersi ancora a lui, potesse dare corso al suo insano progetto. Bisognava aiutarla.

Dopo la notte insonne, di buon mattino, era partito alla volta di Bonzeno, nel tentativo di scalfire la cocciutaggine dei due Orio: ricchi com'erano, potevano senza alcun sacrificio aiutare la ragazza.

Nel salire la mulattiera verso la frazione, il sacerdote di tanto in tanto si fermava. Ripassava tra sé il progetto che aveva concepito durante la notte: far avere a Maddalena un prestito che le consentisse di avviare una qualsiasi attività, una pescheria, una merceria, qualcosa del genere... e insistere con i due che di prestito si sarebbe trattato, che con il tempo quei denari sarebbero rientrati. Mentre rifletteva sui dettagli, ammirava il panorama, splendido dopo la nevicata, ripetendo sottovoce i nomi dei paesi della sponda occidentale – Menaggio, Acquaseria, Santa Maria Rezzonico – avvicinandosi piano piano a Bonzeno, un paese verso il quale, se non fossero bastati i due Orio, saliva sempre con una certa apprensione anche per un altro motivo.

Tutto era cominciato nel 1925, durante la preparazione della festa che la frazione celebrava per la Madonna del Carmine. Secondo la tradizione, il rito aveva origini antiche. Si diceva che risalisse addirittura al Seicento, quando le orde dei lanzichenecchi avevano disceso il lago. Grazie a un voto fatto alla Madonna del Carmine, i bonzenesi erano stati risparmiati dalla peste. Per ringraziarla, le avevano dedicato la festa. Così, da tempo immemorabile, il 19 luglio di ogni anno Bonzeno rendeva grazie alla Madonna del Carmine con messe, funzioni religiose, giochi e lauti banchetti.

All'inizio del 1925 don Ascani era subentrato a don Rivetti quale prevosto nella guida spirituale del paese. Quando era stato contattato da una delegazione di bonzenesi per la celebrazione della festa, si era dichiarato disponibile. Però aveva puntualizzato che la Beata Vergine del Carmine, secondo il calendario di Santa Romana Chiesa, cadeva il 16 e non il 19 luglio: non competeva certo a lui modificare il martirologio. I bonzenesi avevano cercato di trattare: era sempre andata così, avevano spiegato, e poi, in fin dei conti, tra 16 e 19 non c'era che un pugno di tempo.

Don Ascani non s'era lasciato convincere: 16 e basta. I bonzenesi se n'erano andati senza più discutere. Ma il 16 luglio 1925, quando il prevosto era salito in frazione per celebrare la messa, s'era trovato davanti la chiesa vuota e il paese deserto. Il 19 luglio, per ripicca, tutti i frazionisti s'erano recati in pellegrinaggio verso il santuario di Lezzeno, avevano assistito a una messa in onore della loro Madonna e se n'erano poi tornati al paese a festeggiare. Era così iniziato un conflitto che perdurava e che, il sacerdote ne era convinto, si sarebbe risolto solo se lui avesse ceduto.

Quando finalmente giunse nella frazione, don Ascani si diresse verso l'abitazione dei due Orio, che stava un po' isolata, lungo la mulattiera che portava a Biosio.

Sisto era seduto davanti alla porta di casa, stava impagliando una sedia. Alzò appena gli occhi sul prevosto e non spiccicò parola.

«Devo parlarvi», esordì il sacerdote. «A tutti e due. Ho una proposta da farvi.»

«Mio fratello non c'è», rispose l'Orio. «È via per affari. Tornerà solo fra qualche giorno.»

Balle, pensò il prevosto. Fu più forte di lui, non riuscì a frenarsi.

«Allora comincio con il dirlo a voi», non si lasciò smontare don Ascani. «E poi mi farete la cortesia di riferire.»

63.

Il Galimbelli, che non aveva invece particolari motivi di preoccupazione, non dormì lo stesso perché non vedeva l'ora che quella notte finisse. Venerdì mattina, alle prime luci dell'alba, era già in piedi. Incapace di trattenersi in casa, uscì e tirò l'ora di andare in ufficio passeggiando per le contrade.

Le otto erano passate da pochi minuti e lui aveva già firmato un ordine di prelevamento di lire duecentocinquanta dal deposito del cotonificio presso la banca del Mandamento di Bellano. Lo consegnò alla Personnini, incaricandola anche di portare la somma ritirata in pretura.

«Così almeno», disse, «da lunedì potremo cominciare i lavori.»

«Bene», squittì l'Emilia condividendo l'evidente gioia del direttore: nella storia del paese si voltava finalmente pagina.

64.

Sabato 1° febbraio.

«Il Gagliardetto», pagina sette.

Cronaca del lago.

Il Bentipenso non s'era risparmiato. Non avendo digerito la proibizione del Pasta a pubblicare notizie sulla rissa, aveva approfittato dell'udienza in pretura per parlarne comunque. Aveva infatti dato conto della sentenza, ma partendo dall'evento da cui era iniziata la causa; solo a quel punto era passato dalla zuffa al processo vero e proprio, dando particolare evidenza all'intervento di Aurelio Pasta.

«Con encomiabile senso civico», aveva scritto il Bentipenso, «il pugnace segretario bellanese ha fatto notare come quelle macchine, simbolo di progresso, costeranno ottanta teste di onesti lavoratori fascisti! Famiglie che dovranno trovare altrove un lavoro per avere di che sfamarsi! È un prezzo giusto da pagare alle innovazioni della tecnica?»

Con ovina condiscendenza, proseguiva commentando l'ineccepibile sostanza della sentenza emessa dal pretore, cui non competeva decidere circa il destino dei lavoratori che avrebbero perduto il posto.

«Chi deve, chi può, la SACR nella fattispecie», concludeva, «rifletta e prenda oneste decisioni.»

Tra i primi a leggere l'articolo ci fu il «pugnace segretario bellanese», che medicò il dispetto per la disobbedienza del Bentipenso con l'orgoglio di vedere il proprio nome stampato sul giornale, e per di più evocato a proposito di una nobile battaglia. Contrariamente alle sue abitudini, anziché sfogliare il giornale presso l'edicola della Pèpa, quel giorno lo acquistò, con il preciso intento di girare per il paese e mostrarlo a quanta più gente possibile, affinché tutti si rendessero conto di che razza di segretario avessero a Bellano. L'ingresso trionfale lo riservò all'Osteria del Crachen, visto che era sabato ed era già piena, pur essendo solo metà mattina.

Tra i tanti cui fece leggere l'articolo, uno a un certo punto gli chiese se era presente.

«Chi?» fece il Pasta.

«'Sto Bentipenso qui.»

È vero, rifletté il Pasta: in aula non l'aveva visto. Non si fece cogliere alla sprovvista.

«Avrà avuto qualche informatore», rispose.

O ruffiano che sia, pensò. C'era solo l'imbarazzo della scelta.

65.

L'ingegner Galimbelli apprese la notizia verso metà mattina, mentre stava sorbendo il secondo caffè della giornata. Il sabato, a meno di particolari necessità, non andava in ufficio. Stava piuttosto a letto fino a che gli andava, godendosi il primo dei due caffè.

Glielo portava la moglie, donna pratica e senza ubbìe per la testa, cui il fatto di aver sposato un ingegnere non aveva modificato minimamente lo stile di vita con il quale era stata cresciuta. Semplice ed essenziale, sveglia presto e nessuna donna di servizio in casa. Anche la spesa la faceva da sé, poiché la signora Imelde Verdichiari in Galimbelli voleva vedere con i suoi occhi quello che acquistava e poi cucinava per entrambi.

Sabato mattina era uscita come suo solito attorno alle nove per provvedere a pranzo e cena ed era rientrata dopo poco più di un'ora con un insolito acquisto: una copia del «Gagliardetto». Senza darlo a vedere, aveva orecchiato le chiacchiere delle clienti, prima nella macelleria Bereni e poi dal pizzicagnolo Incolti: il nome del cotonificio riecheggiava di continuo, appaiato a quello del giornale. Poiché, a suo modo di vedere, il cotonificio e il marito erano la stessa cosa, non aveva resistito alla curiosità di leggere, più che chiedere, cosa fosse successo.

Quando rientrò a casa, il Galimbelli stava appunto sorbendo l'altro caffè e vagheggiava, visto il bel tempo, una distensiva passeggiata in montagna per il pomeriggio.

«Leggi un po' qua», gli disse la moglie.

Pagina sette, cronaca del lago.

Il Galimbelli, lasciando la tazzina per metà piena, impiegò un paio di minuti a leggere l'articolo. Quando alzò gli occhi dal foglio, finì di bere il caffè ormai freddo, poi diede mentalmente l'addio alla sua passeggiata in montagna.

«Vado in ufficio», comunicò alla moglie.

«Torni per pranzo?» chiese la donna.

«Non lo so», rispose lui.

«Volevo farti il rognone...» buttò lì Imelde.

Il Galimbelli inspirò dal naso, come se ne sentisse già il profumo nell'aria. Ma il rognone, quello vero, ce l'aveva già per le mani.

Una volta in ufficio, gli ci volle più di un'ora per riuscire a prendere la linea con la direzione generale di Legnago. Alla fine, quando gli rispose la voce dell'ingegner Raggi, tirò un sospiro di sollievo. Amici, antichi compagni di università, i due si davano del tu.

Dopo i convenevoli, il Galimbelli esordì: «Ti leggo una cosetta fresca fresca, uscita proprio questa mattina sul giornale».

Lesse lentamente, affinché al Raggi non sfuggisse nemmeno una parola.

«Finito?» chiese alla fine.

«Se vuoi anche il nome dell'autore...» ribatté il Galimbelli.

Il Raggi soffiò lungamente nella cornetta.

«Facciamo finta di niente?» domandò il Galimbelli.

«Non lo so», rispose il Raggi.

Poteva essere una rogna oppure una bolla di sapone. Lui da solo, però, non poteva prendere decisioni.

«Pensiamoci su», propose.

Il giorno dopo era domenica, c'era tutto il tempo per riflettere.

«Lunedì ne parlo con quelli del consiglio e poi ti faccio sapere.»

«E i telai?» chiese il Galimbelli.

«Lasciali dove sono, per ora. Un giorno in più o uno in meno, a questo punto non fa 'sta gran differenza.»

«Agli ordini», scherzò il Galimbelli.

Non era ancora l'una del pomeriggio. A passo di corsa si avviò verso casa cercando nell'aria, man mano che si avvicinava, di percepire il sentore del rognone.

L'Imelde però, non sapendo a che ora sarebbe rientrato il marito, aveva divisato di non sprecarlo.

«Se ti va, faccio un po' di pasta. Il rognone stasera», propose.

Il Galimbelli accettò, senza tuttavia riuscire a mascherare una profonda delusione.

66.

Il Sisto, quello più vecchio dei due gemelli Orio solo perché era nato mezzo minuto prima dell'altro, gli aveva detto che non aveva bisogno di aspettare il ritorno del fratello. La risposta gliela poteva dare subito: non c'era nemmeno da pensarci.

Soldi per la d'Elia non ce n'erano e nessuna legge al mondo avrebbe potuto obbligarli a cacciarli.

Don Ascani non aveva trovato parole per opporsi alla cocciutaggine dell'Orio.

«È la vostra decisione definitiva?» aveva chiesto tanto per dire qualcosa.

Il Sisto non aveva neppure risposto. E il sacerdote aveva ripreso la mulattiera per ritornare in parrocchia, senza la minima idea di cosa poter fare da quel momento in avanti.

Solo un miracolo, rifletté per la maggior parte del sabato, poteva aiutarlo. Ma, pur credendo ai miracoli, dubitava che Nostro Signore avesse tempo e voglia di occuparsi di una questione così piccina. E men che meno credette che tale miracolo potesse avverarsi vestendo i panni del messo comunale Otello Personnini.

67.

Sabato mattina l'Otello aveva consegnato il saldo pattuito la sera avanti con il Landru. S'era immaginato che, in cambio, il meccanico gli consegnasse la lettera. Invece niente.

Quello aveva intascato i soldi e aveva detto che gli avrebbe fatto sapere. Poi, senza nemmeno salutare, aveva chiuso la finestra sulla faccia del Personnini ed era tornato all'ennesima partita a carte, pensando che se tutti gli abitanti del paese erano fessi come quello che aveva appena lasciato, c'era di che far bene. In fin dei conti s'era messo in tasca la bellezza di cinquecento lire senza neanche il bisogno di fare fatica.

L'Otello s'era chiuso in casa per tutto il resto della giornata, aspettando che suonasse il campanello, aspettando il meccanico, aspettando la lettera. Non era successo niente. Al calare della sera aveva cominciato ad agitarsi. E, dopo la cena, aveva detto alla sorella Emilia che sarebbe uscito a fare due passi.

«Vai dal Musante?» aveva chiesto l'Emilia.

«Sì», aveva mentito lui.

Ma il Musante non abitava in parrocchia.

68.

Sabato di riposo per Amedeo Musante. Sarebbe stato meglio, però, lavorare, distrarsi con i diretti e i locali, calcolare gli incroci mercé i ritardi. Molto meglio, piuttosto che svegliarsi al solito orario, le sei, e ripercorrere nei ricordi quell'altro sabato, quello della settimana precedente.

Il capostazione Musante, sabato mattina, non aveva fatto colazione, aveva appena piluccato qualcosa per pranzo e, all'ora di cena, lo stomaco gli si era stretto in una morsa, rifiutando anche un solo bicchiere d'acqua. Perché all'ora della cena, qualche sabato prima, s'era tirato a lucido per affrontare come si doveva la festa da ballo e soprattutto l'assalto alla signorina Emilia Personnini.

Gli sembravano passati sette anni. Solo e parecchio sconsolato, il Musante se ne stava seduto su una scomoda poltroncina nell'appartamento di due stanze che le Regie Ferrovie gli avevano messo a disposizione. Guardava l'orologio sulla parete che gli stava di fronte e conteggiava i minuti che passavano ricordando con precisione ciò che, all'ora segnata, aveva fatto e detto una settimana prima.

Fu verso le nove che rammentò il momento in cui l'Emilia s'era concessa e aveva ballato con lui, inondandolo di profumi: cipria, violetta e un fondo di sudore che non guastava affatto, perché una donna doveva sapere di donna.

Al pensiero sudò pure lui. Si deterse la fronte mentre udiva lo sferragliante locale delle nove e cinque per Lecco. In ritardo... Fu quel pensiero a risolverlo all'azione:

nella sua carriera, sino ad allora, ne aveva visti tanti di treni giunti in ritardo e aveva visto altrettanti passeggeri fortunati che erano riusciti a salirci sopra.

La vita del ferroviere è una parabola, rifletté.

Perciò si alzò dalla poltroncina, che lo salutò con un rumore di molle, si ricompose davanti a un tocco di specchio e uscì, diretto a casa Personnini, sperando di essere uno di quei fortunati che riuscivano comunque a beccare il treno, ancorché in ritardo.

Forse non era l'orario più consono ma, si disse, le dichiarazioni d'amore non avevano orario. A differenza dei treni.

69.

Alle undici della sera l'Emilia, a dispetto delle sue abitudini, era ancora in piedi. L'Otello non se l'aspettava e, scioccamente, gliene chiese conto.

«Ero in pensiero per il nostro capostazione», rispose lei.

«Cioè?» fece l'Otello.

«Volevo semplicemente sapere come sta.»

«Bene.»

«E cosa vi siete detti di bello in queste due ore?»

A Otello venne un groppo alla gola. Sentiva nel tono della sorella un che di inquisitorio e sarcastico, come se...

«Le solite cose...» borbottò.

«Ciclismo, treni...» fece lei.

«Proprio», confermò il giovanotto. «Ciclismo e treni.»

Alla risposta del fratello l'Emilia si alzò in piedi. Minacciosa, grazie all'ombra che si proiettò sul muro di lato all'acquaio.

«Voglio sapere dove sei stato!» ordinò l'Emilia.

«Ma te l'ho detto, dal Musante», rispose Otello.

«Dal Musante, eh?»

70.

Altro che Musante!

Una volta uscito di casa, Otello aveva fatto immediatamente vela alla volta della canonica. Dopo aver lungamente temporeggiato – «Suono? Non suono?» – davanti al cancello, alla fine aveva vinto l'incertezza confondendo il suono del campanello con i rintocchi del campanile che batteva le nove della sera. Aveva temuto di vedere comparire sulla soglia la perpetua, e in quel caso non avrebbe saputo quale scusa balbettare per farsi ricevere dal prevosto: a quell'ora, senza un motivo inattaccabile, non l'avrebbe fatto entrare.

L'aveva invece ricevuto, per fortuna, il sacerdote in persona, e solo una volta dentro gli aveva chiesto la ragione della visita. Otello era partito in tromba, lì in corridoio, in piedi davanti a don Ascani che si era sentito investire da una mitragliata di parole smozzicate, risucchiate, mormorate, il tutto condito da ammiccamenti che non avevano fatto altro che aumentare la sua confusione. Quando l'Otello aveva creduto di aver concluso l'esposizione del suo problema, il prevosto gli aveva messo una mano sulla spalla: «Adesso», gli aveva detto, «vieni di là con me, in cucina, ti siedi, ti calmi e mi spieghi tutto con comodo».

Otello aveva seguito il consiglio. Seduto sullo sgabello che di solito occupava la perpetua, che si era già messa a letto perché costipata, aveva ripetuto ogni cosa partendo dallo sconforto, profondo sconforto!, che l'aveva spinto a scrivere la lettera maledetta.

«Che lettera?» aveva chiesto il prevosto.
«D'amore», aveva risposto lui.
A chi?
Gilardoni Mirandola.
E lui, aveva interloquito don Ascani, che cosa c'entrava in quella faccenda?
Niente, aveva risposto l'Otello. Però forse poteva dargli una mano.
«Vuoi sposarla?» aveva chiesto il sacerdote.
«No!» aveva gridato il giovanotto. Talmente forte che il sacerdote gli aveva chiesto di contenersi, di sopra c'era pur sempre una persona, la perpetua, che stava riposando.
No, mormorò per conferma l'Otello. Non ne voleva sapere e avrebbe gradito riavere quella lettera scritta in un momento...
«...di profondo sconforto...»
«Appunto...»
...prima che finisse in mani estranee, sotto occhi curiosi...
«Capirete, signor prevosto: la mia dignità, il mio ruolo pubblico...»
«Capisco», aveva annuito don Ascani.
Otello aveva sorriso. Ma brevemente.
Perché il prevosto: «Quello che invece non comprendo», aveva aggiunto, «è cosa c'entri io in questa faccenda».
Il Personnini aveva chinato il capo. A bassa voce, talmente bassa che don Ascani aveva dovuto piegarsi verso di lui per sentirlo, aveva raccontato ogni cosa: il rifiuto della Mirandola a restituirgli lo scritto, i soldi dati a Landru, l'inutile attesa, la paura, anche, di cadere, magari!, in una specie di ricatto.
Il sacerdote aveva soppesato le sue parole: «Così, *ultima spes*, avete pensato a me», aveva ripreso.
Con il latino l'Otello non aveva alcuna confidenza. Aveva intuito però che don Ascani era incline ad aiutarlo. Aveva sollevato il capo e aveva guardato quel viso pallido e severo.

«Vuoi che ti aiuti a riavere quella lettera?»

«Se poteste...»

Al prevosto era scappato un sorrisetto di cui l'Otello non s'era accorto.

«Farò quello che posso», aveva detto congedandolo.

Portasse pazienza, gli avrebbe fatto sapere.

71.

«Dal Musante!» ripeté l'Emilia.

Il tono della voce, la postura, soprattutto quell'ombra scura che si allungava e si accorciava secondo i movimenti, proiettata sulla parete alle spalle di sua sorella, cominciarono a inquietare l'Otello.

Cos'era, proibito andare a far visita a un amico?, chiese.

«No», rispose l'Emilia.

Proibito raccontare balle.

Perché o il Musante aveva il dono dell'ubiquità, e allora lei non aveva niente da eccepire. Oppure non poteva essere in casa propria a parlare con lui di treni e ciclismo e contemporaneamente essere lì, in casa loro, come c'era stato non più tardi di un'ora prima per sottoporle una formale domanda di matrimonio, facendole presente che se non l'avesse accettata lui si vedeva costretto a chiedere il trasferimento in altra sede, non sopportando di vivere nello stesso paese dove viveva anche lei, e magari sposata a un altro.

«Sposarti, tu?» scappò detto all'Otello.

L'ombra della sorella si allungò fino al soffitto: «Ti sembra così strano che qualcuno mi chieda in moglie?».

«Ma no... Volevo dire... Ma cosa gli hai risposto?»

Dalla bocca dell'Emilia uscì un mezzo ghigno: «Ti pare possibile che possa sposare quell'*africa* lì?».

L'Otello abbozzò: «No, ma... lui?».

«Lui cosa?»

«Cos'ha detto?»

Cosa aveva detto, cosa aveva fatto?

«Chissenefrega! Vuole trasferirsi? Ch'el vaga! Vada in Sicilia, nel Congo Belga, in Cina o all'inferno. Sono affari suoi!»

«Quindi gli hai risposto no», cercò di capire Otello.

«Certo», fece l'Emilia. Voleva forse avere un cognato teròn?

Piuttosto stava aspettando un'altra risposta.

L'Otello fece il finto tonto.

«Cioè?»

Dov'era stato in quelle due ore? Cosa aveva fatto? Perché gli aveva raccontato la balla del Musante?

«Dal signor prevosto», rispose l'Otello, forte della convinzione di essere nel giusto e nel vero.

«Dal prevosto, a quest'ora?»

«Resti tra noi», sussurrò il giovanotto.

Ma in municipio era venuto a sapere alcune cosucce che riguardavano la sede dell'Azione Cattolica. Si parlava di sfratto.

«Ancora niente di deciso, ma...»

Essendo anche lui un tesserato, gli era sembrato giusto mettere sull'avviso il sacerdote e aveva preferito farlo con il favore delle tenebre, lontano da occhi curiosi.

L'Emilia per un buon minuto soppesò le parole di suo fratello.

«E non potevi dirmelo, invece di raccontarmi una bugia?»

L'Otello chiese scusa. Ma, farfugliò, trattandosi di un segreto d'ufficio... Insomma, lo capiva o no?

72.

Alla messa della domenica Maddalena d'Elia non era mai mancata. Terzo o quarto banco, di solito. E mai nessuno a portata di chiacchiera. Finito l'ufficio, ripeteva il segno della croce un paio di volte e poi filava via discretamente, a testa bassa.

Domenica, durante la messa, don Ascani la cercò fino al sesto e al settimo banco, senza trovarla: la sua miopia, tetragona al consiglio di mettersi gli occhiali, non gli permise di andare più lontano. Che fosse arrivata in ritardo, poteva essere un'ipotesi. Per questa ragione il prevosto, svestiti rapidamente i paramenti, tralasciò di condividere le ostie non consacrate con i chierichetti e si posizionò all'uscita della chiesa.

Della ragazza nemmeno l'ombra. O a messa non ci era andata, e questo era un fatto grave, oppure se l'era filata più veloce di una lepre. Tuttavia non sprecò il suo tempo, ormai un piano di battaglia l'aveva bello e pronto in testa. E quando, tra coloro che uscivano, vide comparire la testa rossa della Mirandola che dava il braccio alla madre, le si avvicinò.

«Devo parlarvi», disse sottovoce.

La Mirandola emise un «Gnif» con il naso e sollevò gli occhi al cielo.

«A tutte e due?» chiese.

«A te», chiarì il prevosto. «Te lo chiedo per cortesia.»

Gli occhi della ragazza lasciarono il cielo. Azzurri come quello, inquadrarono il viso del sacerdote.

«Quando?» chiese.
«Subito, se è possibile.»
«Posso prima accompagnare a casa mia madre?»
«Ti aspetto in canonica.»
«E il mangiare?» chiese la Dirce.
«Aspetterà», rispose la Mirandola avviandosi.

73.

Aspetterà.

Una gallina a lesso che avrebbe fatto resuscitare anche Lazzaro senza il bisogno dell'intervento di Nostro Signore. Sarebbe bastato il profumo.

Bollita al punto giusto che «l'èra una belezza», con le sue carni ancora sode, il bianco del petto ancora bello asciutto, lo scuro delle cosce che si staccava dall'osso solo a guardarlo, il grassino del sottopelle che aveva mollato appena appena un po', quel tanto da garantire una minestra serale degna di un arcivescovo. Per non parlare del ripieno, che aveva mischiato e rimischiato per quasi un'ora la sera prima.

Quando il sciòr prevòst le aveva detto che il mangiare poteva aspettare, la perpetua aveva scrollato le spalle. Lì dentro comandava lui, padrone.

Ma l'èra un pecà mortal!

Peccato mortale lasciare che le carni di quella gallina andassero a remengo bollendo oltre il limite consentito.

E per cosa poi? Per dare udienza a quella lì, quella rossa di capelli che in chiesa ci andava giusto la domenica, e giusto per accompagnare la madre che da qualche mese aveva cominciato a zoppicare.

Morta lei...

«Mah!» sospirò la perpetua. Non avrebbe scommesso un centesimo sul fatto di rivederla almeno alla messa grande.

Mentre ragionava così, saggiando con il tirare un'ala

di tanto in tanto la tenuta delle carni della gallina, la perpetua vide che finalmente, dopo una mezz'ora di colloquio, la Mirandola stava lasciando la canonica.

«L'era ora!» borbottò.

Ritirò la pentola dal fuoco e si preparò a servire il pranzo. La gallina fumava e spandeva un odore dolciastro nella cucina. Passati un paio di minuti, anche a lei parve di cominciare a fumare.

Cosa spètava il sciòr prevòst a venire in tavola?

Lentamente, succhiandosi le dita unte di grasso, si avviò alla volta dello studio del sacerdote. Bussò con discrezione.

«Sì?» rispose don Ascani.

«El mangià l'è pront», gridò la perpetua senza osare di aprire la porta.

«Sto aspettando altre visite», fu la risposta.

Visite?

Ancora visite?

Infatti.

Ancora visite. Ancora quella.

La rossa, la Mirandola.

74.

Don Ascani non aveva perso tempo con la Mirandola, non era ricorso a giri di parole. Ne conosceva il carattere, sapeva che era meglio essere diretti.

«Se mi sono permesso di ritardarvi il pranzo...» era partito.

«Anche voi ve lo siete ritardato», aveva rimbeccato subito la Mirandola. «E si sa che sul mangiare i preti amano la precisione.»

Il prevosto aveva sorriso: «Non sempre, dipende dai casi», aveva risposto.

Come, per esempio, quello che aveva sottomano in quelle ore. Il caso di un giovanotto onesto, praticante, iscritto all'Azione Cattolica, moralmente irreprensibile, che in un momento di sconforto...

«Profondo?» aveva interloquito la Mirandola.

Esatto, aveva confermato il sacerdote: «In un momento di profondo sconforto si è lasciato andare a scrivere una lettera. Sincera, beninteso, nel momento in cui la compilava. Ma più dettata dallo sconforto di cui si è detto che non da sentimenti attentamente valutati. Ora, questa lettera è in mani altrui».

Mirandola aveva dato una scossa del capo e sorriso.

«Lo immagino. È il destino di tutte le lettere.»

«Indubbiamente», aveva ammesso il prevosto.

Poiché, però, il giovanotto in questione si era reso conto del passo falso commesso...

«...tardivamente, lo ammetto. E lo ammette pure lui.»

Ma forse che riconoscere i propri errori non era comunque ammirevole per quanto tempo uno potesse impiegarci?

«E perdonare...»

Perdonare lo era ancora di più! Sbagliare era umano, ma perdonare un errore era...

«Divino», aveva concluso il sacerdote.

La Mirandola aveva reclinato il capo.

«In buona sostanza», aveva detto, «il Personnini rivuole indietro quella sua stupida lettera e ha chiesto a voi di fare da intermediario.»

«Sembra di sì», aveva confermato il prevosto.

Quindi, adesso che sapeva, che intenzioni aveva?

«Di quel pisquano non saprei proprio cosa farmene», aveva risposto la Mirandola.

Né di lui né della sua lettera. E non c'era bisogno di far scendere in campo Santa Madre Chiesa.

«Avevo già intenzione di rispedirgliela. Solo, lo volevo tenere un po' sulla graticola. Perché il ripensamento è arrivato dopo le chiacchiere sul mio conto con quel meccanico...»

«Chiacchiere, chiacchiere...» l'aveva interrotta il prevosto.

Tempo qualche giorno e nessuno se ne sarebbe ricordato.

«Mentre vi posso assicurare, se avrete la bontà di riconsegnare a me la lettera, che il... pisquano, come lo chiamate voi, resterà ancora un po' sulla graticola.»

«Come mai?»

Il sacerdote aveva socchiuso gli occhi.

«Credimi. Sulla parola.»

«Volete che vada a casa a prenderla?» aveva chiesto Mirandola.

Il prevosto aveva allargato le braccia: «Cosa fatta capo ha», aveva risposto.

Mirandola era partita mentre la gallina, al centro della

tavola, fumava ancora. Quando era ritornata per consegnare la lettera, si stava già raffreddando. Nel momento in cui il prevosto fece capolino in cucina, la perpetua lo avvisò che la temperatura della bestia era in rapida discesa.

«Mi spiace», disse lui, «ma devo uscire.»

Non vedeva l'ora di parlare di una certa cosa con il dottor Lieti.

«Ma come?» sbottò la perpetua. «Così diventa fredda del tutto!»

La gallina fredda, ribatté il sacerdote, era ancora più buona!

«Sì...» mormorò la donna. E non poté frenare il pensiero: «I bàl de frà Giuli!».

Lo diceva spesso suo padre davanti a un'evidente menzogna. Ma tenne per sé l'irriverente esclamazione.

75.

Il dottor Alfonso Lieti era a Bellano dal 1908. Aveva settantadue anni, fumava una quarantina di sigarette al giorno e godeva fama di validissimo semiologo. Più di una clinica privata aveva cercato di strapparlo al lavoro di condotta ma lui aveva sempre rifiutato: stava bene lì dov'era e tanto gli bastava. Viveva solo in una minuscola villetta in località Puncia del Cane. Vegetariano convinto, brillava per la sua ineleganza e per il vezzo di rasarsi un giorno sì e due no. Gli capitava spesso di essere chiamato nei paesi della Valsassina e della Valvarrone: in quei casi, poiché non aveva altro mezzo che le sue gambe, si spostava con la macchina del direttore del cotonificio, presso il quale svolgeva servizio gratuito.

Al dottor Lieti andava il merito di aver ottenuto per gli operai dell'opificio i buoni per l'integrazione del vitto. Era successo nel 1927, quando il direttore generale Raggi, ascoltando il Lieti, s'era convinto che un'alimentazione squilibrata non faceva altro che favorire l'insorgere di malattie penalizzanti la resa lavorativa.

Quei buoni consistevano in bigliettini rettangolari di vario colore, sui quali veniva indicato il tipo e la quantità di alimento che i negozianti convenzionati dovevano fornire al latore dello stesso. L'ingegner Galimbelli ratificava le decisioni del medico e firmava i buoni. I negozianti poi venivano retribuiti alla consegna dei tagliandi presso la direzione del cotonificio.

Sistema ineccepibile, al suo varo aveva funzionato alla

perfezione. Nel giro di qualche mese s'era un po' bacato, quando gli operai avevano cominciato a scambiarseli, e pure a venderli, sottobanco, trovando così anche il modo di farci la cresta.

Il Lieti amava la propria solitudine e apriva la porta di casa solo dopo aver verificato con l'importuno l'assoluta necessità di invadere il suo territorio.

La prima cosa che chiese a don Ascani, occhieggiato attraverso la porta aperta solo di una spanna, fu se avesse già pranzato.

«No», rispose il sacerdote.

Allora il Lieti spalancò del tutto l'uscio: se un prete saltava il pranzo domenicale, non poteva che significare urgenza assoluta.

«Accomodatevi», disse.

Cedendogli il passo, lo scortò nel salotto di casa, un locale tappezzato di libri e riviste, con qualche quadro alle pareti, un odore di chiuso nell'aria, solidamente mantenuto dai pesanti tendaggi che oscuravano le finestre e che creavano un'atmosfera di crepuscolo perenne.

«Sedete», lo invitò il Lieti.

Il prevosto ringraziò ma rispose che non gli avrebbe sottratto che pochi minuti e aggiunse che sarebbe rimasto in piedi.

«In cosa posso esservi utile?» chiese il medico.

«Maddalena d'Elia», rispose don Ascani.

«Sì?»

«Come sta?»

Il dottor Lieti soppesò un istante la risposta: «Sta», disse poi.

Stava come una persona sola al mondo, senza alcun punto di riferimento. Campava, per il momento. Lavoretti occasionali, senza alcun futuro. E passava le sere, le notti, guardando il soffitto, pensando a chissà che.

«La vedo quasi tutti i giorni», aggiunse il dottor Lieti.

Donna svelta, intelligente, di animo buono.

«Tutte caratteristiche che rischiano di andare sprecate se...»

«Se?» interloquì il prevosto.

«Se la situazione non cambia», spiegò il medico. «Purtroppo né io né lei possiamo farci niente.»

Don Ascani incrociò le mani sull'addome. Un richiamo della fame, in forma di borborigmo, lo convinse a stringere i tempi. Un'idea ce l'aveva.

«Anzi, ce l'ho», chiarì.

«Sarebbe?»

«Vaga», confessò il sacerdote.

Talmente vaga che non se la sentiva di parlarne con nessuno. Però, per tentare di realizzarla, aveva bisogno dell'aiuto di...

«Del vostro.»

«Se posso...»

«Quando la vedrete?»

«Domani.»

«Bene», approvò don Ascani.

«Nelle orecchie di quella ragazza le mie parole cadono a vuoto», aggiunse.

Per la sua disperazione ci voleva qualcosa di più... più pratico... materiale...

«Vi sto parlando da uomo più che da sacerdote.»

«Me ne rendo conto», disse il dottor Lieti. E non vedeva l'ora di capire dove volesse andare a parare il signor prevosto.

Ma era una cosa che si poteva permettere di fare con pochi, aggiunse don Ascani. «A me compete la cura delle anime, a voi quella dei corpi», sentenziò.

E Maddalena aveva bisogno innanzitutto di curare prima quello: il corpo. L'anima, a seguire, sarebbe guarita con lui.

«State pensando a procurarle un...» interloquì il dottore.

«Vi sto solo chiedendo di andare da lei e pregarla di venire da me in canonica mercoledì sera. Vi darà retta, ne sono certo.»

«E a quel punto le procurerete un marito?» insisté il dottor Lieti accompagnando la frase con un sorriso appena accennato.

Il prevosto abbozzò.

«Mercoledì sera, dopo la cena», ripeté.

Il dottor Lieti allargò le braccia: «Sia fatta la vostra volontà».

76.

Due notti pressoché insonni avevano dipinto sul volto del capostazione Musante un paio di occhiaie color carbone. Per nasconderle alla vista altrui, il ferroviere decise di indossare un paio di occhiali scuri, trovati qualche mese prima sulle panche della sala d'aspetto di seconda classe e sequestrati quali oggetto smarrito.

Erano le otto e trenta di lunedì mattina quando lasciò il rifugio della stazione diretto verso l'ufficio di direzione del cotonificio, dall'ingegner Galimbelli. I colori del cielo e del lago, come un dipinto, invitavano alla letizia, nonostante il gelo. Ma il ferroviere non li poteva vedere, nascosto dietro le spesse lenti scure. Scuro anche il mondo intorno a lui, dunque, come il suo destino. Il freddo però l'aveva sentito, tant'è che si presentò alla Personnini smorto come un cadavere pronto per la bara. Sulle prime la segretaria temette che il Musante fosse lì per reiterare la richiesta di matrimonio. Non immaginava che il capostazione avesse un suo orgoglio, sebbene ferito.

«Desiderate?» chiese con il tono più anonimo che le riuscì di usare.

Desiderio: quella parola riscaldò un poco il sangue del Musante. Se fosse stato lì per dichiarare quello che desiderava…

«Conferire con l'ingegner Galimbelli», rispose invece.

L'Emilia si sistemò i capelli. Per le sue personali occhiaie, pace. Della grattatina non le venne nemmeno l'idea.

«Un momento», disse. «Vi annuncio.»

Stravaccato sulla poltroncina dietro la sua scrivania, il direttore non modificò la sua posizione né davanti alla Personnini né quando entrò il Musante.

«Cosa succede?» chiese.

«Noi siamo pronti», rispose quello.

Continuava a sembrare un impresario di pompe funebri appena prima di partire per il corteo.

«Pronti?» chiese il Galimbelli. «E per cosa?»

«Il trasbordo dei telai.»

Il Galimbelli sogghignò: «Ah!» fece. «Bene, complimenti!»

Noi invece no, aggiunse.

Alla risposta il Musante abbassò appena gli occhiali.

«Vorreste spiegarmi, cortesemente?» chiese.

«Vorrei, mi piacerebbe», rispose il direttore.

Ma era nell'impossibilità di farlo, senza precisi ordini dalla direzione di Legnago.

77.

La Personnini lo comprese al volo.

Legnago in linea, impossibile ingannarla: quando la direzione generale chiamava, il telefono aveva un trillo più imponente. Prima di alzare la cornetta, si diede la grattatina, prevenendo il brivido che le avrebbe dato la voce all'altro capo del filo.

Legnago, infatti.

Alla sua inappuntabile presentazione – «Società Anonima Cotonifici Riuniti, ufficio di segreteria, sede di Bellano. Dite» – la voce catarrosa disse solo: «Passatemi il direttore».

Tono di comando, con un filo di sprezzo per chi stava sotto. Per passarglielo, il direttore, glielo passava, era nei suoi doveri di segretaria. Però un poco di buone maniere, un «Buongiorno», un «Come va?» non ci sarebbero stati male. Che ci voleva a essere, non pretendeva gentile, ma almeno educato? Fu ragionando così che la Personnini, avvisato il Galimbelli, dimenticò di riappendere la cornetta. Così che, insieme con l'ingegnere, apprese che questi era stato convocato a Legnago.

78.

L'ingegner Galimbelli partì per Legnago verso le cinque del mattino di martedì. Pioveva un'acqua fredda e fitta che rendeva difficoltoso il viaggio. Nonostante la guida prudente, attenta a evitare le pozzanghere, lo spinterogeno della macchina del Galimbelli si guastò verso le otto e trenta, all'altezza di Brescia. Persa più di un'ora alla ricerca di un meccanico, il Galimbelli giunse in azienda che l'ingegner Raggi se n'era già andato. A far gli onori di casa era rimasto Angelo Sgarbato, figura di secondo piano nei quadri dell'azienda.

Questi lo salutò con un abbraccio e lo obbligò, prima di parlare, a bere un aperitivo.

L'ufficio dell'ingegner Sgarbato era disordinato, piccolo e poco luminoso: sulle pareti c'erano tracce di quadri che avevano preso la via di altre stanze. Lo Sgarbato si sedette alla scrivania sgombra di carte e si guardò in giro.

«Devo avvisarti», comunicò rivolto al Galimbelli, «che io sono solo un intermediario. E ambasciator non porta pena, vero?»

Il Galimbelli abbozzò un sorriso: «Vai avanti», lo rassicurò.

Lo Sgarbato allargò le braccia: «Allora, fuori uno: rissa, giornali, processo, famiglie messe alla fame... La storia non è piaciuta a nessuno degli azionisti. Il nome dell'azienda è venuto fuori a sproposito un po' troppo spesso. Ci sono interessi da salvaguardare... Non possiamo sputare nel piatto dove mangiamo! Quella sentenza non è stata ingoiata: cinque condannati su sei, non fa niente se a torto o a ragione! Qualcuno può sospettare che noi diamo pane e lavoro ai sovversivi».

«I meccanici vanno licenziati?»

«È quello che ha deciso Raggi.»

«Tutti e sei?»

«Tutti e sei.»

«Anche se uno è innocente?»

«E che ce ne facciamo di un solo meccanico?» ribatté lo Sgarbato. «Anche perché...»

«Perché?» chiese il Galimbelli.

«Perché le macchine vanno a Faedis. Così a Bellano nessuno dirà più che affamiamo il popolo. In Friuli non solleveranno problemi.»

Il Galimbelli capiva che c'era ancora qualcosa e pensò che doveva aiutare l'amico a dirgliela: «Dimmi il resto».

«Ecco...» sospirò lo Sgarbato.

«Raggi l'avrebbe fatta meno lunga», lo incitò il Galimbelli.

«Ti verrà fatta un'offerta di collocamento a riposo.»

Il Galimbelli abbozzò, poi sorrise: «Un'offerta?».

«L'hanno definita così», rispose lo Sgarbato allungando la mano verso il collega.

Il colloquio era finito.

79.

Il viaggio di ritorno aveva sfiancato l'ingegner Galimbelli. Sempre sotto una pioggia che al calare del buio aveva ripreso forza e con due pensieri che si alternavano: lo spinterogeno e i telai. Della soluzione presa dalla direzione generale di spostarli in Friuli era parzialmente contento: gli evitava di fare la parte del boia con ottanta dipendenti. Ma non si nascondeva che per lo stabilimento bellanese questo poteva significare l'inizio del declino. Dormì male, con quel solo pensiero, visto che lo spinterogeno non aveva più fatto le bizze. La mattina dopo, per la prima volta nella sua carriera, si presentò al lavoro senza essersi sbarbato.

La Personnini notò subito il particolare e ne trasse cattivi auspici. Erano più o meno le otto e trenta del mattino quando il direttore la convocò nel suo ufficio.

«Mi chiami il ragionier Senti», le ordinò.

Poi, aggiunse, una volta uscito il ragioniere aveva bisogno di lei: doveva dettarle un comunicato.

80.

In altra epoca il ragionier Senti il boia l'avrebbe fatto davvero: ne aveva l'animo. Una volta ricevuta la comunicazione del Galimbelli, non perse nemmeno un minuto. A sua volta ordinò a un fattorino di tralasciare qualunque lavoro avesse in corso e di andare dai sei meccanici, convocandoli all'istante presso il suo ufficio.

Quando li ebbe di fronte, li guardò uno per uno, senza parlare. Aveva avuto l'accortezza di lasciare la porta aperta, affinché la Personnini, che aveva l'ufficio proprio accanto al suo, potesse sentire che razza di uomo fosse il ragionier Senti. In qual robusto acciaio fosse forgiato il suo carattere.

«Licenziati!» fu la sentenza.

Nessuno dei sei parlò.

«E che vi serva da lezione», aggiunse il Senti.

Aveva già ordinato di dotarli di un biglietto di terza classe con il quale avrebbero preso il treno.

«Non più tardi di domani mattina, mi raccomando.»

Destinazione Legnago: «Dove vi verrà liquidato quanto vi spetta e poi ognuno per sé!».

Ancora una volta nessuno dei sei parlò né diede mostra di aver compreso che l'incontro era concluso.

«È tutto», fu costretto a dire il Senti. «Potete andare.»

Poi, di nuovo solo nel suo ufficio, si fregò le mani, facendosi i complimenti per la fermezza e il rigore dimostrati. Immaginando anche che, se la Personnini aveva ascoltato, non aveva certo potuto restare indifferente.

Ligia invece agli ordini del direttore, l'Emilia non aveva sentito un bel niente. Mentre il ragioniere giocava a fare il boia con i sei meccanici, lei stava battendo sulla macchina per scrivere il comunicato che usciva, parola dopo parola, dalle labbra dell'ingegner Galimbelli e nel quale si avvisavano i Sigg. Dipendenti che, per ragioni interne alla SACR, gli annunciati telai avrebbero preso un'altra strada e pertanto i precedenti comunicati erano da ritenersi, in virtù di quest'ultimo, annullati.

81.

I consigli dell'avvocato Cirincino.

Mica se li era dimenticati, l'Aurelio Pasta. Per non correre il rischio se li era appuntati e aveva deciso di spacciarli come roba sua davanti ai camerati, in una riunione indetta per mercoledì sera. Non erano certo semplici da attuare, ma l'importante era cominciare da qualche parte, per smuovere quella palude.

Riflettendo, il miglior inizio gli era sembrato una partita di calcio contro la squadra dell'Azione Cattolica che, da quando era stata costituita per volontà del signor prevosto, non aveva ancora vinto un incontro.

Martedì sera, ignaro della novità che riguardava la partenza di meccanici e telai, aveva passato più di un'ora a preparare un discorsetto con il quale magnificare l'importanza dello sport nell'educazione del fascista perfetto: lo sport e, naturalmente, le vittorie, ancorché facili, come gli aveva suggerito l'Africano.

Mercoledì mattina invece gli toccò cambiare idea. Non sullo sport, che restava un punto fermo nella formazione fisica e spirituale dei camerati, ma sul discorso da tenere loro quella sera.

Fu l'insolita animazione che notò presso l'Osteria del Crachen. Erano le nove, e a quell'ora il locale era di norma quasi deserto: gli operai che uscivano dal turno della notte erano già sotto le lenzuola, e quelli del primo al lavoro. Curioso, sospettando un'altra riunione sediziosa, entrò e annusò immediatamente che non era in atto alcuna rivoluzione. C'era piuttosto un'aria di festa, come la vigilia di Natale.

Chiese ragione dei bicchieri che tintinnavano nei brindisi. Informato, si impettì come se fosse stato davanti a Sua Eccellenza, nella Sala del Mappamondo.

La parola sorse immediatamente nel suo pensiero ma non volle sprecarla lì, all'osteria. La conservò per la riunione della sera, ripetendola tutto il pomeriggio per trovare il tono giusto.

82.

«Vittoria!»

Non appena entrato nella sede della sezione, il Pasta non fece e non disse altro: si piazzò in piedi, di lato a una vecchia scrivania che ne sanciva il ruolo di segretario, ed esplose in quel grido.

«Vittoria!» ripeté.

Al che i presenti risposero con un applauso, doveroso in quanto una vittoria andava sempre salutata con entusiasmo. La maggior parte di questi però non comprese immediatamente chi avesse vinto e contro chi o cosa. Toccò all'Eumeo Pennati, in qualità di iscritto più anziano, farsi latore dei dubbi dell'assemblea.

«Chi ha vinto?» chiese.

«Il Partito», fu la secca risposta del Pasta.

I meccanici licenziati, cacciati. I telai avviati altrove!

«Il Partito», ribadì l'Aurelio.

E con lui, la comunità intera, il paese, la sua economia.

«Sono vicino a quegli ottanta operai che hanno visto salvato il proprio posto di lavoro», commentò il Pasta. «Il Partito non abbassa mai la guardia e non teme battaglie di sorta!»

Scattò allora un secondo applauso, questa volta convinto, cui mancò l'apporto del solo Pennati che, con quel colpaccio di cui il Pasta si addossava bene o male il merito per le parole pronunciate in aula, vedeva allontanarsi la possibilità di scalzarlo dal posto di segretario.

All'Aurelio sarebbe piaciuto, a quel punto, buttar lì

una citazione latina (ne ricordava, male, una che diceva di qualcosa di aspro o di aspero) per introdurre il discorso sulla sfida lanciata all'Azione Cattolica: il Partito non si fermava mai, di vittoria in vittoria andava sempre avanti.

E vittoria avrebbe dovuto essere anche il sabato a venire, giorno programmato per l'incontro. Spese ancora qualche parola sulla necessità di dare impulso alle iniziative del Partito, quindi passò a diramare le convocazioni.

Tra i pali il capostazione Musante, in virtù di un passato da portiere nella squadra di calcio dell'incrociatore *Irpinia.*

«Presente», rispose questi.

«In difesa, Otello Personnini.»

Non ci fu risposta.

Il Pasta scrutò verso il fondo della sala.

«Personnini!» ripeté.

«Ma dov'è?» chiese poi.

Nessuno rispose. Nessuno sapeva che l'Otello, in quello stesso preciso momento, era in canonica, seduto di fronte a don Ascani e di lato a Maddalena d'Elia.

83.

Maddalena d'Elia s'era presentata in canonica verso le sette, secondo quanto le aveva suggerito di fare il dottor Lieti, e il prevosto l'aveva immediatamente invitata a dividere la cena con lui.

«Ti devo parlare», disse, «ma vista l'ora lo faremo dopo.»

La ragazza aveva tentato di sottrarsi all'invito. Per vincere la sua timidezza, il sacerdote l'aveva messa sul ridere: «Non credere che sia un banchetto da re», aveva detto.

La cena di un povero curato di campagna, piuttosto: un piatto di minestra, un po' di formaggio, niente di che.

Chiacchierando del più e del meno, tra un cucchiaio di minestra e l'altro don Ascani aveva teso l'orecchio ai tocchi della pendola che stava in corridoio: era in attesa di un altro ospite, Otello Personnini, convocato per le otto.

Quando la pendola batté otto colpi, del giovanotto non c'era ancora traccia. Don Ascani si levò da tavola e pregò Maddalena di seguirlo nel suo studio.

«A stomaco pieno si ragiona meglio», disse precedendola.

Ma era in imbarazzo, poiché non aveva niente intorno a cui ragionare con Maddalena. Il motivo per cui l'aveva fatta venire era farle incontrare l'Otello: oltre che onesto e serio, gli sembrava ormai giunto all'età giusta per mettere su casa. E se il diavolo non ci avesse messo lo zampino, la Maddalena poteva essere la moglie ideale. Se quello non arrivava, però, il suo piano rischiava di finire in niente.

Che l'Emilia si fosse dimenticata di avvisarlo?

Sì, perché lui aveva cercato l'Otello un paio di volte in municipio, senza mai trovarlo. Perciò quella stessa mattina era passato dalla segreteria del cotonificio e aveva chiesto alla Personnini di farsi latrice dell'invito.

«È per quella tal faccenda?» gli aveva chiesto la Personnini, incapace di frenare la lingua.

Don Ascani non aveva indagato.

«Sì», aveva risposto, e se n'era andato evitando di dare spiegazioni.

In effetti era successo proprio così.

Fu lo stesso Otello a chiarirlo, scusandosi per il ritardo, quando si stavano ormai avvicinando le otto e trenta e il prevosto non sapeva più cosa inventarsi per tenere lì la ragazza.

«Quando ho detto che uscivo per andare in sede perché il Pasta ha convocato una riunione, a mia sorella è venuto in mente il vostro messaggio.»

«Meglio tardi che mai», sentenziò il sacerdote.

E subito, aprendo un cassetto della scrivania, ne trasse una busta che tese all'Otello.

«Questa è per chiudere quella tal faccenda che avevamo in ballo», disse.

Il Personnini arpionò la busta e se la infilò in tasca.

«Come posso...»

Don Ascani lo fermò con un gesto della mano.

«Ti chiedo solo una cortesia, caro Otello. Fuori fa freddo ed è buio. Io, con le mie chiacchiere, ho trattenuto oltre il lecito questa ragazza. Sii gentile, accompagnala tu a casa. Sapendola scortata da un messo comunale mi sento più tranquillo!»

Maddalena d'Elia intanto s'era alzata dalla sedia. Era un po' confusa: il signor prevosto le aveva detto che voleva parlarle di qualcosa, ma di fatto, a parte alcuni convenevoli e frasi banali, non le aveva detto un bel niente. Le sarebbe piaciuto chiedere, ma non osò. Anche perché nel frattempo il sacerdote aveva fatto strada a entrambi gli ospiti verso la porta della canonica.

Una volta fuori l'Otello, con mossa da galantuomo, le offrì il braccio. Dopo una breve esitazione, lei vi si aggrappò.

84.

«Partiti», comunicò il capostazione Musante giovedì mattina al maresciallo Rodinò.

«Bene», fece questi. «Caso archiviato.»

«Forse», ribatté il ferroviere.

«Forse? Sarebbe a dire?»

Per tutta risposta il Musante sollevò la mano destra distanziando per bene le dita una dall'altra.

«Cinque», disse.

«Volete dirmi che sono partiti in cinque? Ma non erano sei?»

«Sei, confermo», rispose il capostazione. «Ma il treno, questa mattina, l'hanno preso in cinque. Li ho contati.»

«E il sesto che fine ha fatto?»

Il Musante allargò le braccia.

«Maresciallo, sono spiacente di non potervi dire altro. Se vi può interessare, sono abbastanza certo che l'unico a non essere salito sul treno è quello che non è stato condannato, quello con il nome ridicolo... Landru! Ma dove sia finito però, mi spiace, proprio non lo so.»

Il Rodinò si grattò la testa: «Purché non sia l'inizio di altri guai», borbottò.

«Comunque», riprese a voce alta, «vi ringrazio per la premura, Musante. Siete un prezioso informatore.»

Al capostazione venne un groppo alla gola. Fosse stato solo avrebbe dato via libera a qualche lacrima.

«Per poco maresciallo, per poco ancora...»

«Ma cosa dite...»

Il Musante non rispose a parole. Cacciata una mano nella tasca della giacca, ne estrasse una lettera indirizzata all'Ufficio Movimento Personale delle Regie Ferrovie di Milano: conteneva la sofferta, soffertissima domanda di trasferimento in altra sede.

85.

Il treno partiva presto, i meccanici si erano svegliati che appena albeggiava. L'unico a non alzarsi dalla branda era stato Landru.

«Allora hai proprio deciso? Non vieni?» gli aveva chiesto per l'ennesima volta il grattaballe, che sembrava afflitto da rogna perenne, visto che aveva una mano sempre lì.

«Mi hanno licenziato, sì o no? Quindi sono libero di fare quello che mi pare», era stata la risposta.

«Sì, ma dov'è che vai? Qui non ci puoi mica stare.»

«Un posto lo trovo», aveva detto Landru.

Aveva o no in tasca cinquecento lire tonde tonde, guadagnate senza muovere un dito? Per un po' gli sarebbero bastate, dandogli l'agio di guardarsi in giro e vedere come soffiava il vento. E sul posto dove andare, un'idea se l'era già fatta. Ma non era il caso di dirlo ai suoi ex compagni proprio adesso che le loro strade si stavano per dividere.

«Contento te...» concluse il grattaballe.

Poi s'erano salutati con dei grugniti ancora grevi di sonno e Landru s'era rigirato su un fianco e s'era rimesso a dormire.

Alle otto e trenta, mentre il Musante infilava la lettera con la domanda di trasferimento nella cassetta sita nel piazzale della stazione, Landru, raccolte in una sacca le sue cose, si avviò alla volta della Trattoria della Pesa con annesso alloggio e stallazzo.

La gestiva, da sola, la vedova Eterina Zamboni. Sorda e

artritica, la donna andava soggetta, soprattutto durante la stagione invernale, ad attacchi di reumi che, quando non la bloccavano del tutto, la obbligavano a penose contorsioni per mandare avanti il lavoro. Il fatto che comunque riuscisse a cucinare, servire a tavola, pulire le camere, aveva del miracoloso.

«Ma i miracoli non si ripetono», non mancava mai di farle notare il dottor Lieti. «Arriverà il momento in cui non riuscirete più ad alzarvi dal letto!»

Quindi: o si decideva a trovarsi un aiuto, oppure sarebbe stata costretta a vendere e ritirarsi da qualche parte a fare vita di riposo.

Di vendere la Trattoria della Pesa l'Eterina non voleva nemmeno sentir parlare: lì dentro aveva speso l'intera vita e accarezzava l'idea di crepare lì, magari davanti al fornello della cucina.

Neanche di trovare un aiuto aveva mai voluto sentir parlare. Almeno fino a un paio di settimane prima. S'era convinta, o meglio arresa, davanti a un ben preciso autaut che il dottore le aveva gridato nelle orecchie.

Era stufo di curarla, le aveva detto. Stufo di constatare in che razza di considerazione teneva i suoi consigli. Se aveva intenzione di andare avanti in quella maniera, che si trovasse un altro medico da prendere in giro. Se invece voleva continuare a vederlo, che si trovasse finalmente un aiuto.

«E in fretta», aveva aggiunto, «perché la mia pazienza è già finita da un pezzo!»

L'Eterina aveva accettato, ponendo una condizione: l'aiuto doveva essere di razza femminile, così aveva detto, e garantito dalla parola del dottore.

Il Lieti non aveva potuto fare altro che acconsentire: ci si era messo con le sue mani, in quella trappola. Così, chiacchierando con questo e con quella, aveva cominciato a far correre la voce che la vedova Zamboni era alla ricerca di una cameriera.

Quando Landru entrò alla Trattoria della Pesa, l'Eterina stava tirando a lucido il bancone. Gli dava le spalle e, non sapendo quanto fosse sorda, dopo averla chiamata un paio di volte, decise di farsi notare dandole un colpetto sulla spalla.

L'Eterina reagì con un grido di spavento.

«Cosa volete?» strillò.

«Una stanza», rispose il meccanico.

«Come?» fece la Zamboni.

Landru si mise le mani a imbuto davanti alla bocca: «Una stanza!».

Prima di rispondere, l'Eterina lo guardò dalla testa ai piedi, come a valutarne la solvenza.

«Ne ho una sola libera», disse poi. «Camera di sottotetto e cesso sul ballatoio.»

«Andrà benissimo», disse Landru.

«Come?»

«Andrà benissimo!» ripeté, gridando, il meccanico.

86.

Piazza Verdi non era certo l'ideale per un incontro di calcio. Era uno slargo rettangolare dal fondo sconnesso che si apriva al termine del lungolago Grossi, delimitato su due lati dalle case del convitto del cotonificio e dal muro di cinta di Villa Pensa. Chiudevano il perimetro da una parte la Pioverna e dall'altra il lago. Lungo il lato della villa c'erano però cinque enormi platani con cui i calciatori dovevano fare i conti. Un'ora prima dell'inizio dell'incontro c'era già, in fremente attesa, una degnissima cornice di pubblico tra cui, appoggiato con disinvoltura a uno dei platani, Landru. Al vederlo Emilia Personnini restò di stucco: l'aveva pensato lontano, ormai, partito insieme agli altri, destinato quindi a restare solo un bel desiderio. Invece, eccolo lì.

Nei due giorni precedenti, il meccanico non era praticamente uscito dalla Trattoria della Pesa. Il tempo umido e perlopiù piovoso l'aveva convinto a starsene sdraiato a letto oppure seduto allo scalcinato tavolino, che insieme con un armadio tarlato era l'unico arredo della stanza, facendo passare le ore con estenuanti solitari. Era sceso nella saletta da pranzo giusto per mangiare, trattenendosi un poco per dare un'occhiata ai giornali e ascoltare le balle degli avventori, caso mai ne sortisse qualcosa di buono per il suo futuro.

Era stato venerdì sera che aveva appreso dell'incontro di calcio. Così il sabato, visto che il tempo s'era rimesso al bello pur continuando a fare un freddo boia, aveva deciso di uscire per assistere alla partita.

La Personnini, recitando alla perfezione la parte della sbadata, si diresse verso di lui ma fingendo di guardare da tutt'altra parte. Quando fu a un metro dall'uomo, quello che s'era immaginata dovesse capitare, capitò.

Il saluto che le rivolse il meccanico le fece tremare le vene. Riuscì però a mantenere il controllo. Fingendo un'autentica sorpresa, girò il volto verso l'origine del saluto, strinse la bocca, sgranò gli occhi ed emise un «Oh, voi qui?» da consumata attrice.

«Come potete constatare», disse Landru.

«Ma...»

«Mi pensavate partito?»

«Viste come sono andate le cose...»

Landru sorrise.

Dio, che sorriso!

«Mi hanno licenziato, no?, pur non avendo colpe. Cosa potevo fare? Andarmene come quegli altri cinque disgraziati? Chissà dove, incontro a chissà quale destino? Ho deciso di fermarmi qui. È un posto dove l'attività ferve, le occasioni non mancano. Sono convinto che a un uomo di buona volontà questo paese non negherà l'opportunità di mettere insieme il gruzzolo necessario per prendere il volo.»

«Sempre l'Argentina?» chiese l'Emilia.

«L'Argentina, certo», rispose Landru con voce sognante. «Piuttosto voi...» aggiunse.

«Io, cosa?»

«Dico, una signorina attirata da una partita di calcio?»

«Oh!» fece l'Emilia portandosi una mano alle labbra.

Del calcio le importava assai! Era lì solo per fare un piacere a suo fratello, che appunto giocava.

«E con quale formazione?» chiese Landru.

In teoria, secondo il segretario Aurelio Pasta, l'Otello avrebbe dovuto schierarsi al centro della difesa dei Fasci bellanesi. Ma dalla sera di mercoledì era sparito dalla circolazione: in municipio, dove l'aveva cercato un paio di volte, gli avevano detto che era fuori per servizio. A casa Personnini, dove era stato sia giovedì sia venerdì sera, sua sorella, su suggerimento del fratello, gli aveva comunicato che era uscito senza dirle dove andava e a fare cosa. Sabato mattina non aveva avuto tempo da perdere e aveva dovuto darsi da fare per tappare il buco della difesa, convocando un mezzo brocco di avanguardista che faticava a distinguere la porta avversaria da quella amica.

D'altra parte l'Otello non aveva avuto altra scelta che nascondersi: in tutta coscienza, non se la sentiva di tradire il signor prevosto dopo che gli aveva fatto ben due favori.

Due.

Il primo, la lettera che aveva scritto alla Mirandola e che aveva dapprima sminuzzato per bene e poi bruciato nella stufa di casa.

Il secondo, avergli fatto conoscere la Maddalena, che, con il favore del buio, e proprio mentre il Pasta bussava alla porta di casa sua, la sera prima era andato a trovare per invitarla ad assistere all'incontro di calcio.

Quindi: «Con quelli dell'Azione Cattolica», rispose l'Emilia.

Che presero posto in campo subito dopo gli avversari, tutti rigorosamente in camicia nera.

Nonostante l'abilità del difensore Otello Personnini, per l'Azione Cattolica fu un disastro. I Fasci si imposero per otto a zero. In realtà la partita terminò a circa metà del secondo tempo, perché tutti e tre i palloni a disposizione finirono nel fiume, senza la possibilità di poter essere recuperati.

La Personnini seguì tutto l'incontro in piedi accanto a Landru. Anzi, chiedendogli pareri: dai suoi commenti si capiva che il meccanico di calcio se ne intendeva...

«Vi manca un centrattacco che sappia tirare in rete», fu la sentenza finale di Landru.

«Lo riferirò a mio fratello», disse l'Emilia.
«Mi metto a disposizione.»
«Perché voi...»
«Diciamo che me la cavicchio.»
«E nel caso...»
«Nel caso mi troverete presso la Trattoria della Pesa, dove ho preso in affitto una stanza», concluse il meccanico senza immaginare che l'avrebbero convocato di lì a qualche ora.
Il capitano dell'Azione Cattolica infatti aveva appena chiesto al Pasta la possibilità di una rivincita.
«Quando?» aveva domandato l'Aurelio.
«Anche domani», aveva risposto il capitano.
E non su quel terreno, un campo di patate più che un rettangolo per giocare a calcio.
«All'oratorio.»
Il Pasta aveva accettato.
Batterli una seconda volta, aveva pensato, e per di più in casa loro, avrebbe avuto più gusto.

87.

Domenica pomeriggio la formazione dell'Azione Cattolica si ripresentò in campo con lo schieramento del giorno prima, tranne una sorprendente novità.

L'Eumeo Pennati sedeva in panchina vicino al Pasta.

«Dì un po'», chiese. «Ma quello lì non doveva essere partito insieme agli altri?»

Indicava Landru che, in attesa del fischio d'inizio, saltellava nel cerchio di centrocampo.

Il Pasta masticò amaro: «Se è qui vuol dire che non è partito», rispose secco.

«Logica implacabile, camerata. Possiamo dire allora che la vittoria di cui hai menato vanto è una vittoria, diciamo, mutilata?»

«Mutilata o no», rispose a denti stretti l'Aurelio, «ti assicuro che se ne andrà, con le buone o con le cattive. Non c'è trippa per lui, in questo paese.»

L'Eumeo sorrise: «Sembrerebbe che, invece...».

«Invece?»

«Che l'abbia trovata, la trippa. E forse l'hai assaggiata anche tu.»

Il Pasta impallidì: il riferimento alla Mirandola era evidente. Ma a quel cazzone del Pennati, che non perdeva occasione per rompergli i coglioni, l'Aurelio non voleva dare alcuna soddisfazione. Tanto più che l'arbitro aveva dato il fischio d'inizio e la piccola folla che gremiva il campetto dell'oratorio aveva cominciato a rumoreggiare. Le due squadre avevano stabilito di giocare due tempi di mezz'ora ciascuno. A metà del primo, i Fasci Bellanesi erano già sotto di due reti, messe a segno proprio da Landru con altrettanti imprendibili tiri da fuori area. E allo scadere il meccanico, con un beffardo pallonetto, aveva scavalcato il Musante, siglando il tre a zero.

«Di vittoria in vittoria», commentò il Pennati alla fine del primo tempo.

L'Aurelio evitò di rispondere. Nella sua funzione di responsabile tecnico della squadra convocò i giocatori presso la panchina, diramando un ordine preciso: «Massacrateli!».

Avanti di quel passo avrebbero finito l'incontro con un passivo tale che nemmeno un gerlo sarebbe riuscito a contenere: l'unica era buttarla sul piano fisico, e picchiare picchiare picchiare.

Cominciarono subito: caviglie, gambe, gomitate in viso. Fin quando, mentre il risultato era ancora fermo sul tre a zero, uno dell'Azione Cattolica, che, pur essendo tollerante come predicava il signor prevosto, ne aveva piena l'anima di prendere botte, reagì piantando un cazzottone in pieno viso al difensore avversario. In men che non si dica, nell'area dei Fasci bellanesi si sviluppò una rissa colossale, cui diedero una robusta mano anche parecchi spettatori.

Compresa la malparata, l'arbitro si rifugiò in canonica. Pure il Pasta si buttò nella mischia, con il preciso intento di mollare qualche calcio nel culo al Personnini e all'ex meccanico.

Gli andò male, poiché nel frattempo i due, approfittando del casino, erano sgusciati via, rifugiandosi, all'insaputa l'uno dell'altro, in chiesa.

88.

Se l'era fatto scappare una seconda volta. A rissa sedata, il commento del Pennati era stato caustico. A far intendere che a lui non sarebbe successo.

«Non ci sarà una terza volta», promise l'Aurelio.

«Speriamo», ghignò il Pennati.

Non c'era tempo da perdere, si stava giocando la faccia. Sfollato il pubblico, il Pasta si trattenne con cinque dei suoi calciatori, fedelissimi, e li convocò per quella stessa sera in sezione.

«Non ammetto defezioni», disse con decisione.

Contusi o no, li voleva tutti presenti. E gli dovevano portare anche l'Otello.

«A tutti i costi», disse.

Glielo dovevano portare in catene, per i capelli o per la pelle del culo. Assolutamente.

«Altrimenti faccio saltare la tessera non solo a lui ma anche a voi!»

Era indispensabile che il Personnini fosse presente. Al Pasta ormai fregava un cazzo che si fosse schierato con quelli dell'oratorio, ma gli doveva dire dove l'aveva pescato, dove si nascondeva, visto che dal convitto del cotonificio era stato cacciato. Dopodiché sarebbe entrato in azione lui, con tutta la squadra.

Non subito. La lepre si prende senza correre. Gli avrebbe concesso qualche giorno per mettersi tranquillo, illudersi che, nel paese dove il pugnace Pasta Aurelio era segretario di Partito, un essere pari suo potesse permettersi di fare i propri comodi, compreso quello di trombarsi la Mirandola, come gli aveva fatto intendere il Pennati. A bocce ferme avrebbe scatenato l'offensiva e dato a Landru la lezione che si meritava.

Alle otto e trenta di domenica sera il Pasta era già presente in sezione. Solo. Nel giro di un quarto d'ora, alla spicciolata, arrivarono tre dei convocati e alle nove precise entrarono gli altri due con il Personnini in mezzo, come se fosse scortato.

«Benvenuto», salutò l'Aurelio con aria tutt'altro che cordiale.

«L'abbiamo trovato che stava uscendo di casa», spiegò uno dei due.

«E dove stavi andando di bello?» chiese l'Aurelio.

All'Otello non andava di dichiarare in pubblico che la sua intenzione era quella di passare dalla Maddalena per un saluto.

«Volevo fare due passi e poi... poi passare di qui, dare un'occhiata in sezione...» farfugliò.

Ci teneva, proseguì riprendendo tono, a spiegare ai camerati i motivi che l'avevano spinto a schierarsi con quelli dell'Azione Cattolica...

«Frega niente!» lo interruppe il Pasta. Se voleva mischiarsi con i preti, affari suoi. Invece, se voleva tornare a casa con le sue gambe, adesso doveva rispondere a una domanda precisa.

«Quale?» iniziò a preoccuparsi il Personnini. Otello alle gambe ci teneva, gli servivano per accompagnare a passeggio la Maddalena.

«Bene», disse l'Aurelio udita la risposta. Lanciò uno sguardo in giro: «E voi, tenetevi pronti», aggiunse poi.

«A cosa?» chiese uno dei cinque.

Il Pasta sorrise. Credevano che fosse scemo? Glielo avrebbe fatto sapere al momento opportuno, poche ore prima dell'azione, onde evitare fughe di notizie.

«E anche tu sarai della partita», concluse rivolgendosi all'Otello.
«Un'altra partita?» chiese di rimando questi.
«Sì, proprio un'altra partita», confermò il Pasta.

89.

La rissa aveva profondamente afflitto l'animo di don Ascani. Lo spettacolo era stato vergognoso. Ma ancora di più a rattristare lo spirito del prevosto era il fatto che si fosse animata proprio lì, all'oratorio, in quel rettangolo di terra battuta che sino ad allora non aveva visto altro che bambini giocare a pallone, palla prigioniera, bandiera, a rincorrersi, cantare: in una parola, a dare sfogo alla propria innocenza. C'era rimasto talmente male che la sera non aveva nemmeno cenato.

«Sacco vuoto non sta in piedi», aveva commentato la perpetua.

«Ho lo stomaco pieno di amarezza, cara mia.»

La donna aveva compreso bene quello che intendeva il sacerdote e, per quanto poteva, aveva tentato di sdrammatizzare, chiedendo se per caso quell'amarezza fosse un qualche tipo di insalata. Tuttavia nello stomaco di don Ascani restava un angolino vuoto. A riempirlo provvide la mattina di lunedì il sacrestano Lugana, quando gli comunicò con grande imbarazzo che un paio di cassette delle elemosine erano state saccheggiate: a suo giudizio, se poteva permettersi di esprimere un parere, era stato qualcuno che aveva approfittato del trambusto durante la rissa per mettere a segno il colpo.

«Vado io o andate voi?» chiese poi il Lugana.

Don Ascani non comprese il senso della domanda: «Dove?».

«Ma dai carabinieri, no? A denunciare il furto!»

«I carabinieri?»

Il Lugana allargò le braccia: da che mondo era mondo, perlomeno da che lui era al mondo, toccava a loro occuparsi di quel genere di guai.

Don Ascani soppesò per qualche minuto le parole del sacrista: i carabinieri, certo! Ma cosa potevano fare, ormai? E poi non gli sembrava una cosa da carabinieri. Un atto così vile, il furto di quelle poche monete che servivano per aiutare le famiglie più povere della parrocchia, esulava a suo giudizio dalle competenze dell'Arma. Non la giustizia terrena, ma quella divina doveva colpire l'infame che s'era macchiato di una simile nefandezza mandandogli, dall'alto dei cieli, il tormento della coscienza e l'umiltà di pentirsi. Restituendo naturalmente anche il maltolto.

«Ci penso io», rispose infine il sacerdote per togliersi di torno il Lugana che brigolava, non vedendo l'ora di entrare in azione.

90.

Cosa che invece l'Otello non aveva nessuna voglia di fare. Non bisognava essere delle cime per capire cosa ballasse nella testa del segretario Pasta a danno del Landru: voleva dargli una lezione, una di quelle secche, che gli facesse capire chi comandava in paese. E tra gli insegnanti, l'Aurelio aveva voluto che ci fosse anche lui.

Rifiutarsi non poteva. Non solo perché gli aveva appena infilato nel gobbo un bel pacco, giocando con quelli dell'Azione Cattolica. A preoccupare il Personnini era piuttosto la minaccia del ritiro della tessera, che avrebbe potuto metterne a rischio il posto di lavoro: proprio adesso che aveva bisogno di una solida posizione, anche perché nella sua testa stavano cominciando a maturare certe ideuzze attorno alla Maddalena. Senza contare che l'azione ideata dal Pasta poteva pure andare storta e finire sotto gli occhi del maresciallo Rodinò, che quando c'era di mezzo la legge non guardava in faccia nessuno. Nel qual caso, addio fichi!

Gli era già capitato di trovarsi in situazioni come quella, sospeso tra l'incudine e il martello. E, per tutta reazione, anziché decidere per una parte o per l'altra, s'era sentito ritornare bambino: avvertiva un senso di spaesamento, un bisogno di conforto e a tratti l'impulso di mettersi a piangere, sfogando con le lacrime il suo tormento. Con l'età adulta aveva imparato a contenere il magone, il viatico necessario affinché madre e padre, finché c'erano stati, potessero chiedergli cosa lo turbasse.

Di giorno, però.

Di giorno, una volta fattosi uomo, non gli era più capitato di scoppiare in lacrime. La notte, invece, era un'altra cosa. Visitato dagli incubi e libero dal controllo della volontà, il Personnini poteva liberare lacrime, sospiri, lamenti e singhiozzi.

Non gli succedeva da un paio d'anni. Da quando, dopo un giro nel bosco a raccogliere castagne, l'Otello s'era punto un dito con un riccio, ricevendone in regalo una bella infezione del braccio che il dottor Lieti non aveva escluso potesse trattarsi di tetano: per una settimana il giovanotto s'era sentito sospeso tra la vita e la morte, trattenendosi di giorno per non sfigurare davanti ai visitatori e sfogandosi la notte, con grave disturbo di sua sorella Emilia poiché i due dormivano in due stanze affiancate e separate da una millimetrica parete.

Lunedì notte gli capitò di nuovo. Risvegliata dai gemiti, verso le due del mattino, l'Emilia pensò dapprima che sotto casa ci fosse qualche gatto. Ma non era ancora tempo per le matogne. Quindi, se non erano gatti a emettere quei versi, non poteva essere che suo fratello.

91.

Idina Cecchini gestiva, ormai da anni, una privativa dove vendeva tabacchi, sale, stringhe, bottoni e quant'altro. Apriva alle sei del mattino e chiudeva quando ne aveva voglia, senza mettere avvisi. Fece così anche martedì, poco dopo le otto, facendo sacramentare massaie e fumatori.

Ma se in quel paese circolava il diavolo, era forse colpa sua?

«In quel paès chì ghè el diàvol!»

Lo disse ad alta voce, aggrappata al cancello della canonica, affinché il prevosto che si era fatto sulla porta di casa sentisse bene.

«O Idina», fece don Ascani, «lascia perdere 'ste storie!»

«Io per me lascerei perdere», ribatté la Cecchini. Ma se il diàvol non sentiva ragioni, lei non sapeva cosa farci. Perché, per convincerla che il diavolo non c'entrava, bisognava che qualcuno le spiegasse una cosa.

«Sarebbe?» chiese il prevosto.

«Un momento», rispose, e prese a frugare nel tascone del scosàa che indossava finché non ne tirò fuori un pezzo di carta.

Il prevosto guardò meglio: non era carta, erano soldi.

Infatti l'Idina: «Questi soldi erano miei!» proclamò sventolando un biglietto da cinque lire.

A don Ascani non piaceva l'idea di parlar di soldi con la Cecchini ad alta voce e in piazza della chiesa. Seppur controvoglia, scese dunque i quattro scalini dell'ingresso e la invitò a entrare.

«Qui possiamo fare a meno di gridare», disse una volta in cucina.

«Uno si deve pure far sentire», ribatté la Idina.

«D'accordo. Però adesso mi spieghi perché, se sono soldi tuoi, me li stai sventolando sotto il naso.»

La Cecchini sorrise, scoprendo una malmessa fila di denti.

«Non ho detto "sono". Erano. Erano soldi miei. Fino a quando non li ho messi nella cassetta delle elemosine domenica mattina.»

Don Ascani corrugò la fronte: «E allora come mai li hai di nuovo in mano tu?».

Alla Cecchini scappò un filo di saliva. Prima di rispondere se l'asciugò con il dorso della mano: «Perché», sibilò, «questa mattina qualcuno me li ha dati per pagarmi un paio di toscani».

«Vorresti dire?»

«Questi soldi avrebbero dovuto essere nelle vostre tasche, signor prevosto!»

«Ma che ti viene in mente? Io non intasco i soldi delle elemosine!»

«Ma el diàvol sì!» rispose l'Idina. «Solo che a volte si dimentica di fare i coperchi per le sue pentole...»

Don Ascani era un sacerdote, certo, ma non aveva una pazienza infinita e avvertiva di essere arrivato troppo vicino al limite.

«Veniamo al sodo, Idina.»

Il sodo? L'era presto detto. Visto che lei sapeva benissimo che non le avrebbe creduto, s'era preoccupata di procurarsi un testimone oculare, in grado di confermare l'identità della persona che le aveva dato quella banconota. Che era sua, notasse bene, senza possibilità di errore.

«Perché su 'ste cinque lire, sul retro, ho scritto di mia mano una cosa che me le ha fatte riconoscere. Se volete vedere anche voi...» concluse la Cecchini tendendo al prevosto la banconota.

Don Ascani la pinzò appena.
«Per grazia ricevuta.»
Di quale grazia si trattasse, non fece in tempo a chiederlo.
«E se volete, adesso vi dico anche chi me le ha date», lo bruciò sul tempo l'Idina.

92.

Emilia Personnini?

Alla rivelazione il prevosto storse il naso. Era difficile crederci.

Sempre presente alla messa grande della domenica.

Sempre presente ai vespri.

Sempre presente ai funerali, purché non in orario di ufficio.

Emilia Personnini…

Con tutta la buona volontà, e pure aggiungendo un po' di fantasia, don Ascani non riusciva a immaginare Emilia Personnini in veste di ladra di elemosine. Anche perché della Cecchini non c'era troppo da fidarsi.

93.

Nata dal matrimonio di Fausto Cecchini, sacrista, con Eusebia Bissi, l'Idina, adesso quarantaduenne, aveva vissuto i primi cinque anni di vita tra la sagrestia e la canonica, sino a quando, causa reiterati episodi di ubriachezza, il prevosto era stato costretto ad allontanare il Fausto dalle sue mansioni. Da allora il Cecchini padre, perso nel bicchiere, non aveva più lavorato e l'educazione di Idina era diventata di esclusiva pertinenza della madre, la quale aveva rispolverato l'arte, imparata in gioventù, della caterinetta e così era riuscita a crescerla dignitosamente.

A dieci anni Idina sapeva già prendere le misure degli abiti, tagliava stoffe e si muoveva come una donna in miniatura. Per affinarla, mamma Eusebia l'aveva allora iscritta alla scuola di taglio e cucito delle suore di Maria Ausiliatrice. Il nuovo ambiente aveva profondamente impressionato la bambina, tanto che aveva sostituito taglio e cucito con preghiere e lunghe soste in chiesa. A dodici anni, rispondendo a una precisa domanda della madre superiora, Idina aveva ammesso che le sarebbe piaciuto prendere il velo: da quel momento era andata a vivere stabilmente presso le suore, in attesa di essere avviata al noviziato.

Il 6 agosto 1902, presso il santuario di Lezzeno, durante le celebrazioni del miracolo in cui la Madonna aveva pianto lacrime di sangue, Idina era caduta in una sorta di trance. Al risveglio, aveva tranquillamente dichiarato di aver visto in sogno la Beata Vergine. Le suore l'avevano subito sottratta alla curiosità dei presenti e fatta visitare il giorno seguente dal dottore: questi aveva concluso che la comparsa delle prime regole poteva aver determinato un calo di pressione con conseguente turbamento dello stato di coscienza. Idina tuttavia aveva insistito nel racconto della sua visione, scatenando l'interesse delle ragazze che frequentavano la scuola di taglio e cucito. Per questa ragione era stata allontanata e nuovamente affidata alla madre Eusebia.

Nel 1904, morto il padre e con la madre affetta da una cecità quasi totale, Idina, per mantenersi, aveva preso il posto di Petronilla Arrigoni quale «corriere» sbrigapratiche tra Bellano, Lecco e Como. Tutto liscio sin verso la fine del 1907, quando aveva cominciato ad accusare nausee e capogiri. Un medico aveva diagnosticato lo stato di gravidanza e solo dopo molte insistenze Idina aveva confessato il nome del responsabile: tal Piercanisio Mazzoleni, di Dervio, un ferroviere che, a dire di Idina, l'aveva costretta a concedersi in uno scompartimento di terza classe sul treno delle sei e quaranta per Lecco.

Era stato il parroco di allora a sobbarcarsi il compito di mettere il ferroviere di fronte alle proprie responsabilità. Il Mazzoleni aveva fermamente negato ogni addebito e infine aveva chiesto un confronto con la ragazza. Alla notizia Idina aveva sbuffato e nell'arco di una notte il suo ventre era tornato piatto come prima. Nausee e capogiri, scomparsi.

«Isteria!» aveva diagnosticato il dottore.

Infine, nel 1911, durante la manifestazione «A Bellano si vola», Idina aveva voluto provare l'ebbrezza di un giro in aereo ed era scesa dal velivolo follemente innamorata del pilota. Ne aveva anche parlato in confessione con il prete, che l'aveva messa in guardia dall'inventarsi altre storie. A riprova del fatto che era tutto vero, Idina aveva mostrato al sacerdote certi biglietti d'amore vergati da mano maschile. Mancava la firma, ma la grafia non aveva lasciato dubbi al prete: a scrivere quei messaggi era stato il suo sacrista Consolo Denaria, che, a furia di insistere, aveva convinto Idina a sposarlo. Era il 1912. Dopo pochi mesi l'aria della sagrestia aveva risvegliato in Idina gli antichi fantasmi: aveva cominciato a vedere i santi più improbabili, dandone conto al marito il quale, forse per liberarsene, era partito volontario per la guerra, morendo quasi subito nella battaglia che aveva portato alla conquista del Monte Nero.

Idina aveva raccontato di aver visto in sogno la fine del marito, e a quel punto la maggior parte dei bellanesi aveva preso a scansarla. Era stato solo dopo l'acquisto della privativa che, giocoforza, avevano ricominciato a frequentarla ed erano stati costretti a starla a sentire.

Ma come si poteva dare credito alle cose che diceva?

94.

La ragione si dà ai matti. Quel luogo comune ballò nei pensieri di don Ascani per un po', dopo aver congedato l'Idina e averla rassicurata che avrebbe avviato indagini sulla presenza del diàvol in paese. Ma gliela si dava così, ai matti, tanto per dire, tanto per tenerli buoni ed evitare che dessero fuori del tutto.

Nonostante l'evidenza del biglietto da cinque lire che la Cecchini gli aveva lasciato, nonostante l'assicurazione che poteva esibire un testimone a conferma della sua accusa, il prevosto continuava a ritenere impossibile che una come l'Emilia Personnini avesse rubato in chiesa.

E faceva bene a seguire il suo istinto, senza nulla togliere alla Cecchini che, per una volta, non aveva avuto visioni.

95.

Una visione apparve invece quella stessa mattina al ragionier Senti l'improvvisa comparsa della Mirandola, che entrò nel suo ufficio senza nemmeno bussare.

«Che modi sono?» chiese il ragioniere. Prima di rispondere, la Gilardoni si sistemò i capelli, facendolo pentire per la sua brusca uscita: gliel'avrebbe sistemata ben volentieri lui quella fulva chioma ribelle, sotto la quale bollivano chissà quali audacità.

La Mirandola tuttavia non gli diede l'agio di andare oltre con la fantasia: «Non preoccupatevi, ragioniere», fece la ragazza ridendo. «È la prima e anche l'ultima volta che vi faccio saltare sulla sedia!»

«Sarebbe a dire?» chiese il Senti, stringendosi nelle spalle come se avesse avvertito una corrente d'aria.

Da spiegare era un po' lunga. Ma già da domenica sera la ragazza aveva cominciato a sentirsi fischiare le orecchie. Quando sua madre Dirce, dopo aver spettegolato con una vicina circa la rissa che aveva seguito la partita, le aveva domandato che tipo fosse quel tal meccanico con un nome così strano.

Lei aveva risposto di non sapere nemmeno che faccia avesse, ma la mattina di lunedì, entrando al cotonificio, il portinaio, un beccamorto baciapile che mangiava pane e incenso mattina e sera, le aveva prima strizzato l'occhio e poi, a bassa voce, chiesto di ringraziarlo da parte di tutti i tifosi dell'Azione Cattolica.

«Ringraziare chi?» aveva chiesto la Mirandola.
«Ci siamo intesi», aveva risposto lui.
La Mirandola aveva inteso. Mica era scema. Ma non aveva ancora ben compreso la sostanza delle voci che avevano cominciato a circolare sul suo conto.
Una volta in reparto si era sentita al centro di sguardi che le sue colleghe, da sempre invidiose del suo spirito libero, non le avevano mai rivolto. Era stato alla fine del turno che una tra le più anziane, gravata di quattro figli da mantenere, avuti in eredità da un marito rappresentante di stoffe che a un certo punto era svanito nel nulla, l'aveva fermata e le aveva detto di diffidare degli uomini abituati a una vita raminga.
«Ti parlo come una madre», aveva sospirato. «Lo dico per il tuo bene.»
A quel punto Mirandola aveva deciso di portare pazienza. E ce l'avrebbe fatta, se la mattina di quel giorno, all'inizio del turno, il caporeparto, fervente fascista, non l'avesse chiamata da parte per dirle seccamente che sul lavoro non tollerava interferenze da problemi personali o fatti di cuore.
Mirandola aveva incassato pure quella, ma non ce l'aveva fatta a digerirla. Così, d'impulso, com'era nel suo carattere, aveva preso la decisione, piantato in asso i fusi ed era volata dal ragionier Senti.
Ma non aveva certo voglia di raccontare anche a lui tutta la tiritera, non erano fatti suoi. Gli doveva bastare sapere che era lì per licenziarsi.
«Licenziarti?» chiese il Senti. «E perché?»
«Perché ho trovato un altro posto. Dove, per inciso, guadagnerò di più.»
«E quale sarebbe questo Eldorado?»
«La Trattoria della Pesa», rispose Mirandola.
Da un paio di settimane l'Eterina aveva messo in giro la voce che cercava una cameriera.
«L'ha trovata», concluse la Gilardoni.

«Mi auguro per voi che sia la scelta giusta», commentò un po' amareggiato il Senti.

«Non state in pensiero per me, ragioniere», lo tranquillizzò la Mirandola.

Sino ad allora, nelle scelte che la vita le aveva proposto, aveva sempre seguito il suo istinto e non aveva mai sbagliato.

«C'è sempre una prima volta», sentenziò il ragioniere per il gusto di avere l'ultima parola. Gusto che la Mirandola gli concesse volentieri, girandosi e andandosene sculettando come mai aveva fatto.

96.

Sino ad allora Emilia Personnini non aveva fatto che lanciare il sasso e poi, subito, ritirare la mano e tutta sé stessa, rifiutando ogni genere di avance. Adesso però aveva l'occasione per dimostrare al bel gaucho che ormai le popolava i sogni notturni di essere una donna di polso e, soprattutto, quanto le stesse a cuore il suo destino.

Era stato l'Otello a darle l'imbeccata giusta, lunedì notte, quando lei, con in mano una tazza di camomilla, l'aveva svegliato per chiedergli cosa lo turbasse al punto da gemere come un neonato. Sulle prime lui aveva tentato di negare l'evidenza, ma l'Emilia, sospettando che a metterlo in agitazione fossero pene d'amore, non aveva mollato la presa.

Le notizie che aveva appreso avevano tolto il sonno pure a lei, dandole però una singolare sensazione di benessere. Una grattatina, più insistita del solito, l'aveva accompagnata sino alle prime luci dell'alba e nell'incerto chiarore era uscita di casa, facendo vela verso la Trattoria della Pesa.

A quell'ora lì dentro c'era sempre un via vai di operai in attesa di cominciare il turno oppure del treno diretto a Lecco. L'Eterina, ancora sola, diventava matta a servire schifosi caffè e grappini. S'era fatta ripetere tre volte la domanda dall'Emilia: «Ho una comunicazione urgente da parte del signor direttore Galimbelli per il signor Angelici Landru!».

A risponderle era stato un bresciano, muratore cottimista, che aveva la stanzetta di lato a quella del meccanico.

L'Emilia era salita con il cuore in gola, aveva bussato più volte. Alla fine le avevano risposto dapprima una grossolana scorreggia e poi una voce ricoperta di catarro. Landru s'era presentato sulla porta senza nient'altro addosso che un paio di mutandoni che gli arrivavano sino alle ginocchia. Al vedere l'Emilia le mutande si erano mosse.

«A cosa devo l'onore?» l'aveva accolta.

La Personnini non aveva osato entrare nella stanza. Parlando come se stesse scrivendo a macchina, l'aveva avvisato di stare all'erta, in paese stavano preparando qualcosa contro di lui. Ancora non sapeva né cosa né quando. Ma, se voleva ascoltare il suo consiglio, avrebbe fatto bene a starsene buono, a cuccia. Non farsi vedere in giro, insomma.

«Fino a quando?» aveva sbuffato Landru.

La Personnini non aveva una risposta precisa: «Fidatevi di me», era riuscita a dire.

«Ho anche finito da fumare», si era lamentato l'uomo.

«Se è solo per quello, ci posso pensare io», aveva proposto l'Emilia.

«Sareste così gentile da farmi avere quattro o cinque toscani?»

L'Emilia non era mai entrata nella privativa della Cecchini: ma c'era sempre una prima volta, s'era ripetuta.

«Certo», aveva risposto. «Li lascerò qui di sotto.»

«Siete un angelo», l'aveva ringraziata Landru dopo aver frugato nel cassetto del comodino e allungando all'Emilia un biglietto da... cinque lire.

97.

Il Pasta aveva fretta di agire, per dimostrare a tutti che non parlava a vanvera. Soprattutto per far capire a quel rompicoglioni del Pennati che il segretario era lui e che i suoi dubbi, la sua ironia, le sue risatine poteva metterseli in quel posto. Aveva lasciato passare lunedì e martedì. Lasciò che trascorresse anche mercoledì: un giorno in più avrebbe illuso il meccanico, che peraltro sembrava sparito dal paese, di potersene stare tranquillo e continuare a farsi gli affari propri.

Giovedì mattina però si svegliò con la sensazione che il tempo stringeva. Temporeggiare oltre avrebbe potuto far nascere nei fedelissimi l'idea che lui fosse un inetto, un incapace. Peggio, un vigliacco.

Uscì da casa vestito in borghese per non dare troppo nell'occhio e visitò a uno a uno tutti i componenti della squadra, avvisandoli che l'azione sarebbe stata per quella sera. Lasciò per ultimi l'Otello, che al vederlo entrare in municipio comprese al volo che l'ora era scoccata, e l'Eumeo Pennati, il quale all'avviso del Pasta rispose: «Era ora». E: «Speriamo bene».

98.

Nel primo pomeriggio il tempo cominciò a cambiare. Era stato bello, ma freddo, sin verso mezzogiorno. Proprio verso quell'ora aveva preso a soffiare una breva tesa da Como che aveva spinto una sull'altra, come se le stesse accatastando, nuvole scure e basse, gonfie di pioggia o forse di altra neve.

Fu pioggia. Cominciò con quello che sembrava un ritmo primaverile, gocce fini che cadevano senza far rumore, ma, con il passare delle ore e in accordo con l'abbassarsi delle nuvole, divenne fitta e intensa.

Alle quattro del pomeriggio il paese era già deserto. In sovrappiù, a sera ormai fatta, calata la breva, ne prese il posto un tivanaccio senza regole contro il quale nessun cristiano si sarebbe opposto uscendo di casa, a meno di non avere un validissimo motivo.

I camerati pronti all'azione invece sfidarono le intemperie. Quattro, tra cui l'Otello: sei in totale, calcolando il Pasta e l'Eumeo Pennati che, per dimostrare a tutti di non temere niente e nessuno, era uscito in giacchetta e senza ombrello. Nel locale della sezione si sviluppò in breve un odore di umidità, evaporato dai vestiti zuppi del sestetto.

«Bene», esordì il Pasta.

Erano le nove. Prima delle dieci sarebbe stato inutile mettersi in movimento, bisognava dare il tempo agli avventori della Pesa, ammesso che ce ne fossero per via del nubifragio, di togliersi dai coglioni, andare a casa o salire in camera.

«Partiremo alle dieci, non prima», ricapitolò l'Aurelio.

Avrebbero seguito un piano ben preciso.

Primo, entrare alla Pesa e dire all'Eterina, anzi gridarle nell'orecchio, che erano lì per mangiare qualcosa. In caso di obiezioni... «Tu», spiegò il Pasta indicando un fedelissimo, tale Leandro Ferraretti, «te la prendi sottobraccio e la porti in cucina, piantonandola lì.»

Secondo.

«Tu e tu», proseguì, puntando l'indice sul Personnini e su un altro dei fedelissimi, Fausto Cracchio.

Loro due avrebbero piantonato la porta d'ingresso nel caso che il meccanico fosse riuscito a fuggire.

A quel punto l'Eumeo obiettò che gli sembrava un inutile spreco di uomini. Come poteva fuggire?

«Si sa mai», rispose il Pasta.

Terzo.

Una volta sotto controllo la situazione, lui, l'Eumeo e gli altri due sarebbero saliti nella camera di sottotetto dove Landru soggiornava e gli avrebbero cantato la messa.

L'uscita del Pasta fece sorridere tutti, tranne l'Otello e il Pennati.

«Certo che se ci fosse stato un altro tempo...» osservò il Ferraretti.

«Per quello che dobbiamo fare è il tempo ideale», commentò con gravità il Pennati sulle note della dirlindana: ci si potevano regolare gli orologi tant'era precisa.

«Dieci minuti e andiamo», disse il Pasta.

Altri dieci minuti. Il tempo necessario per raggiungere la Trattoria della Pesa.

Alle dieci e dieci.

99.

Alle dieci e dieci la prima cosa che il Pasta vide entrando alla Trattoria della Pesa fu la Mirandola, che quella stessa mattina aveva preso servizio presso l'Eterina Zamboni. Era davanti al bancone e stava gridando qualcosa per farsi sentire dalla proprietaria.

Non la vide solo lui, la videro tutti. Compreso l'Eumeo Pennati, cui non riuscì di trattenere un mezzo ghignetto che si infilò direttamente nelle orecchie dell'Aurelio.

«Procediamo?» incitò il Pennati.

Una parola! Con le gambe che sembravano diventate due pezzi di legno! Con gli occhi della Mirandola che, al loro ingresso, gli s'erano piantati in viso e sembravano chiedergli cosa ci facesse lì!

Lui!

E lei?

Che cosa ci faceva a quell'ora e con quel tempaccio nella pensione dove Landru aveva camera e, soprattutto, letto?

Allora era tutto vero! Il Pennati aveva ragione. La Mirandola s'era data a quell'essere, lo andava a trovare di sera, come una qualsiasi…

«Procediamo o facciamo le belle statuine?» rilanciò alle sue spalle il Pennati.

L'Aurelio aprì la bocca ma aveva la lingua ingrippata. Le uniche parole che potevano prendere aria sarebbero state quelle per chiedere alla Mirandola cosa diavolo ci facesse lì.

Ma davanti ai camerati non poteva, non doveva dare cenni di debolezza.

«Procediamo», si obbligò a rispondere il Pasta e si avviò a invadere la trattoria mentre la Mirandola, impettita come un cigno, a sua volta si avviava per lasciarla.

Fu l'Eterina Zamboni a chiedere, gridando, cosa volessero.

Il Pasta controllò che le sue disposizioni fossero eseguite.

«Invitare a cena il signor Angelici Landru», rispose cercando di fare lo spiritoso.

«Come?» gridò la Zamboni.

Fu un coro da parte del manipolo: «Angelici Landru».

«Non c'è», rispose secca secca lei.

«Come, non c'è?» sempre in coro.

Se non c'era non c'era. Era uscito nel tardo pomeriggio e mai più rientrato.

Da quanto gridò l'Eterina avrebbero potuto sentirla anche in piazza della chiesa. Un solo commento si levò dal manipolo.

Fu l'Otello: «Peccato, mi sarebbe piaciuto dargli una lezione», mentì sapendo di mentire.

100.

E tre.

Era la terza volta che se lo faceva scappare sotto il naso, e l'Eumeo Pennati non mancò di rilevarlo ad alta voce.

Sta di fatto che quando l'Aurelio aveva aperto la porta della stanzaccia, l'aveva trovata vuota. A testimoniare che fino a poche ore prima era comunque stata abitata c'era nell'aria un odore fastidioso. Il Pasta l'annusò come se fosse un cane da caccia e per non dar modo al Pennati di cavalcare davanti agli altri il suo terzo insuccesso assunse un'aria da faina e disse: «Andiamo a cercarlo in paese, non può essere molto lontano».

Il Pennati obiettò che l'Eterina aveva dichiarato di averlo visto partire verso metà pomeriggio: «Se per caso si è infilato su un treno, ciao merlo!».

«La Zamboni può dire quello che vuole», ribatté il Pasta. «Non prendiamo ordini da lei.»

Il suo istinto gli diceva che non poteva essere molto lontano. Divise la squadra in tre gruppi da due, avendo cura di tenere fuori dalle balle il Pennati, e a ciascuno assegnò una fetta di paese. Partirono sotto una pioggia che non cedeva di un filo.

«Con un tempo del genere, uno che si vuole nascondere non sta certo di fuori ma al coperto», osservò il Pennati parlando con il camerata che era con lui.

L'altro fu d'accordo.

Al coperto, certo.

Ma dove?

Bella domanda.

101.

Lunedì notte, nella camomilla servita al fratello, l'Emilia aveva pensato bene di aggiungere qualche goccia di assenzio. Oddio, forse le era scappata la mano e, anziché le quattro o cinque gocce che il dottore le aveva sempre consigliato per distendere i nervi, ne aveva lasciate cadere quindici, forse venti. In ogni caso il risultato era stato eccellente: dopo un quarto d'ora l'Otello aveva smesso di singhiozzare e, anzi, completamente rilassato s'era ridisteso sul letto e aveva cominciato a raccontare le cose che lo turbavano.

All'Emilia era sembrato di essere tornata bambina, con suo fratello, agli anni in cui dormivano nella stessa stanza e si confessavano l'un l'altro. Per spingerlo a dire tutto ciò che il Pasta e compagnia stavano tramando alle spalle del bel gaucho dei suoi sogni l'aveva addirittura accarezzato sulla testa, accompagnandolo verso un sonno profondo. Ma non bastava. Per salvare Landru dalla purga bisognava sapere quando il segretario avrebbe scatenato l'azione. Per un paio di giorni non aveva avuto altro pensiero: come fare? Tentare ancora con il trucchetto dell'assenzio messo nel vino, nell'acqua, nella minestra?

Quando ormai disperava di riuscire a carpire informazioni utili a suo fratello, era arrivato giovedì.

Mezzogiorno e trenta.

L'Otello, ricevuta in municipio la visita del Pasta, era tornato a casa dicendo di non sentirsi troppo bene.

«Mi sento la febbre», aveva detto.

«Proviamola», aveva suggerito l'Emilia.

35 e 8.

«Comunque non sto bene», aveva insistito il giovanotto. Aveva la nausea, si sentiva le gambe molli, anche una specie di ronzio alle orecchie. Forse, aveva aggiunto, avrebbe fatto bene a mettersi a letto quel pomeriggio: chissà, magari aveva preso un colpo di freddo. L'Emilia non aveva obiettato. Ma s'era insospettita quando l'Otello le aveva detto di chiudere a chiave la porta di casa e di rispondere, nel caso qualcuno chiedesse di lui, che era a letto malato. Nel corso del pomeriggio non ci aveva più pensato, aveva avuto troppo da fare in ufficio. Alle cinque l'Otello malato era rientrato nei suoi pensieri. Allora, anziché passare dalla chiesa com'era solita fare, aveva deciso di filare subito a casa.

L'Otello era ancora a letto. Dormiva. Addirittura russava. Aveva dovuto scuoterlo per svegliarlo.

«Come va?» gli aveva chiesto.

L'Otello aveva scosso la testa, ancora rintontolito dal sonno.

«Mica bene», aveva risposto.

Sempre nausea, ronzio alle orecchie e forse, adesso, un po' di febbre. Per davvero.

«Se non ti spiace resto a letto», aveva mugolato. Per aggiungere: «E se qualcuno viene a cercarmi, digli che sono malato».

Chi diavolo potesse andare a cercarlo, l'Emilia non se l'era chiesto subito. Venivano prima i doveri dell'economia domestica.

«Non vuoi niente per cena, neanche un brodino?» aveva proposto.

L'Otello le aveva fatto una smorfia schifata. Come poteva mangiare, male come stava?

«Niente», aveva risposto.

«Niente», aveva compitato l'Emilia sulle labbra.

E niente davvero c'era stato per cena, perché delle

polpettine che erano avanzate a mezzogiorno e che lei, vista l'inappetenza dell'Otello, aveva fatto conto di mangiare alla sera evitando così di spadellare non c'era più traccia.

A quel punto un campanellino le era suonato nelle orecchie. A passo di carica era tornata nella camera dell'Otello che s'era rimesso a dormire.

L'aveva svegliato gridando il suo nome. Lui aveva spalancato gli occhi ma non s'era levato dal letto: sin da quando, verso metà pomeriggio, aveva spazzolato le polpettine per placare la fame, aveva immaginato che sua sorella gli avrebbe chiesto ragione della fine che avevano fatto.

«Le hai mangiate tu le polpette?» aveva chiesto infatti l'Emilia.

Non gli era rimasto che ammetterlo.

«Mica male per uno malato», aveva ironizzato l'Emilia.

«Sì, ma...»

«Cos'hai? Cosa c'è?» l'aveva interrotto lei.

L'Otello aveva sospirato, inondando l'aria della camera con l'odore dell'indispensabile aglio che insaporiva le polpette.

«È per stasera», aveva detto.

Non c'era bisogno di aggiungere altro.

«Stasera?» fece l'Emilia.

«Sì, ma io...»

«Tu niente», l'aveva nuovamente interrotto la sorella.

Lui niente. Visto che non era malato, che le aveva raccontato solo delle balle, che al massimo poteva avere un poco di imbarazzo di stomaco stante le diciassette – «Diciassette!» – polpettine che s'era mangiato quando lei era assente, lasciandola praticamente senza cena, adesso le avrebbe fatto il piacere di alzarsi dal letto e fare il suo dovere, che era quello di ubbidire agli ordini del segretario Aurelio Pasta.

«Ma io...» aveva ancora tentato di obiettare l'Otello.

L'Emilia era stata inflessibile: «Io adesso esco», aveva detto. «E quando torno voglio vederti fuori dal letto.»

«Ma dove vai?» aveva chiesto l'Otello.

«Affari miei», gli aveva risposto lei.

Non c'era tempo da perdere per salvare lo scheletro del bel gaucho. E, stante il tempaccio che imperversava, bisognava anche trovargli un riparo asciutto oltre che sicuro.

102.

L'Emilia aveva subito pensato allo stallino. Asciutto, e sicuro, poiché a nessuno sarebbe venuto in mente di andarlo a cercare in mezzo a secchielli, vanghe, zappe, rastrelli, in mezzo, insomma, a tutto ciò che serviva al tuttofare che curava il giardino e l'orto del Galimbelli.

Sino alla fine dell'Ottocento era servito da ricovero per gli asini e i muli di tutti coloro che, passando per il paese, si facevano cogliere dal buio. Con l'avvento del cotonificio lo stallino era stato dapprima rimessa del calesse dei direttori, per poi divenire quello che era. Non offriva certo le comodità di una stanza d'albergo, ma in quanto a sicurezza la Personnini non aveva saputo immaginare un rifugio più adatto. Era uscita di casa indossando il cappottone dell'Otello, tanto per mimetizzarsi un po', e sbirciando dalla porta nella sala ancora vuota della Trattoria della Pesa aveva atteso sino a che l'Eterina, che stava dietro il banco guardando il vuoto, non si era allontanata. Allora era entrata ed era filata all'ultimo piano.

«Vestitevi», aveva sussurrato al meccanico che stava ancora in mutande.

«Fate in fretta», aveva aggiunto subito dopo. «Vi aspetto di fuori, in strada.»

C'erano voluti una decina di minuti. Landru era uscito fischiettando, dopo aver salutato la Zamboni che stava cominciando a preparare i tavoli, e aveva chiesto all'Emilia la ragione di tutto quel mistero.

«Vi dirò dopo», aveva risposto la Personnini, «quando saremo al sicuro.»

Gli aveva quindi consigliato di seguirla a qualche passo di distanza stando, come lei, alla larga dai lampioni.

Avevano proceduto così fino a che, aggirata la casa del Galimbelli, s'era trovata davanti alla porta dello stallino: non c'erano chiavi, solo un catenaccio che si chiudeva dall'esterno.

«Entrate», aveva bisbigliato l'Emilia.

Landru aveva ubbidito ma una volta dentro aveva preteso delle spiegazioni.

«Era per questa sera», aveva risposto l'Emilia.

«Ah! E come l'avete saputo?»

«L'ho saputo. Tanto basta. O no? Qui siete al sicuro. Almeno per questa notte.»

«Certo», aveva ammesso il meccanico guardandosi intorno. «Ma poi?»

L'Emilia aveva sospirato.

Poi...

Poi ognuno per sé e Dio per tutti!

Lui verso l'Argentina e...

Landru l'aveva interrotta.

«Argentina? E come ci vado? A nuoto? Oppure volando? Non ho il becco di un quattrino e che io sappia i biglietti della nave non sono gratis.»

L'Emilia emise un doppio, profondo sospiro accarezzando con il pensiero un'improvvisa, folle idea.

«Se è per quello...» aveva mormorato.

«Se è per quello?» aveva ripetuto Landru.

«Mi portereste con voi?» aveva buttato lì.

«Con me?»

«Potrei pensare io alle spese di viaggio e poi, una volta laggiù...»

Il meccanico aveva soppesato le parole della donna.

«Non potrei desiderare compagnia migliore», aveva infine dichiarato. Aggiungendo che, in attesa della partenza, incombevano altri problemi: d'accordo nascondersi lì dentro per una notte. Ma il giorno seguente, e quello dopo ancora?

La Personnini aveva pensato anche a questo: per non correre rischi, al suo bel gaucho sarebbe convenuto saltare sul treno delle cinque e dieci per Lecco, trascorrere laggiù tutta la giornata e ritornare con l'ultimo treno, quello delle undici e trenta, per rifugiarsi di nuovo nello stallino. Tra l'altro, proprio a Lecco, lei conosceva l'indirizzo di un'agenzia di viaggi, l'Agenzia Lepore, presso la quale avrebbe potuto prenotare il posto – anzi, i posti – su una nave in partenza per le Americhe. Nel frattempo lei, in quattro, cinque, sette giorni al massimo, avrebbe racimolato la somma necessaria per il viaggio.

«Mi sembra un piano ottimamente concepito», aveva approvato il meccanico.

C'era solo un particolare: non aveva in tasca nemmeno i soldi per pagarsi il biglietto del treno. La Personnini aveva provveduto all'istante, pescando dal portafoglio che stava nella tasca interna del cappottone di Otello. Il meccanico aveva preso il denaro e trattenuto la mano dell'Emilia.

«Certo che qui dentro fa un bel freddo», aveva esclamato. «Perché non ci scaldiamo un po'?»

L'Emilia s'era sentita di latte ma non aveva ceduto: «Ci scalderemo», aveva risposto.

Al sole d'Argentina. Che, uscendo senza tirare il catenaccio per non chiudere dentro Landru, si era appuntata mentalmente di controllare se si affacciasse sull'oceano Pacifico o su quello Atlantico.

103.

Quando i sei della squadra si ritrovarono come d'accordo in piazza della chiesa, era mezzanotte passata. Tutti fradici di pioggia tranne il Pasta, che sino a poco prima s'era servito di un ombrello presentandosene sprovvisto solo al momento del ritrovo. Il dettaglio non sfuggì al Pennati che non mancò di informarsi.

«Com'è che sei così bello asciutto e noi siamo qui tutti slozzi?»

Ma non la smetteva mai di rompere i coglioni, quello?

«Perché ho schivato le gocce», rispose. E poi, subito: «Risultati?» chiese.

Zero, naturalmente. Chissà dove s'era ficcato quel cornuto: ovunque tranne che nei posti – i trani ancora aperti, e poi portoni, cortili, scale interne delle casacce del centro – dove l'avevano cercato.

«E adesso?» domandò il Ferraretti.

«Adesso si va a casa e prima di mettersi a letto ci prendiamo una bella pastiglia di chinino», disse il Pennati.

«Se permetti gli ordini li do io», ribatté il Pasta piccato.

L'Eumeo, con un gesto teatrale, si mise sull'attenti portandosi la destra alla fronte.

«Ci vediamo domani sera in sezione, alle nove», stabilì l'Aurelio. E primo fra tutti girò le spalle alla squadra e si avviò.

104.

«Partito», annunciò venerdì mattina il capostazione Musante al maresciallo Rodinò.

«Chi?» chiese questi.

«Il sesto, l'ultimo.»

«Il sesto? L'ultimo? Ma di cosa, di chi state parlando?»

«Del meccanico, quello che non è andato via insieme con gli altri cinque.»

L'aveva visto con i propri occhi salire sul treno delle cinque e dieci. Quella stessa mattina.

Il maresciallo si chiese perché mai il Musante non si fosse arruolato in qualche servizio segreto anziché in ferrovia: avrebbe fatto una gran carriera. Tuttavia tenne il pensiero per sé e ringraziò il capostazione per la premura.

«Anche se...» riprese.

Anche se il soggetto in questione era un uomo libero, non aveva carichi pendenti e quindi non era nel mirino dell'Arma.

«Lo so maresciallo», disse il Musante, «ma mi è sembrato giusto mettervi al corrente.»

«E io ve ne ringrazio», rispose il Rodinò, accompagnando il ferroviere alla porta del suo ufficio e augurandosi di non vederselo comparire davanti almeno per un po'. Non poteva immaginare che l'avrebbe rivisto di lì a non molto, quando mancavano pochi minuti alla fine della giornata. Esattamente a mezzanotte meno un quarto.

A quell'ora il Rodinò dormiva, ma avendo il sonno leggero avvertì subito il suono del campanello al portone della caserma. Rimase in ascolto, prima di girarsi sull'altro fianco, e poco dopo avvertì rumori di passi: qualcuno saliva la scala verso il suo appartamento. Non uno solo, erano in due.

Un attimo dopo il carabiniere di piantone Baccalà bussò, annunciandogli che lì con lui c'era il capostazione Amedeo Musante che doveva riferire cosa urgentissima.

«Ancora!» mormorò tra sé il Rodinò. Che comunque lo fece entrare, scusandosi se lo riceveva in pigiama, ma vista l'ora...

«Non le farò perdere altro sonno», disse il Musante, che aggiunse subito: «Tornato».

«Tornato. Chi?»

Sempre quello, sempre lui. Quello che la mattina era partito. L'aveva visto lui, con i suoi stessi occhi, scendere dal treno delle ventitré e trenta proveniente da Lecco.

«Ne siete sicuro?» chiese il maresciallo.

Il capostazione emise una specie di singhiozzo.

«Vedete maresciallo», disse poi.

Vivendo solo, non avendo alcuna passione per la lettura e pure soffrendo di insonnia in quel periodo per la miriade di preoccupazioni che lo affliggevano, non aveva altro passatempo che starsene alla finestra a controllare l'andirivieni dei treni pur non essendo in orario di servizio: così l'aveva visto scendere in stazione, unico passeggero.

«Bene. Come al solito vi...»

Credendo che il colloquio fosse finito, il Rodinò stava per ringraziare il ferroviere della premura.

Ma c'era dell'altro, lo interruppe il Musante.

«Sarebbe?»

C'era che, non avendo nemmeno una lira di sonno per via dei pensieri di cui gli aveva genericamente riferito e trovandosi ancora vestito, il capostazione era uscito di casa e aveva pedinato il meccanico senz'altra curiosità se non quella di scoprire dove se ne andava.

«Una sorpresa», affermò il Musante.

Una vera sorpresa, il signor maresciallo gli doveva credere sulla parola.

«Vi credo», disse il Rodinò.

Però se non gli diceva in che consisteva la sorpresa...

«È vero, scusate.»

Per farla breve, il meccanico, camminando rasente i muri sebbene nel paese non ci fosse in giro nessuno tranne loro due e qualche gatto, s'era diretto verso il convitto del cotonificio e poi s'era infilato nello stallino che altro non era se non...

«Sì, sì, lo so cos'è», lo precedette il maresciallo.

«Strano, eh?» chiese il capostazione.

«Abbastanza», dovette ammettere il Rodinò.

Al punto che, fu l'immediato pensiero, forse gli conveniva scendere in campo, cercare di capire qualcosa di più. Ma non disse nulla al Musante, che peraltro non aveva ancora finito il suo rapporto.

«Per vostra comodità», stava dicendo.

Per comodità del signor maresciallo, nel caso volesse chiarire personalmente cosa ci facesse quell'essere nello stallino, lui si era permesso di prendere una iniziativa.

«Cioè?»

Chiuderlo dentro, serrando il catenaccio esterno della porta, con il che non sarebbe riuscito a uscire, a meno che qualcuno non andasse ad aprirgli.

«Diabolico», sfuggì al Rodinò.

«Quando si tratta di dare una mano all'Arma...» s'inorgoglì il ferroviere.

Partito il Musante, il maresciallo si rimise a letto. Probabilmente però quello gli aveva attaccato un po' della sua insonnia.

Cosa doveva fare?

Se lo chiese fino alle tre del mattino. Poco dopo si alzò, si sbarbò, si vestì, percorse in lungo e in largo tutto l'appartamento, meditando le prossime mosse. Alle quattro uscì dalla caserma e raggiunse l'edificio del convitto. Cominciò, attento a non fare rumori, a ispezionare dall'esterno lo stallino, dal quale non proveniva alcun suono.

Erano le quattro e mezza, quando...

105.

«'Ca puttana!» esclamò Landru.

Perché diavolo quella dannata porta non si apriva?

Dopo quattro o cinque vani tentativi perse la pazienza: non poteva certo passare tutta la giornata chiuso lì dentro, correndo il rischio che qualcuno lo sorprendesse.

«Te la sei voluta», disse rivolto alla porta.

Fece quattro passi all'indietro per prendere la rincorsa e vi si scagliò contro di spalla, scardinandola.

Landru era ancora sulla soglia, e dunque non lo vide subito. Prima di uscire si massaggiò un poco la spalla e solo dopo, deciso a riprendere la via della stazione, fatto un solo passo all'esterno, udì il buongiorno del maresciallo Rodinò.

Il primo istinto fu quello di scappare a gambe levate.

«Non vi servirà», lo fermò il maresciallo, intuendone l'intenzione.

C'era un suo uomo, mentì, che lo aspettava in stazione.

«Perché è lì che volevate andare, vero?»

Landru si girò a guardare il carabiniere. Non aveva un'aria aggressiva: se ne stava lì con la testa un poco piegata di lato e le mani dietro la schiena.

«È forse proibito andare a prendere il treno?» si informò.

«No», rispose il Rodinò.

Era proibito invece, addirittura reato, occupare la proprietà altrui e danneggiarla, come aveva fatto lui proprio ora.

Ecco, continuò pacioso il maresciallo: in casi come quelli appena citati, toccava intervenire a quei signori sempre in divisa e con tanto di banda rossa sul lato dei pantaloni, noti alla gente con il nome di carabinieri, un corpo al quale lui si onorava di appartenere con il grado di maresciallo.

«Eccovi spiegata la ragione per la quale mi trovo qui.»

Quindi, proseguì il Rodinò, visto che gli aveva fornito le spiegazioni necessarie, lo pregava di fare altrettanto.

«Cioè?» chiese Landru.

Spiegargli che cosa ci facesse lì dentro...

«Niente», rispose Landru.

«Ne prendo atto», commentò il maresciallo.

E poi dirgli come mai avesse abbattuto la porta pur di uscire.

«Così...» bofonchiò il meccanico.

«Va bene», intervenne il Rodinò. «Prendo atto anche di questa vostra risposta.»

E prendeva atto, aggiunse, di una terza cosa: cioè del fatto che il luogo dove stava avvenendo il colloquio non era forse consono alle sue abitudini salottiere. Ragione per la quale riteneva indispensabile trovare una sede più idonea alle chiacchiere. Ne aveva sottomano giusto una che rispondeva a quelle caratteristiche: la caserma che lui comandava.

«E verso la quale adesso mi accompagnerete, giovanotto. Con le buone o con le cattive», concluse perdendo, nel giro di un istante, l'aria bonaria che aveva avuto sino a quel momento.

106.

L'unico a beccarsi una costipazione era stato proprio l'Eumeo Pennati. S'era svegliato dolorante, come se le legnate che la sera prima volevano dare a Landru le avessero somministrate a lui. E una tosse stizzosa, canina. Appena l'aveva sentita, la moglie Maria aveva chiamato il dottore. Il Pennati aveva tentato di opporsi ma la Maria non aveva voluto sentire ragioni: chi, in gioventù, era stato qualche mese in sanatorio per un po' di tubercolosi, lui o lei?

Lui!

«Ma stasera devo andare in sezione, c'è riunione», aveva obiettato l'Eumeo.

«Ma vadavialcù te e le riunioni», era stata la risposta della Maria.

Non era tubercolosi, aveva diagnosticato il dottore. Una bronchitaccia, piuttosto. Che però, stante il precedente, meritava di essere trattata con tutti i riguardi: cataplasmi, brodetti e soprattutto riposo per almeno una settimana.

«Se vi vedo in giro provvederò io a rispedirvi in sanatorio.»

Alla notizia, portata dalla Maria verso le nove e un quarto, che l'Eumeo non avrebbe potuto partecipare alla riunione causa malattia la bassa forza della squadra, che stava ingannando il tempo con un giro di briscola, s'era rivolta al Pasta.

«Allora che si fa?»

Senza darlo a vedere, l'Aurelio aveva tirato un profondo respiro di sollievo: avrebbe addirittura baciato la Maria, sebbene fosse una delle donne più brutte del paese. Assente quel rompicoglioni dell'Eumeo, poteva tranquillamente dare ordini a destra e a sinistra senza temere di venire interrotto o contraddetto ogni due per tre. Poteva anche, come poi aveva fatto, prendersi il lusso di sospendere la riunione.

«Senza il camerata Pennati è meglio rinviare. Queste sono decisioni che vanno prese di comune accordo», evitando di chiarire che: uno, non aveva nessuna voglia di stare in giro a fare il donda come la notte precedente; e due, temeva di fare il quarto consecutivo buco nell'acqua.

Alle nove e trenta la riunione, senza mai essere veramente iniziata, era già finita. Non pioveva più, le nuvole s'erano alzate, liberando completamente le montagne. Il Pasta non aveva voglia di tornarsene subito a casa e aveva quindi deciso di fare tappa al Caffè dell'Imbarcadero per bersi un cognac e cacciare quattro balle con il proprietario.

Una volta dentro, invece, s'era sentito chiamare e un sorriso spontaneo gli era salito in viso: quella che sembrava una serata di merda prometteva di diventare uno spasso. A salutarlo quando era entrato, invitandolo poi a raggiungerlo al tavolino dove sedeva solo, era stato infatti Andrea Redonati, il figlio maggiore del podestà, iscritto al quarto anno di medicina a Pavia e con un numero di esami superati che variava secondo l'interlocutore. Ogni mese o due, per fare contenti mamma e papà, tornava a Bellano per passarvi un paio di giorni. Ma anche in quelle occasioni i genitori dovevano godere ben poco della sua presenza, visto che il Redonati junior passava la maggior parte del tempo in giro per i caffè, raccontando, a chi aveva voglia di ascoltarlo, le sue avventure galanti in quel di Pavia.

Per un'ora buona aveva descritto al Pasta le caratteristiche degli ultimi tre casini che aveva visitato, menando vanto di essere stato ospite, e più volte, di tutti quelli che sorgevano in Pavia, tanto che in alcuni le ragazze ormai lo chiamavano addirittura per nome.

«Ma non hai paura di beccarti qualche malattia una volta o l'altra?» aveva chiesto l'Aurelio.

«Che malattia!» aveva ribattuto il Redonati. «Se ti metti il condom...»

«Il cosa?»

«Il goldone, condom: è così che si chiama.»

«Già, è vero», aveva finto di ricordare il Pasta. Poi, per dare a vedere che anche lui si teneva informato su certi argomenti: «Sai che ho letto che in Francia ne hanno inventati di sottilissimi, sagomati. Addirittura profumati!».

Il Redonati aveva sorriso.

«In Francia non hanno inventato un bel cazzo!» aveva dichiarato. «Piuttosto, lo vuoi sapere chi ha davvero inventato il preservativo?»

La cultura del Pasta non arrivava fino a tanto. Ma aveva voluto tentare ugualmente: «Messalina!».

«Macché Messalina dei miei pendagli», aveva riso francamente il Redonati: «Minosse!».

E mentre l'Aurelio sorbiva il terzo cognac della serata, l'altro gli aveva tenuto una lezioncina raccontandogli come il Minosse in questione avesse tentato di liberarsi da insetti di vario tipo che nuotavano nel suo sperma accoppiandosi con una prostituta, la quale però, furba, si era protetta con una specie di sacchetto fatto utilizzando una vescica di cervo.

Il Redonati aveva concluso l'esposizione con una bella risata, cui però il Pasta non s'era accodato: colpa dei tre cognac o del buio che sembrava voler entrare anche lui dentro il caffè, gli era caduta addosso una botta di malumore che non era sfuggita all'amico.

«Qualcosa non va?»

Il Pasta aveva fatto dapprima cenno al barista di portargli un quarto bicchierino e poi, la lingua un po' allappata, gli aveva raccontato le vicende degli ultimi giorni.

«Sento crescere intorno a me la sfiducia dei camerati», aveva affermato.

E poi, come se non bastasse…

Proprio quella mattina aveva ricevuto una lettera firmata dal direttore sportivo della squadra di calcio di Dervio, con il formale invito per un incontro in data da concordare.

«E allora?» aveva chiesto il Redonati.

«E allora un cazzo!» aveva risposto il Pasta.

E allora, anzi, si vedeva che lui stava a Pavia a godersela e non sapeva che quella di Dervio era una squadra con i coglioni, che nel 1928 aveva partecipato al campionato provinciale riservato alle sezioni di Partito arrivando terza, mentre quella di Bellano era stata eliminata al primo incontro.

Rifiutare l'invito significava fare la figura dei vigliacchi. Accettarlo invece voleva dire esporsi a una figura di merda, che in quel momento avrebbe compromesso la sua immagine di fronte all'intero paese.

«Perché la nostra squadra può dire la sua in difesa, ma davanti, a centrocampo… Per non parlare dell'attacco, poi!»

«Però scusa…» l'aveva interrotto il Redonati.

Prima, quando gli aveva raccontato tutta la storia dei telai, dei meccanici, del processo e via dicendo… ecco, non gli aveva anche detto che nel secondo incontro quelli dell'Azione Cattolica avevano schierato come centravanti proprio quel meccanico che tirava come se sparasse, da tutte le posizioni e con una mira da cecchino?

«Sì», aveva confermato il Pasta.

«E allora te lo pigli, lo metti in squadra e hai bello e risolto il problema dell'attacco. Semplice, no?»

Il Pasta aveva scosso la testa: «Si vede che la politica non è il tuo forte», aveva risposto.

Prima lo faccio diventare il nemico pubblico numero uno del Partito e poi lo vado a cercare e, ammesso di trovarlo, gli offro di esibirsi con addosso la camicia nera?

«Di necessità si deve fare virtù, a volte», aveva sentenziato il Redonati.

«Forse nei casini di Pavia», aveva ribattuto l'Aurelio, dopodiché tra i due era sceso il silenzio. Passati pochi minuti avevano convenuto di salutarsi e andare ognuno per la propria strada. Buia, quella di Aurelio Pasta. Buissima, più buia del buio della notte, senza la minima speranza di vedere almeno una piccola luce accendersi.

Invece, sabato mattina...

107.

La camera di sicurezza, il maresciallo Rodinò l'aveva imparato per esperienza indiretta, aveva un effetto lassativo sulla lingua di coloro che ci entravano per la prima volta e ci passavano, soli soletti, qualche ora. Per questa ragione quando verso le cinque e trenta del mattino era rientrato in caserma, non aveva nemmeno rivolto uno sguardo a Landru e aveva invece ordinato al carabiniere Baccalà di chiuderlo dentro. L'aveva lasciato lì a riflettere.

Alle nove precise lo fece chiamare e accomodare nel suo ufficio.

«Allora, giovanotto», esordì, «tempo per riflettere ne avete avuto. Adesso vi ripeterò le stesse domande che vi ho fatto poche ore fa. Mi auguro per voi che nel frattempo abbiate trovato delle risposte convincenti.»

«Ma finirò nei guai se vi dico la verità?» chiese Landru.

«Dipende da quello che mi direte», rispose il Rodinò.

«Se ero lì...» cominciò il meccanico.

«Sì?»

«Nello stallino, insomma...»

«Nello stallino, infatti.»

«Era per nascondermi», confessò Landru.

«Bene», fece il maresciallo. «E posso sapere da chi o da cosa?»

Sul viso del meccanico comparve una maschera di contrizione.

«Maresciallo, io non ho santi in paradiso!» esclamò.

«E che c'entra?»

«C'entra, c'entra...»

«Giovanotto, fatemi una cortesia: atteniamoci ai fatti e lasciamo perdere i santi del paradiso. Da chi o da cosa vi stavate nascondendo?»

«Visto che non posso farne a meno, ve lo dirò. E poi succeda quel che Dio vuole», sospirò il meccanico.

«Ecco, bravo», fece il maresciallo, predisponendosi ad ascoltare e incupendosi via via che Landru sciorinava il suo racconto.

Quando lo finì, Rodinò aveva un viso che non prometteva niente di buono. Quei quattro fanatici che pretendevano di amministrare la giustizia a modo loro non gli piacevano per niente. E meno ancora gli piaceva che lo facessero lì, sul territorio di sua competenza.

«È la verità?» chiese dopo aver riflettuto un paio di minuti.

«Sacrosanta», confermò il meccanico.

«Posso sapere chi vi ha messo sull'avviso? Insomma, chi vi ha consigliato quel nascondiglio, chi vi ha dato una mano?»

«Maresciallo, non vorrei mettere nei guai una persona che non c'entra niente... Una donna... Signorina!»

«Comprendo. Ma è necessario che io sappia. Vi do la mia parola che il nome di... di questa signorina resterà un segreto tra me e voi.»

Landru lo disse, sottovoce. Talmente piano che il maresciallo, temendo di non aver ben compreso, lo ripeté, ottenendo conferma dal meccanico con un cenno del capo.

«Bene», concluse il Rodinò, «vi ringrazio.»

«Posso andare allora?» chiese il meccanico.

«Nemmeno per idea. Devo pregarvi di restare nostro ospite ancora per qualche tempo. Abbiamo riscontri da fare, altri dettagli da sistemare. Portate pazienza, cercherò di fare il più rapidamente possibile. E se vi può consolare, tenete presente che, allo stato, siete molto più al sicuro qui dentro che non fuori.»

Quindi, chiamato il carabiniere Baccalà, gli ordinò di riaccompagnare Landru nella camera di sicurezza, senza chiudere a chiave però, e di ritornare immediatamente da lui poiché doveva mandarlo a casa di Aurelio Pasta per consegnargli il biglietto che, usciti i due, prese a scrivere.

108.

Al maresciallo Rodinò la camicia nera dava prurito agli occhi. Aurelio Pasta lo sapeva e non la indossò per recarsi «spontaneamente», com'era scritto nel biglietto, in caserma per un colloquio «personale ed estremamente riservato».

Si presentò con un tollerabile ritardo di cinque minuti rispetto alle dieci e trenta, l'ora che, sempre per iscritto, il Rodinò gli aveva proposto per l'incontro. Nel pieno rispetto di quanto comunicato nel messaggio, cioè che il maresciallo avrebbe avuto cura di fargli perdere il minor tempo possibile, non appena entrato nell'ufficio del comandante il Pasta ebbe giusto il tempo di un saluto cui il maresciallo nemmeno rispose.

Si trattava, disse il maresciallo, di appurare la fondatezza di alcune voci secondo le quali «alcuni aderenti al vostro Partito» – e pronunciò «vostro» con un gusto particolare, forse sognando l'esistenza di altre formazioni politiche – insomma, alcuni aderenti del Partito di cui il Pasta era segretario avevano organizzato una sorta di spedizione punitiva a danno di tal Angelici Landru, meccanico o ex meccanico di macchine tessili.

«Azione grave, una volta messa in atto», osservò il maresciallo. Permettendosi di aggiungere che a suo giudizio era altrettanto grave anche la sola idea di commettere un'azione siffatta, il solo concepirla.

Mentre il maresciallo parlava, l'Aurelio non aveva fatto

altro che deglutire e cercare di trovare una risposta che potesse soddisfare il Rodinò. Fu mentre il maresciallo proseguiva dicendo che aveva raccolto alcune voci, non vere e proprie testimonianze, ma voci attorno all'episodio, che tutta l'aria ingurgitata pretese di risalire almeno in parte: l'Aurelio emise un rutto silenzioso che aveva l'aroma del cognac della sera prima, offrendogli il destro di uscire a testa alta da quella rogna.

«Maresciallo», attaccò una volta che il maresciallo tacque, «avete ragione.»

Il Pasta, felice della trovata e benedicendo l'incontro con il Redonati, sorrise.

«Allora è vero?» chiese il Rodinò.

«In parte, sì.»

Era vero che da qualche giorno lui e alcuni dei suoi si erano messi alla ricerca del citato meccanico. Vero, verissimo che le ricerche del soggetto si erano concentrate nelle ore serali o notturne, visto che durante il giorno bene o male tutti avevano impegni di lavoro.

Falso invece – «Falsissimo!» –, che il motivo fosse da ricondurre a spedizione punitiva.

«Piuttosto», disse il Pasta, «direi a una ragione sportiva!»

«Che significa?» chiese il maresciallo.

Il Pasta assunse una posa e un tono confidenziali.

Ma l'aveva visto giocare quel tipo nel ruolo di centrattacco?

Sì, fu il pensiero del maresciallo, aveva proprio tempo da sprecare!

Un fulmine di guerra, un talento nato, con due piedi che potevano fare quello che volevano!, proseguì il Pasta. Quindi, prospettandosi un incontro di calcio tra la squadra bellanese e quella, fortissima, di Dervio, loro s'erano dati alla ricerca di quel Landru per cooptarlo in squadra, rinforzando così l'attacco che ne aveva davvero bisogno.

«Devo crederci?» se ne uscì a dire il Rodinò.

«Maresciallo, è la purissima verità. Non riesco a capire

chi si sia messo in testa che lo stavamo cercando per altre ragioni.»

Senza peraltro, aggiunse l'Aurelio, averlo ancora trovato.

«Se è per questo, ve l'ho trovato io», annunciò il maresciallo.

«Ma è magnifico!» esultò il Pasta. «E dov'è? Posso vederlo?»

Il Rodinò fece no con l'indice: «Per ora sta qui con noi in caserma».

In quanto a vederlo, non era ancora il momento: doveva, ma era cosa che tenne per sé poiché non erano affari del Pasta, appurare se nel comportamento del Landru ci fossero gli estremi di un reato. Se era disposto a passare sopra all'occupazione abusiva dello stallino, non doveva dimenticare il danneggiamento a una proprietà privata, e solo l'ingegner Galimbelli poteva decidere se denunciarlo oppure soprassedere.

«Vi farò sapere. Questione di un paio di giorni, penso, non di più», disse con l'intenzione di congedare il segretario. Che non si schiodò dalla posizione.

«Maresciallo», mormorò.

«Sì?»

«Non insisto oltre per poterlo vedere.»

«E fate bene.»

«Però vi chiederei una gran cortesia.»

«Dite.»

Farsi latore della proposta di entrare nella loro squadra, anticipandogli ciò che gli aveva appena raccontato. Chiedergli anche di prendere al più presto contatto con lui, non appena fosse libero.

«Non mancherò», rispose il maresciallo. Poi, sornione, aggiunse che tutte le meraviglie elencate a proposito della bravura calcistica del meccanico l'avevano incuriosito.

«Credo che verrò a vederlo giocare e spero che sarà davvero in forma come me l'avete descritto.»

Il Pasta non colse il consiglio sotteso alle parole del carabiniere: anche a lui, adesso, interessava avere un Landru smagliante come l'aveva visto contro l'Azione Cattolica.

Una volta fuori dalla caserma, il Pasta volò a casa Personnini.

«Raduna gli uomini per oggi pomeriggio alle quattro», ordinò ancora con il fiatone.

L'Otello per quel pomeriggio aveva programmato una passeggiata con la Maddalena.

«Ma perché?» chiese con tono di lamento.

«Comunicazioni urgentissime. E bisogna fare in fretta.»

«E perché non li convochi tu?»

«Sei tu il messo. Se lo fai per il Comune, puoi anche farlo per il Partito!»

L'Otello però non era ancora convinto.

«È sabato, avranno tutti da fare...»

A quel punto il Pasta alzò la voce, richiamando l'attenzione dell'Emilia che stava rifacendo i letti.

«Ho trovato Landru. Al momento è nella caserma dei carabinieri. Per accertamenti, credo, o cose del genere. La situazione sta evolvendo. Può essere sufficiente come motivo per abbandonare qualunque attività e rispondere all'appello del Partito?»

L'Otello chinò il capo, vinto dalla veemenza del Pasta.

«Io esco», gridò poco dopo pure lui per avvisare la sorella.

L'Emilia manco lo sentì. Le parole del Pasta l'avevano stordita: era possibile un'ingiustizia del genere, Landru carcerato?

109.

Musi lunghi, incagnati alle quattro del pomeriggio presso la sezione del Partito. La convocazione aveva rotto le scatole a tutta la squadra e sulla testa del Pasta erano piovute le contumelie più colorite. Il più fantasioso era stato il Ferraretti, beccato dall'Otello sulla soglia di casa mentre stava uscendo per andare a Lecco in treno, con il programma di passare parte del pomeriggio nel casino di via dell'Isola.

Mancava ancora l'Eumeo, sempre a letto in compagnia della sua bronchite: l'Aurelio non poté che rallegrarsene per la seconda volta.

Il malumore della piccola assemblea era palpabile e si tradusse in qualche mormorio di aperto dissenso quando l'Aurelio, avviando il discorso, diede comunicazione dell'invito a un incontro di calcio da parte della squadra di Dervio.

Il Ferraretti, che stava pensando a ciò cui aveva rinunciato per essere lì, scattò: «Ma che cazzo, non potevi aspettare lunedì per dircelo?».

«Appunto», si accodò in tono più smorzato l'Otello.

«No», fu la risposta del Pasta.

E volevano sapere perché?

«Perché il Partito ha bisogno di un centrattacco!»

«Il Partito?» salì un coro di voci.

«La squadra, volevo dire», corresse l'Aurelio, «la nostra squadra, la squadra del nostro Partito e che il Partito stesso rappresenta!»

E lui l'aveva trovato nella persona di quel meccanico che tra le file dell'Azione Cattolica aveva infilato nella loro rete tre pere di razza prima che tutto finisse in vacca.

«Al momento si trova a disposizione del signor maresciallo, che ho personalmente pregato di farsi latore dell'invito a giocare per noi.»

«E se non accetta?» chiese il Ferraretti.

«Nei suoi panni vedresti un'alternativa?» buttò lì il Pasta. «O con noi o contro di noi!»

«Se lo dici tu...»

«Lo dico io, infatti. E un'altra cosa vi dico: dimenticate il precedente programma. Quel soggetto ci è indispensabile per cercare di battere quei rotti in culo di Dervio. Da questo momento va considerato come uno dei nostri e come tale trattato.»

Il Ferraretti guardò l'orologio. Erano le cinque: a quell'ora, se non ci fosse stata quella cazzo di riunione, probabilmente sarebbe stato impegnato nella terza botta.

«E l'Eumeo che dice?» chiese tanto per scaricare il nervoso e farne venire un po' all'Aurelio.

«L'Eumeo pensi a guarire», rispose il Pasta. «Una volta davanti al fatto compiuto, può dire quello che vuole.»

Sembrava tutto, tanto che alcuni si alzarono dalla sedia.

Invece no. C'era ancora una cosa. I consigli del Cirincino. Mica se li era dimenticati, l'Aurelio.

«Domani mattina vi voglio tutti presenti alla messa grande. E in camicia nera!»

A messa?

«Ma se non ci siamo mai andati», obiettò il solito Ferraretti.

«C'è sempre una prima volta», rispose caustico il Pasta.

110.

Non era mai successo che, a messa conclusa e letti gli avvisi, il signor prevosto chiedesse ai presenti di fermarsi ancora un poco perché aveva qualcos'altro da dire.

La gravità del tono e del viso di don Ascani fu tale che il mormorio di sorpresa salito dai banchi dei fedeli si spense in un attimo. Nel silenzio assoluto, don Ascani si tolse i paramenti e li affidò a un chierichetto. Poi scese i tre scalini che portavano all'altare e si posizionò al centro del corridoio tra le prime file di banchi.

«Miei cari», esordì.

Gli doleva affrontare un argomento siffatto ma, quale pastore di anime, avvertiva suo preciso dovere farlo.

«Ogni buon pastore infatti», disse, «ha più a cuore la pecorella smarrita di tutto il gregge.»

E di pecorella smarrita appunto si trattava.

«Come forse la maggior parte di voi non sa», proseguì, «domenica scorsa, approfittando dell'indegna gazzarra seguita a quella che doveva essere un'innocente partita di calcio, qualcuno ne ha approfittato per rubare... Qui, nella casa del Signore!»

Il mormorio, a quel punto, era inevitabile. Don Ascani attese che si quietasse.

«Chi ha sottratto quei soldi», riprese il prevosto, «si illudeva forse di farlo a me. È bene invece che sappia di averli sottratti ai poveri, ai malati che necessitano di assistenza, alle famiglie numerose che non riescono a mettere assieme il pranzo con la cena e che trovano, nelle già magre casse della parrocchia, un piccolo aiuto che ha il sapore della speranza. Non sono qui, adesso, a reclamare la restituzione di quel poco denaro. Non è per questo che vi ho chiesto di trattenervi. Vi chiedo invece di pregare per l'anima di quella pecorella smarrita affinché comprenda la malvagità del suo atto e si ravveda. Che rifletta: a ogni azione, non solo secondo i principi della fisica ma anche secondo quelli della morale, corrisponde una reazione uguale e contraria. Insieme con voi chiedo perdono per chi si è macchiato di un'azione di tale bassezza e prego affinché il sincero pentimento scenda nell'animo di costui, poiché tutti, nessuno escluso, verremo giudicati da un'insindacabile corte per ciò che abbiamo fatto in vita.»

Un silenzio ancora più compatto calò sulle ultime parole di don Ascani. Un silenzio e un'immobilità di tutti i presenti che il sacerdote rimirò per qualche istante prima di riprendere la parola: «E ora andate pure in pace, miei cari».

L'invito sembrò cadere nel vuoto. Nessuno si mosse. Tanto che il prevosto dovette ripetersi: «Le vostre case vi aspettano».

Con lentezza, a partire dalle prime file, i fedeli cominciarono a defluire. Tra loro c'era anche il maresciallo Rodinò. Confuso tra la gente, però, quasi in incognito, insomma senza divisa, così che la maggior parte dei presenti stentava a riconoscerlo. A lui andava bene così, perché all'aldilà ci credeva e alla messa domenicale, a meno di pressanti ragioni di servizio, voleva essere presente.

Quella domenica, al desiderio di non mancare, aveva aggiunto una piccola ragione di servizio: beccare all'uscita l'ingegner Galimbelli, pure lui sempre presente, per chiedergli un abboccamento per l'indomani. Le parole appena pronunciate da don Ascani gli diedero un motivo ulteriore per attardarsi davanti alla chiesa. Dopo che il Galimbelli gli disse che poteva andare da lui all'orario che preferiva, il maresciallo fece solo la finta di ritornare in caserma: percorso il vuoto di via Manzoni un paio di volte, ritornò in piazza della chiesa, pure lei ormai spopolata, e suonò al cancello della canonica.

Fu la perpetua ad aprirgli. Lo riconobbe, sebbene fosse in borghese, ed ebbe la tentazione di lasciarlo davanti al cancello anche se era el sciòr maresciàl: la domenica precedente aveva sacrificato la gallina lessa alle intrusioni dei fedeli e non voleva che la stessa fine toccasse al coniglio *in sguazzèt* che, dopo la prima messa del mattino, aveva avviato sul fuoco e curato come se fosse un neonato.

«Vorrebbe?» gridò alla volta del Rodinò.

«Dire due parole al signor prevosto», rispose il maresciallo. «Se è possibile, naturalmente.»

Sulla bocca della perpetua stava per nascere una risposta non precisamente urbana.

«È possibile, maresciallo», disse, alle spalle della donna, la voce di don Ascani.

«E el conìli?» scappò detto alla perpetua.

111.

El conìli, il coniglio in guazzetto, ebbe un grande successo, immolandosi all'appetito del prevosto e del maresciallo.

Il Rodinò infatti, non appena entrato in canonica, era stato investito dal profumo che regnava nell'aria e aveva emesso uno spontaneo «Ueilà!» cui la perpetua, con contenuto orgoglio, aveva risposto: «Coniglio in guazzetto».

«Volete favorire?» aveva proposto don Ascani.

Per decenza il Rodinò aveva risposto no. Poi invece, all'inevitabile, reiterato invito del sacerdote, aveva ceduto e nel giro di due minuti s'era trovato sotto il naso un piatto colmo di coniglio che, con militare precisione, aveva spazzolato senza quasi parlare. Alla fine, notando che pure nel piatto del prevosto non restavano che ossa: «Posso chiedervi una cosa?» aveva esordito.

«Non siete venuto per quello?» aveva risposto il prevosto.

La perpetua s'era alzata da tavola, dichiarando che se ne andava in camera sua a fare il sonnellino digestivo benché non avesse spolpato che una striminzita coscetta.

«Belle parole», aveva detto il Rodinò una volta rimasto solo con don Ascani.

«Quelle dell'omelia?»

Anche quelle, certo, anche quelle. Ma gli erano piaciute di più, aveva aggiunto il maresciallo, quelle che aveva pronunciato a messa finita, dopo gli avvisi. E s'era sentito chiamato in causa.

«Voi?» aveva chiesto il sacerdote.

«Certo.»

Un furto era sempre un reato, e dunque di competenza dei carabinieri. Perciò s'era chiesto come mai non fosse stato denunciato.

«Non certo per sfiducia nel vostro operato», aveva risposto il don Ascani.

Per due ragioni ben precise, piuttosto.

La prima stava nel fatto che da quella cassetta scassinata il ladro non aveva certo preso di che arricchirsi, solo qualche spicciolo, e disturbare i carabinieri per una quisquilia del genere non gli era sembrata cosa.

La seconda riguardava invece la persona grazie alla quale, durante una specie di confessione, gli era stato rivelato un nome.

«Un nome?»

«Sì, un nome. Che a tutta prima farebbe pensare al possibile ladro. Ma in fede mia non ci posso credere», affermò il prevosto, «nemmeno se la... scusate, nemmeno se lo vedessi con i miei occhi.»

Il Rodinò sorrise.

«Lo o la?» chiese.

«Lasciate stare, maresciallo. Vi garantisco che non può essere possibile.»

«Vi credo sulla parola. Ma il furto c'è stato, e qualcuno l'avrà pur commesso.»

«Su questo non c'è dubbio», ribatté don Ascani. «Ma chi?»

112.

«Il tuo centrattacco!» gridò, finalmente libero di poterlo fare, l'Otello Personnini.

«Ma cosa cazzo dici?» chiese di rimando l'Aurelio Pasta, gridando pure lui.

Finita la messa, dopo le parole del prevosto e uscito dalla chiesa, l'Otello aveva tirato per la giacchetta il Pasta e gli aveva sussurrato all'orecchio che gli doveva dire una cosa.

«Dimmela», aveva detto l'Aurelio.

«Non qui. Dobbiamo essere soli io e te.»

«Cos'è, un segreto?» aveva chiesto ridendo il Pasta.

«Proprio», aveva confermato il Personnini.

«E allora porta pazienza», gli consigliò il segretario. Perché, conoscendo le abitudini dei suoi adepti, adesso, tanto per tirare l'ora di pranzo, cominciava il giro di altre chiese, perlomeno sei o sette, e guai a chi si fosse sottratto.

A conferma di ciò che aveva appena detto il Pasta, il Ferraretti aveva gridato «Avanti Savoia!» e s'era messo in testa al gruppetto. Prima tappa l'Osteria del Crachen, poi il trani della Lena, l'Osteria del Lasco, quella del Gatto Verde e quella gestita da un oste piccolo e smilzo detto Pradegianino, da cui il locale prendeva il nome. L'ultima tappa era stata dal Confortòla che, da fervente fascista, aveva servito un primo giro e poi ne aveva offerto un secondo. Mancava poco all'una quando la gita della squadra finì. Si erano salutati sulla soglia dell'osteria.

Il Pasta, dimentico del Personnini, aveva fatto per avviarsi verso casa ma l'Otello l'aveva richiamato: aveva bevuto pure lui come gli altri ma non si sentiva ubriaco, come se ciò che aveva da dire al segretario avesse asciugato il vino.

«Dai, dimmi», l'aveva sollecitato l'Aurelio.

«Non qui», aveva risposto l'Otello, «mi potrebbe sentire qualcuno.»

Il Pasta aveva sbuffato: «Dove allora?».

«Giù in Puncia, ai giardini. Così facciamo anche una pisciata nel lago.»

«Mi auguro che sia davvero una cosa importante», aveva detto l'Aurelio avviandosi.

Una volta lì, e mentre pisciavano nella Pioverna, l'Otello si era scaricato del peso.

Lo voleva sapere chi aveva rubato in chiesa?

113.

«Il tuo centrattacco!»

«Ma che cazzo dici?»

Con il casino di sottofondo delle acque del fiume non era possibile tenere un volume di voce normale.

«Dico che per scappare durante la rissa, in chiesa ci siamo rifugiati solo in due, io e lui. L'ho visto, anche se cercava di nascondersi dietro una colonna. Poi, quando mi è sembrato che la piazza fosse vuota, io sono andato mentre lui era ancora lì.»

Con lentezza il Pasta si abbottonò la patta: «Sei sicuro di quello che mi stai dicendo?» chiese.

«Come di aver appena pisciato», rispose l'Otello.

«E perché non me l'hai detto prima?»

«Perché non sapevo che qualcuno avesse rubato in chiesa!»

Nella foga della confessione l'Otello s'era dimenticato il pisello di fuori.

«Copriti», gli disse il Pasta.

E ascoltami, aggiunse.

Vero o no che fosse, non c'erano prove per accusarlo. E comunque non era affar loro. Per quelle robe lì c'erano i carabinieri. A loro, al Partito, Landru interessava come centrattacco per non fare una figura di merda contro quei becchi di Dervio.

«Quindi», concluse il Pasta, «hai fatto bene a dirmelo. Ma guai, guai veri, se ti viene in mente di andarlo a spifferare a qualcun altro. Ci siamo intesi?»

L'Otello, cui il vino del Confortòla cominciava solo adesso a fare effetto, chinò la testa.

«Intesi», sigillò l'Aurelio. «E buona domenica», augurò andandosene.

114.

Sola con i suoi pensieri, più precisi da quando aveva appreso che l'Argentina si affacciava sull'oceano Atlantico, Emilia Personnini aveva passato l'intera domenica cercando di capire cosa potesse fare per poter essere utile a Landru, cui evidentemente la fortuna aveva voltato le spalle se, dopo essere sfuggito per un pelo alle legnate del Pasta, era poi finito nelle grinfie del maresciallo.

Nonostante avesse potuto godere della più assoluta solitudine domestica, visto che l'Otello, rientrato a casa poco dopo l'una, le aveva detto di non sentirsi troppo bene e s'era ficcato a letto dormendo l'intero pomeriggio, a sera aveva ancora le idee confuse.

Non aveva alleati in quella lotta, se n'era convinta. Non poteva contare su suo fratello, che stava nella banda del Pasta. Nemmeno sul signor prevosto che, pur stando sopra le parti, le avrebbe di certo consigliato di dimenticare l'Argentina e pensare piuttosto a trovarsi un buon marito di quelle parti. Il maresciallo? Figurarsi che bell'aiuto avrebbe ottenuto, aveva addirittura incarcerato il suo bel gaucho!

L'unico cui avrebbe potuto chiedere aiuto o consiglio era forse l'ingegner Galimbelli, la cui tolleranza e affabilità le erano ben note da anni.

A notte fatta, quando l'Otello ronfava ancora che era un fastidio sentirlo, l'Emilia s'era convinta che il Galimbelli era l'unica persona cui potesse rivolgersi.

E subito, l'indomani mattina, gli avrebbe chiesto un colloquio privato, considerandola come una figlia che parlava al padre, perché lei il padre da anni non l'aveva più.

Già sotto le coperte, l'Emilia aveva ragionato che quella storia di essere orfana di madre e padre poteva essere un buon viatico per muovere a compassione l'ingegnere e convincerlo a darle una mano. Le occhiaie del mattino inoltre l'avrebbero certo aiutata a dare di sé l'immagine di una persona che soffriva. Un'ottima ragione per partire all'attacco subito, non appena l'ingegnere fosse entrato in ufficio e prima che, con il solito miracolo, quelle borsette da *viveuse* sparissero.

115.

Un bel dire, subito.

Quando l'Emilia entrò in ufficio lunedì mattina il Galimbelli non c'era ancora, ma il maresciallo Rodinò sì. Aveva preso alla lettera l'invito dell'ingegnere di andare da lui all'orario che preferiva e mentre suonavano le otto era già lì.

«Ho un appuntamento con l'ingegnere», disse il Rodinò.

Poteva rispondergli che, prima di ogni altro, quella mattina era lei che il Galimbelli doveva stare a sentire?

Tuttavia, non appena il direttore, alle otto e un quarto, giunse in ufficio e fece subito accomodare il maresciallo, l'Emilia, anziché tornare alla sua scrivania, restò alla porta che, come aveva già fatto, non chiuse completamente e rimase in ascolto.

In avvio furono convenevoli. Il Galimbelli chiese al maresciallo se avesse già bevuto il caffè, in caso contrario gliel'avrebbe fatto portare. Il maresciallo ringraziò e rifiutò: ne aveva appena bevuto uno, peraltro schifoso, in caserma. Poi, finalmente, entrò nel merito, riassumendo le vicende e chiarendo le ragioni che l'avevano portato lì.

«Il reato c'è, c'è stato, ci sarebbe», concluse il maresciallo. «Così come il danno, seppur minimo, un paio di cardini, non di più. Sono quelle cose sulle quali uno può chiudere un occhio, a meno che non ci sia una denuncia precisa. E visto che la proprietà è della SACR, solo la SACR, per tramite vostro, può agire. Quindi, dopo avervi informato, sono qui a chiedervi come volete procedere.»

L'Emilia sospese il respiro in attesa della risposta. Udì dapprima il rumore della poltrona del Galimbelli, evidentemente il direttore stava cambiando posizione.

«Maresciallo», disse poi.

La SACR aveva ben altre grane cui far fronte, altro che occuparsi di due cardini e di un disgraziato che va a dormire in un casotto per gli attrezzi.

«Credetemi, la storia dei telai rinviati al mittente è una vittoria di Pirro. Con la loro partenza, per questo stabilimento è iniziato il declino.»

«Quindi?» chiese il Rodinò.

«Quindi da questo ufficio non partirà alcuna denuncia. E immagino che la cosa possa farvi piacere, visto che non ruba tempo a indagini più importanti.»

«Me l'aspettavo, ma non è così semplice», lo contraddisse il Rodinò.

«Se non c'è denuncia...»

Un problema in meno, chiarì il maresciallo.

Però trattavasi sempre di soggetto senza fissa dimora, senza impiego, senza...

Fu proprio in quell'istante che qualcuno bussò all'ufficio di segreteria. L'Emilia, levando al soffitto gli occhi per il dispetto, restò appesa all'amo di quel senza... senza cosa?, e andò ad aprire.

Sulla soglia Amedeo Musante.

«Devo parlare con il direttore», si presentò.

E no, eh!

Andava bene il maresciallo, ma adesso toccava a lei.

«Questa mattina l'ingegner Luigi non può ricevere nessuno», cercò di frenarlo l'Emilia.

«Io invece non ho tempo da perdere», replicò il Musante.

«Nel qual caso vi conviene dire a me e poi riferirò.»

Con quelle occhiaie l'Emilia sembrò al capostazione

assai meno affascinante, quasi un'altra persona rispetto a quella di cui s'era invaghito. La Personnini stava invece pensando al metodo più spiccio per toglierselo di torno.

«Sta bene», accettò il Musante notando che, man mano che riferiva il suo messaggio, le occhiaie della segretaria si andavano schiarendo: era il solito miracolo. Con la differenza che, rispetto alle altre mattine e grazie alle sue parole, si stava realizzando in largo anticipo.

116.

Era stato il cielo a mandarle il capostazione, l'Emilia ne era certa: così facendo aveva voluto indicarle non solo la strada da seguire ma anche le parole da usare con l'ingegner Galimbelli.

Il quale si stava attardando in chiacchiere con il maresciallo, raccontando del suo prossimo collocamento a riposo e delle ragioni che a suo giudizio l'avevano determinato. Erano quasi le nove quando il Galimbelli propose al maresciallo di prendere con lui un caffè, un caffè vero.

«E sia», accettò il Rodinò.

L'Emilia decise che era venuto il momento di entrare in azione. Bussò discretamente alla porta del direttore e, avuto il permesso di entrare, non osò, infilando appena la testa nell'ufficio.

«Cosa c'è signorina?» chiese il Galimbelli.

«Una questione che sembrerebbe d'urgenza», rispose lei.

«Ditemi.»

Il maresciallo conosceva i doveri della riservatezza: «Vi lascio», disse.

«Ma no», fece il direttore, «e il caffè?»

«Va bene», rispose il Rodinò. «Allora vi aspetto qui fuori.»

E, chiudendosi alle spalle la porta, passò nell'ufficio della Personnini.

«Ditemi, adesso.»

Era presto fatto.

Poco prima il capostazione Amedeo Musante era andato sin lì per parlare con il signor direttore. Però lei, sapendolo impegnato con il signor maresciallo, non aveva osato disturbarlo e s'era fatta dire, per poi riferire, il motivo della visita. Che consisteva in una richiesta ben precisa. Poiché infatti il manovale addetto allo scarico del carbone che arrivava con la ferrovia, scivolando su una lastra di ghiaccio, s'era rotto una gamba, il Musante voleva chiedere al signor direttore se non avesse sottomano un operaio che lo potesse rimpiazzare.

«È una parola», disse l'ingegnere.

L'Emilia trasse un profondo respiro e poi sparò: «Se permettete», propose.

«Ma certo», rispose il Galimbelli.

Bene. Se quindi lui permetteva, lei, umilmente, faceva notare che era l'occasione per dare un poco di pace a un uomo che, pur non avendo commesso reati di sorta, aveva pagato le conseguenze per colpe non sue, condannandosi a una vita di nascondigli, inviso ai fascisti solo per il fatto di essere un ottimo centrattacco e attualmente chiuso nella caserma comandata dal signor maresciallo. Quel lavoro, per quanto avventizio, poteva essere l'inizio di un nuovo giorno per il soggetto in questione e lei osava proporre al signor direttore di affidargli quell'incombenza.

La foga della Personnini aveva divertito il Galimbelli.

«Non vi ho mai visto così agitata», commentò.

In effetti l'Emilia si sentiva rossa in viso e sudata.

«I casi umani mi hanno sempre commossa», ammise. «Anche se magari non l'ho dato a vedere.»

Il Galimbelli soppesò un momento le parole della Personnini, poi emise la sentenza.

«Ammetto che la vostra non è una cattiva idea», disse, «anche perché nei confronti di quell'uomo abbiamo un piccolo debito, dopo la storia dei telai. Va bene, incaricatelo voi. Io intanto me ne vado a bere un caffè con il maresciallo. Che tra l'altro non potrà che rallegrarsi di questa buona novella.»

117.

«Dal Pasta?» sbottò Landru.

Recarsi a un appuntamento dal Pasta, quello che voleva riempirlo di legnate?

Il maresciallo Rodinò lo interruppe con un gesto della mano.

«Ha bisogno di voi in virtù delle vostre abilità calcistiche», lo informò. «Il resto sono chiacchiere, tanto che di legnate non ne avete prese.»

In ogni caso tenesse conto che al Pasta stesso lui, il maresciallo in persona, aveva fatto intendere che teneva entrambi sott'occhio.

«In un certo senso siete sotto la mia protezione, e questo dovrebbe tranquillizzarvi.»

«Non so come ringraziarvi...»

«Non combinandomi guai», fu la secca risposta del Rodinò. «Sarà più che sufficiente.»

«Quindi adesso posso andare?» chiese il meccanico.

«No», ribatté il maresciallo.

Eh no. Perché, sempre nelle vesti di maresciallo, era tenuto a tenere d'occhio anche i nullafacenti, i lazzaroni, coloro che campavano senza che si potesse capire come.

«Voi, allo stato, siete in tale condizione», affermò.

Infatti non si poteva considerare lavoro l'impiego quale centrattacco nella locale squadra del Partito.

«E allora?» fece Landru.

E allora ecco che gli aveva trovato anche un bel lavoretto: occasionale, avventizio, d'accordo. Ma sufficiente a tamponare l'emergenza, dopo di che si sarebbe visto.

«Contento?» chiese il Rodinò.

«Sì, maresciallo...» borbottò Landru.

Ma gli sarebbe piaciuto sapere di che lavoro si trattava: sarebbe stato in grado di svolgerlo?

«Su questo non ho dubbi», lo rassicurò il carabiniere, «coi vostri muscoli...»

In ogni caso, dopo essere passato dal Pasta che, l'avvisò il maresciallo, vista l'ora avrebbe trovato sicuramente ancora a letto, doveva recarsi presso l'ufficio di segreteria del cotonificio, dove avrebbe avuto tutte le informazioni necessarie.

118.

Il carbone arrivava alla stazione di Bellano tutti i mercoledì verso le sei e trenta. Il convoglio sostava sul binario morto il tempo necessario per scaricare un vagone, poi ripartiva verso gli altri paesi affacciati sul lago. Per portarsi avanti, la gente che lo andava ad acquistare cominciava a mettersi in fila alle prime luci dell'alba, confidando nella sveltezza e nella puntualità del manovale addetto alla vendita.

Quel mercoledì, quando il campanile della chiesa batté le sette, Aurisio Mena, che stava lì in attesa sin dalle cinque e trenta del mattino, lasciò la fila per dirigersi verso l'ufficio del capostazione Musante e chiedere come mai ancora nessuno si fosse presentato a distribuire il carbone.

«Come nessuno?» chiese il Musante.

«Se vi dico nessuno è nessuno. E la gente ne ha pieni i coglioni di aspettare!»

Il Musante guardò il soffitto: «Anche io», mormorò.

«Come?» fece il Mena.

«Niente, dicevo così per dire. Voi intanto rimettetevi in fila. Provvederò immediatamente», assicurò il Musante.

Temendo, subito dopo, che avrebbe fatto meglio a non pronunciare quell'«immediatamente».

119.

Il sostituto incaricato per la distribuzione del carbone infatti dormiva. E della grossa. E in compagnia.

Lasciata la caserma dei carabinieri, Landru s'era avviato, con il suo bel passo da gaucho, verso la casa del Pasta. Il segretario, che non si aspettava una visita tanto mattutina, s'era affrettato a uscire da sotto le coperte e mettersi una veste da camera. Senza tutti gli orpelli dipinti di nero e di argento, l'Aurelio sembrava un uomo qualunque. Anche più piccolo di quello che ricordava, aveva giudicato Landru, e s'era sentito più a suo agio.

«Il signor maresciallo mi ha detto che dovevo passare da voi», aveva esordito. «Mi scuso se vi ho interrotto il riposo.»

«Riposo?» aveva esclamato il Pasta.

Il riposo era per gli inetti, i deboli. Se lo trovava ancora così, in veste da camera, era solo perché da non più di due ore s'era steso sul letto dopo una notte passata a...

Il Pasta s'era interrotto lì, essendogli mancata la prontezza di inventarsi la balla giusta.

«In ogni caso», aveva continuato, «non perdiamo tempo ed entriamo subito in argomento.»

Landru aveva ascoltato la proposta del segretario.

«Accetterei ben volentieri», aveva risposto, «se...»

Il Pasta aveva fatto una faccia come se quel «se» gli avesse pestato un callo.

«Se avessi di che campare», aveva chiarito il meccanico.

Non aveva casa, non aveva soldi: come poteva prepararsi adeguatamente a un incontro di tale importanza?
L'Aurelio aveva soppesato le sue parole.
«Il Partito potrebbe venirvi incontro», aveva detto.
«Lo ringrazio», aveva risposto Landru.
Che, subito, aveva aggiunto di non pretendere niente di che: gli bastava poter ritornare nella cameraccia di sottotetto della Trattoria della Pesa e aver qualcosa con cui riempire lo stomaco a pranzo e a cena.
«Provvederò io stesso», aveva deciso il Pasta, facendosi garante lui in persona con la Zamboni.
«Posso andare adesso?» aveva chiesto Landru.
«No», era stata la risposta dell'Aurelio.
«Cosa c'è ancora?»
«La divisa», aveva chiarito il Pasta. Quella per giocare. Era certo che non ne avesse una regolamentare, pantaloncini bianchi e camicia nera.
«Infatti», aveva confermato il Landru.
Bene. Allora, una volta fuori, doveva recarsi da certa Augusta Carcolli, via Porta 13, lavandaia e stiratrice della squadra per pura fede fascista.
«Tra le divise di cui dispone, ne avrà senza dubbio una della vostra misura.»
«D'accordo. È tutto?»
«Ancora no.»
Dalla sera successiva, allenamenti quotidiani. Raduno in sezione alle ore venti e poi due ore di passaggi e palleggi, con partitella finale.
«Proibito mancare a meno di severe sanzioni.»
Era davvero tutto. Il Pasta aveva salutato con il saluto romano e Landru, per la prima volta nella sua vita, aveva risposto specularmente.
Una volta fuori, aveva riflettuto brevemente sul peso degli ordini che quella mattina, nel giro di poche ore, aveva ricevuto: quelli del maresciallo e quelli del Pasta. Pesavano di più quelli del Rodinò, e per questa ragione,

prima di recarsi dalla stiratrice in camicia nera, era passato dal cotonificio.

La Personnini lo aspettava con ansia. Per lui aveva due sorprese in serbo. La prima era il lavoretto del carbone.

«Tutt'altro che comodo», era stato il pensiero di Landru, che tuttavia aveva fatto buon viso a cattiva sorte. La seconda proposta invece l'aveva convinto a stare al gioco. Perché la Personnini, abbassando la voce e facendogli cenno di avvicinarsi a lei, gli aveva allungato una busta contenente duecento lire. Le aveva prelevate quella stessa mattina dalla filiale del Piccolo Credito Lecchese e, consegnandoli al meccanico, aveva sussurrato di poter fare due altri prelievi simili nel giro di un paio di settimane, senza dare nell'occhio e soprattutto senza che suo fratello se ne accorgesse.

«Serviranno per il nostro viaggio in Argentina», aveva mugolato.

Che li tenesse lui, poiché lei non si fidava e non voleva correre il rischio che l'Otello potesse scovarli. Landru li aveva intascati ben volentieri e, prima di uscire dall'ufficio di segreteria, aveva rassicurato l'Emilia: tutti i soldi che gli dava, e che gli avrebbe dato, sarebbero serviti a un solo scopo. La Personnini aveva capito, aveva sorriso e non aveva aggiunto altro.

«Ecco», aveva detto tra sé una volta fuori dal cotonificio. Al maresciallo aveva ubbidito. Adesso gli mancava di esaudire gli ordini del Pasta. Dunque, con il solito passo caracollante, s'era avviato alla volta di via Porta 13, dove la stiratrice e lavandaia Augusta Carcolli lavorava gratuitamente per la causa del pallone fascista.

120.

Augusta Carcolli aveva movimentato con Edisto Marconi la curiosità dei bellanesi nel luglio 1928. In quel mese Edisto, abbandonando gli esercizi spirituali cui partecipava in qualità di diacono presso il santuario delle Lacrime della Madonna di Rho, retto dai padri oblati, era tornato a casa per gettare la tonaca, giurando di aver smarrito la vocazione.

Suo padre Pericle, proprietario di un forno, non ne era rimasto amareggiato: all'idea che Edisto andasse in seminario si era arreso solo per l'insistenza del prevosto. La madre invece era caduta in una lamentosa depressione, compatita da tutto il paese, testimone dei suoi pianti perché, stante l'afa, le finestre di casa Marconi erano sempre aperte.

Edisto per un mese non aveva voluto spiegare il suo gesto né al prevosto, né al padre che peraltro l'aveva interrogato in modo distratto, né a don Osimo Regioni, settantenne sacerdote esperto in crisi di giovani seminaristi alla soglia dell'ordinazione. Tuttavia, salutando i genitori del ragazzo dopo aver avuto con lui un lungo colloquio, don Regioni aveva avanzato l'ipotesi che ci fosse lo zampino di una donna. Il sospetto aveva inorgoglito Pericle.

Dopo Ferragosto Marconi senior aveva tenuto un discorsetto al figlio: «Per fortuna non ho venduto il forno, come avevo in animo di fare quando sei partito per Venegono. Da domani ti voglio con me a cuocere michette».

Edisto aveva accettato, ponendo una condizione: dovevano lasciargli sposare la donna di cui si era innamorato.

Pericle Marconi aveva chiamato la moglie. Si erano seduti in tre al tavolino del salotto.

«Chi è questa tua donna fatale?»

«L'Augusta», aveva chiarito Edisto chiudendo gli occhi.

Prosperosa ed esuberante, l'Augusta era la figlia matta che Amanda Venturelli aveva avuto dal suo primo matrimonio con Ugo Carcolli. Delle mine che il padre andava a piazzare ovunque lo chiamassero, la ragazza aveva preso il carattere. Al carattere, madre natura aveva aggiunto un fisico che l'Augusta amava esibire e gli uomini, ancora di più, guardare quando non toccare. Più volte alle orecchie dell'Amanda erano giunte voci sul comportamento della ragazza, che nei luoghi più reconditi del paese, e con la promessa di una ricompensa di pochi spiccioli, non indugiava ad alzare la gonna e mostrare «il sotto». Alla fine, pur non avendone una gran voglia, ma pensando che con un uomo in casa sarebbe stato più facile raddrizzare la ragazza, l'Amanda aveva accettato l'offerta di matrimonio di Oreste Purificati, vedovo pure lui e con due figlie a carico.

Uomo severo e pignolo, l'Oreste aveva cercato con ogni mezzo e perlopiù predicando la sera dopo la cena, di riportare l'Augusta sulla retta via. Il risultato era stato che la ragazza aveva irrigidito le sue posizioni e aveva concepito l'idea che a quel patrigno puzzolente di saggezza bisognava dare una lezione indimenticabile.

Il momento giusto era arrivato attorno al Natale 1927, quando Edisto Marconi era tornato a casa per una breve vacanza. Nel giro di un paio di settimane l'aveva circuito e intortato tanto bene da cancellargli per sempre la vocazione.

Già quel fatto era stato motivo di grave imbarazzo per il Purificati. S'era consolato riflettendo che in fondo era meglio un buon marito che un cattivo prete. Quello che invece non era riuscito a digerire era stata la risposta che l'Augusta gli aveva dato quando, a distanza di nove mesi, una sera di fine settembre, le aveva comunicato che dopo cena il Marconi senior gli avrebbe fatto visita per mettersi d'accordo sulle nozze.

L'Augusta l'aveva freddato: «Ma io non ho nessuna intenzione di sposarmi!».

Nella cucina, dov'erano solo loro due, il buio incombeva. Il Purificati s'era alzato in piedi e aveva allargato le braccia, proiettando sulla parete alle sue spalle l'ombra di un angelo vendicatore.

«Dopo ciò che hai fatto», aveva detto, «in questa casa non c'è più posto per te. Scegli tu se uscirne per essere sposa oppure uscirne e basta.»

L'Augusta aveva sorriso all'aut-aut: «Esco e basta», aveva ribattuto: «E ben volentieri».

A patto che il patrigno le liquidasse la sua parte di eredità, in modo da potersi rifare una vita fuori da lì e soprattutto lontano da lui: conosceva bene i suoi diritti e non aveva alcuna intenzione di rinunciarvi. Con i soldi ricevuti s'era affittata, dando ulteriore scandalo e alimentando nuovi pettegolezzi, un localino in via Porta e poi era stata assunta al cotonificio. Lì dentro aveva trovato modo di dare sfogo al suo spirito battagliero. Non contenta, per puro senso dell'agone s'era offerta quale volontaria per lavare e stirare le divise della squadra di calcio del Fascio. Motivo, questo, per innescare nuove chiacchiere e soprattutto fantasie. Poiché nessuno, sino ad allora, le era stato troppo vicino, se non con la fantasia. Sino ad allora. Sino al momento in cui i pantaloncini della divisa di Landru, stante il suo bacino d'atleta, avevano evidenziato la necessità di essere allargati.

«Mi ci vorrà un giorno di tempo», aveva diagnosticato l'Augusta, «e poi una seconda prova.»

«Vorrà dire che domani sera mi allenerò con le mie solite braghe», s'era rassegnato il meccanico.

«Potreste averle domani sera stessa, dopo che ho finito il turno», aveva assicurato l'Augusta. Landru le si era avvicinato.

«Siete gentile», aveva detto accarezzandole lievemente il viso. Ma non voleva presentarsi dopo l'allenamento, tutto sudato e sporco.

«E voi da me?» aveva chiesto poi.

Non aveva da temere le malelingue, il martedì era giorno di chiusura per la Trattoria della Pesa e verso le dieci sia i pochi ospiti sia, soprattutto, la vedova Zamboni dormivano profondamente. Avrebbe pensato lui ad aprirle.

Verso le dieci, se le andava bene.

121.

Ad Amedeo Musante tremavano fino le dita dei piedi per la rabbia. In quei casi le buone maniere non era proprio il caso di usarle, così entrò nell'ufficio della Personnini senza bussare. Ci poteva essere anche Sua Eccellenza in persona, ma a lui gliene fregava un cazzo, la faccenda del carbone andava risolta subito.

L'Emilia lo guardò e ne ebbe un istintivo spavento: quella che vedeva in quel momento dipinta sul viso del capostazione era la maschera di un assassino, o almeno così se l'immaginava lei.

«Voglio parlare con il direttore!» abbaiò il Musante.

Tanto forte che, prima ancora che la Personnini potesse compitare una risposta, il Galimbelli in persona si fece sull'uscio per chiedere cosa stesse succedendo.

«Succede che il carbone è ancora lì!» sparò il capostazione.

Poi, recuperato un poco di fiato, si spiegò meglio: succedeva che l'operaio garantito e raccomandato dalla direzione del cotonificio in sostituzione di quello solitamente addetto alla distribuzione del carbone, assente causa frattura di una gamba, non si era presentato all'ora convenuta.

«C'è una fila che dalla stazione arriva fino al consorzio agrario», puntualizzò il Musante.

E non credeva, continuò, che tutti avessero la pazienza sua, che aveva mollato il controllo del passaggio dei treni per correre sino a lì per informarsi di chi cazzo fosse e dove cazzo si trovasse il cornuto che in quel momento avrebbe dovuto distribuire il carbone!

«Calma», raccomandò il Galimbelli, temendo che al Musante venisse un colpo.

Avrebbe provveduto lui, personalmente e subito, a rintracciare l'incaricato e ricordargli l'impegno assunto.

«Mi auguro che sia così», sbottò il Musante girando le spalle e andandosene. Un paio di minuti più tardi anche il Galimbelli uscì. Non tanto perché aveva garantito al capostazione di occuparsi personalmente della faccenda, piuttosto poiché sapeva che la vedova Zamboni non avrebbe mai fatto salire una donna nella camera di un cliente. Era quindi inutile mandarci la Personnini.

122.

Il biancore latteo, la sodezza delle chiappe dell'Augusta, immediatamente notate visto che la ragazza dormiva scoperta, restarono impressi nella mente dell'ingegner Galimbelli, che pure era uomo svezzato e pensava di non poter più subire certi ricatti della carne.

Li aveva svegliati entrambi, con un leggero tocco sulle spalle, e a entrambi aveva detto che s'era fatta l'ora di andare. Per buona fortuna dell'Augusta, la Zamboni stava trabattando in cucina quando tutti e tre erano scesi e non s'era accorta di nulla, così com'era capitato la sera prima, quando il meccanico aveva fatto entrare la ragazza mentre tutti dormivano. Sulla soglia però avevano incrociato la Mirandola che andava a prendere servizio e che aveva salutato il Galimbelli con uno squillante «Buongiorno direttore!». Il quale aveva risposto cortesemente e non aveva potuto fare a meno di registrare che s'era trovato in mezzo a due tra le più belle ragazze del paese.

Non che gli importasse più tanto delle donne, ne aveva avute a sufficienza prima di sposarsi. Ma le chiappe dell'Augusta si erano piantate al centro dei suoi pensieri, al punto che quand'era rientrato in ufficio non aveva potuto fare a meno di pensare a come fossero combinate quelle della sua segretaria. Verso metà pomeriggio aveva temuto che un rigurgito di gioventù potesse spingerlo ad accarezzare l'idea di frequentare locali che da tempo non lo vedevano ospite. Aveva passato l'intero pomeriggio con quel pensiero e l'aveva ancora quando, poco prima di rimettersi il cappotto e filare a casa, il capostazione Musante aveva nuovamente fatto irruzione nel suo ufficio.

Incazzato, feroce come un furetto. Ne aveva motivo. Motivi, anzi: due. Il primo era cosa che non interessava il Galimbelli, era una questione sua, privata, ma gli erano girati i santissimi quando aveva visto che il sostituto incaricato altri non era che il fetentissimo meccanico. Il secondo invece...

Che il signor direttore stesse a sentire.

123.

Landru aveva finito il suo lavoro verso le quattro del pomeriggio, quattro ore secche di ritardo sull'orario consueto. L'ultima acquirente del carbone era stata Ninfa Vitali che, una volta rientrata a casa, s'era dovuta sorbire una lagna rancorosa e infinita da parte del marito Cleto, indispettito per l'inusuale ritardo. Sperando di calmarlo, la Ninfa gli aveva concesso di tirare l'ora di cena all'osteria, a fare scorta di vino. L'uomo s'era immediatamente calmato e aveva chiesto qualche spicciolo.

«E dove li prendo?» aveva ribattuto lei.

«Ma non hai il resto del carbone?» aveva obiettato il marito.

«Ma di che resto parli?»

D'un subito all'uomo era ripartito il nervoso.

«Cristo, quanti chili ne hai presi?»

«Tre!»

«E non avevi in tasca due lire?»

«E allora?»

«E allora se il carbone costa cinquanta centesimi al chilo e ne hai presi tre, ne avanzano cinquanta. Dove sono?»

La Ninfa aveva rifatto il conto, suo marito aveva ragione: ma il resto non c'era.

«Non c'è», aveva confessato.

Cleto aveva picchiato una manata sul tavolo di cucina.

«Guarda che deve ancora nascere quello che mi prende per il culo», aveva gridato.

La Ninfa aveva risposto per le rime.

«Calma leòn!» aveva ribattuto. «Si vede che me ne ha dati quattro chili.»

«E allora pesalo!»

La stadera aveva confermato: tre chili. Senza possibilità di appello.

«Si vede che il carbone è aumentato», aveva commentato la donna.

Cleto però non era disposto a cedere: lo tormentava il pensiero dell'osteria cui avrebbe dovuto rinunciare, visto che in casa non c'erano più spiccioli.

«Chi c'era con te?» aveva chiesto.

«La zia Femia.»

«Bene. Domandale quanto carbone ha preso e quanto l'ha pagato.»

Semplicissimo, perché la zia Femia abitava di fronte a loro: era bastato aprire la finestra di cucina e chiamarla a gran voce.

Quattro chili, due lire, era stata la risposta.

La Ninfa era rimasta senza parole.

«Ti hanno ciulato», aveva concluso il marito. Ma se con lei avevano avuto gioco facile, lui non era tipo da farsi mettere nel sacco da un pistola qualunque. Dando l'addio al giretto in osteria, era partito in tromba verso la stazione.

Quand'era entrato nell'ufficio del capostazione, il Musante era in un bagno di sudore. La stufa a legna era incandescente, ma non era tanto quello. Piuttosto il Cleto era l'ultimo, o almeno il Musante sperava che fosse tale, di una bella serie di acquirenti del carbone che erano andati da lui per lamentarsi.

«Non ditemi niente, so già tutto!» aveva esclamato vedendolo comparire. «Avete pagato il carbone più del dovuto. Ho qui la lista. Lasciatemi nome e cognome e indicatemi la quantità e il prezzo pagato. Sarà mia cura farvi rimborsare.»

124.

«Vivaddio», concluse il Musante, «da questo paese me ne andrò prima o poi.»

A conferma di quanto diceva, sventolò sotto gli occhi del Galimbelli la lettera ricevuta il giorno prima con la quale gli veniva comunicato che la domanda di trasferimento era stata accettata e gli era stata destinata una nuova sede: Agrigento.

Però voleva andarsene lasciando di sé un'immagine pulita, onesta, cristallina. Quindi si permetteva di esigere che il direttore Galimbelli, quale rappresentante della SACR, provvedesse nel più breve tempo possibile a sanare quel guaio: per il buon nome delle Regie Ferrovie e anche, gli sembrava opportuno sottolineare, della SACR.

Ecco, a quel punto le bianche natiche dell'Augusta erano sparite dalla memoria del Galimbelli. Le si erano sovrapposte quelle un poco pelose dell'ex meccanico e, di pelo in pelo, il Galimbelli aveva riflettuto che probabilmente quel soggetto doveva averne un bel po' anche sullo stomaco.

«Non più tardi di domattina», assicurò al capostazione.

«Diciassette lire e cinquanta.»

125.

Già che c'era, visto che era lì presso la filiale della banca del Piccolo Credito Lecchese con in mano un ordine di prelevamento di diciassette lire e cinquanta firmato dall'ingegner Galimbelli e la raccomandazione di portarle immediatamente al capostazione Musante, all'Emilia venne spontaneo fare un secondo prelievo dal conto che aveva in comune con suo fratello.

Altre cento lirette... Chissà quante miglia marine si potevano fare con quei soldi! Le dispiaceva di non poterle consegnare subito nelle mani del suo gaucho, ma su quel punto il direttore era stato tassativo: lei in banca e il custode alla Trattoria della Pesa con il compito di tornare in compagnia dell'ex meccanico. Ignara di quanto fosse successo il giorno prima, l'Emilia era uscita dall'ufficio convinta che l'ingegner Luigi, mosso a compassione per la precaria situazione di Landru che lei aveva così ben sostenuto, gli avesse trovato un altro lavoretto: altri soldi insomma, che avvicinavano sempre più l'Argentina.

Il cassiere Oscar Buzzi, che non si faceva mai i cazzi suoi, alla richiesta di un nuovo prelievo di ben cento lire sbottò.

«Grandi spese in arrivo, eh!»

«Sarebbe a dire?» chiese l'Emilia.

Il Buzzi si strinse nelle spalle, rendendosi conto solo in quel momento di aver esagerato. Tentò di deviare il discorso ma l'Emilia non glielo permise.

«Vorreste spiegarmi?» insisté.

A bassa voce per non farsi sentire dai colleghi, il cassiere non ebbe altra scelta: quattrocento lire prelevate dall'Otello poche settimane fa, duecento da lei la settimana precedente, altre cento adesso... Avanti di quel passo avrebbero prosciugato il conto.

«Vi ringrazio», disse l'Emilia intascando il denaro.

Quattrocento lire!

Cosa diavolo ne aveva fatto l'Otello di una somma del genere? Era roba da andare subito in municipio e chiederglielo. Una volta uscita dalla banca, l'Emilia ne ebbe la tentazione. Ma si fermò lì.

Se lui infatti le avesse chiesto come aveva fatto a saperlo, cosa gli avrebbe risposto? Così tirò dritto davanti al portone del palazzo comunale e filò verso la stazione, dove il Musante aspettava seduto alla sua scrivania.

«Il direttore vi manda questa», disse l'Emilia allungandogli la busta.

«Bene», rispose il capostazione senza alzare gli occhi dalla scrivania: non la voleva più vedere, quella!

«Vi serve una ricevuta?» chiese subito dopo.

«Non ho ricevuto disposizioni in proposito», rispose la Personnini.

«Allora addio», la congedò il Musante, che non resisté all'idea di darle un ultimo sguardo, ancorché di spalle.

126.

Un perno. Anzi, un faro. Quello era Landru. Con lui in mezzo all'attacco, il resto della squadra aveva finalmente cominciato a capire cosa fare del pallone: anziché buttarlo a casaccio, come se scottasse, aveva compreso che il gioco doveva convergere su di lui per l'inevitabile conclusione, cannonate che di rado sbagliavano il bersaglio. Con un centrattacco del genere in campo, quelli del Dervio avrebbero avuto vita difficile, Aurelio Pasta ne era ormai convinto.

Giovedì mattina arrivò la telefonata del direttore sportivo della Derviese, che esordì chiedendogli se per caso le poste a Bellano non funzionavano.

«Stavò proprio per mandarti una proposta di data per l'incontro», rispose l'Aurelio.

Aveva, spiegò, alcuni uomini influenzati che stavano recuperando le forze. Ciononostante aveva pensato a sabato 1° marzo.

Poteva andare bene?

«Vedi tu», rispose il derviese. «A noi qualunque data sta bene. Vuoi il 1° marzo? E sia!»

Sabato 1° marzo.

I componenti della squadra, riuniti in cerchio al cui centro c'era l'Aurelio, appresero quella sera che la data era stata fissata. Barbellavano perché il freddo continuava a essere feroce e il campetto era pettinato da un montivo che tagliava la faccia.

«Quelli», disse il Pasta prima di sciogliere le righe e

dare inizio all'allenamento, «sono sicuri di batterci tenendo le mani in tasca. Io sento invece che gli stiamo preparando una bella sorpresa. Da questa sera non vi dovrete più allenare. Giocare, invece. Come se il 1° marzo fosse adesso, fosse domani e dopodomani. Come se dall'esito della partita dipendesse la vita o la morte. Intesi?»

All'appello rispose un coro di mezzi sì.

«Scioglìete le righe, adesso», ordinò l'Aurelio.

Gli ci vollero meno di dieci minuti per capire che qualcosa non funzionava: Landru, il pezzo da novanta.

Lui, e proprio adesso che aveva fissato la data!

Ma che cazzo c'aveva?

127.

Che i muscoli gli fossero andati in marmellata?

Perché cazzeggiava con il pallone, passandolo di qua e di là senza nemmeno guardare?

Perché non aveva fatto ancora un tiro, cristo, un tiro di quelli suoi!, verso la porta?

Vuoi vedere che... pensò il Pasta a un certo punto.

Vuoi vedere che quelli della Derviese, conosciuta la sua potenza, l'avevano contattato e magari convinto con il più vecchio sistema del mondo a non impegnarsi più di tanto, a tirare indietro la gamba?

Dopo mezz'ora di partitella, sei contro sei, e con le reti ancora inviolate, Aurelio Pasta decretò la fine dell'allenamento.

«Per questa sera basta così», disse.

«Tu però», puntando l'indice verso Landru, «vieni con me.»

E davanti a un bel cognac doppio, nell'appartata saletta del Caffè dell'Imbarcadero, gli avrebbe spiegato cos'era capitato alle sue gambe, che, nel giro di una giornata, sembravano diventate di pastafrolla.

128.

«Niente», rispose serafico Landru.

«Niente?»

Proprio niente, no... anzi, qualcosa... Il fatto è che non sapeva come dirlo, da quella mattina non faceva altro che cercare le parole giuste per...

«Per?»

Landru esitava.

«Buttalo giù in un colpo solo», disse il Pasta indicando il cognac. «Vedrai che poi le parole ti vengono.»

Il meccanico obbedì, le parole giunsero.

Ecco, temeva di non poter scendere in campo con la squadra per la data fissata.

«State scherzando, vero?» chiese l'Aurelio.

«Mi piacerebbe.»

Purtroppo invece si trovava in una condizione per cui un uomo che si ritenesse tale non aveva altra via d'uscita se non quella di lasciare quanto prima il paese e andare altrove a cercare fortuna.

«Non vi capisco», lo interruppe il Pasta. «Spiegatevi meglio.»

«Mica facile», rispose Landru.

Ed era vero. Perché non poteva certo dire al segretario che il Galimbelli, quella stessa mattina, l'aveva pettinato per bene dopo la storia del carbone.

«Dovrei denunciarvi», aveva minacciato l'ingegnere, «ma non lo farò solo perché ho a cuore l'onore della SACR e non voglio che il suo nome risuoni ancora in un'aula di pretura. Ho fatto male a fidarmi di voi. Andate, adesso! E badate a filare diritto, poiché non tutti hanno la pazienza che ho avuto io con voi.»

La Personnini nel frattempo trepidava. Questa volta non aveva osato orecchiare. Quando era uscito il meccanico, gli aveva subito incollato gli occhi in viso, interrogandolo con lo sguardo. Landru, le mani in tasca e le orecchie rosso fuoco come se qualcuno gliele avesse strizzate, s'era fermato davanti al suo tavolo.

«Novità?» aveva chiesto lei con un sussurro.

«Nessuna», aveva risposto Landru.

«Una invece c'è», aveva ribattuto l'Emilia.

Da un cassetto aveva preso la banconota da cento lire e l'aveva fatta scivolare verso l'uomo.

«Per l'Argentina», aveva detto sempre sottovoce.

Landru l'aveva arpionata.

«Grazie», aveva mormorato. «Ma...»

«Avete forse cambiato idea? O magari destinazione?»

«No.»

Solo che di quel passo chissà quanto tempo ci sarebbe voluto per mettere assieme la somma necessaria.

«Quanto sarebbe in totale?» aveva chiesto l'Emilia.

Landru non ne aveva la minima idea.

«Ecco...» aveva risposto fingendo di fare conti.

Secondo lui non erano nemmeno a metà.

«Accidenti!» era scappato all'Emilia.

«Proprio», aveva confermato l'uomo.

E con espressione melodrammatica aveva aggiunto: «Il mio bel sogno si allontana...».

Allora l'Emilia aveva assunto un'espressione da faina: «Il nostro sogno!» aveva corretto. «Non dimenticatelo.»

Per realizzarlo lei si sentiva disposta a tutto, o quasi.

Quindi non era facile per Landru trovare le parole giuste da dire al Pasta.

Poteva tentare però, insisté il Pasta, cercare di aiutarlo

a capire, sforzarsi di chiarire quale fosse la condizione di cui aveva parlato.

«La condizione di un uomo che si trova senza lavoro per colpa di promesse non mantenute», sparò.

«È già un passo avanti», approvò il Pasta. «E chi ve le avrebbe fatte, queste promesse?»

«L'ingegner Galimbelli.»

«Ci avrei scommesso», sorrise l'Aurelio.

Il Galimbelli! Che non aveva mai preso la tessera! Che non aveva mai indossato la camicia nera! Che non aveva mai partecipato ad alcuna manifestazione! E che, probabilmente, sapendo che lui avrebbe giocato con la squadra della sezione, aveva pensato bene di tagliargli i viveri.

Sarebbe venuto prima o poi il momento di fare i conti con il signor ingegnere.

«Per intanto voi non preoccupatevi», lo tranquillizzò il Pasta, «e ricominciate a giocare come sapete.»

Un tetto sopra la testa, garantito dalla sua parola, l'aveva. E poteva anche fargli avere un lavoro, alla faccia dell'ingegner Galimbelli, dandogli pure la possibilità di scegliere: voleva diventare il distributore della minestra del Duce oppure preferiva fare l'aiutante del custode del cimitero?

Landru avrebbe rinunciato volentieri sia all'uno sia all'altro. Ma in quel frangente non poteva certo inimicarsi il Pasta. Per decidere infilò una mano nella tasca dei pantaloni sul cui fondo ballavano degli spiccioli, pinzò una moneta e prima di guardarla assegnò i valori: testa la minestra, croce il cimitero. La guardò senza farsi notare dal Pasta: era uscito croce.

129.

Ormai febbraio stava finendo, il freddo cominciava a mollare un pelino e gli espertoni del tempo dicevano che se avesse mollato ancora un po' c'era da aspettarsi acqua a catinelle. L'Eumeo Pennati era guarito: c'erano volute due settimane anziché una, ma alla fine se l'era tolta di dosso, quella bronchitaccia.

La prima sera di libera uscita, infagottato come un neonato, si presentò in sezione per verificare di persona la fondatezza delle mezze notizie che sua moglie gli aveva portato durante la malattia. Non ebbe bisogno di fare domande. Appena entrato se lo vide davanti, lui, come il resto della squadra, con addosso il cappotto da cui spuntavano le gambe nude: erano tutti in divisa, pronti a uscire per la partitella quotidiana. Il Pasta stava dando le direttive per l'allenamento: provare sino alla nausea i lanci dalle fasce laterali verso il centro dell'area, visto che Landru aveva dimostrato di essere abile anche nel gioco di testa.

Quando entrò l'Eumeo, gli rivolse il doveroso «Bentornato», che però aveva un sentore d'aceto. Quindi licenziò i giocatori, invitandoli a lavorare senza risparmio.

Una volta solo con il Pennati attaccò a parlare.

«Così sei guarito», disse.

Ma l'Eumeo non aveva nessuna intenzione di seguirlo sul terreno delle banalità.

«Così quello sarebbe diventato dei nostri», ribatté.

«Sentimi, Eumeo...»

«Hai fatto una cazzata», lo interruppe il Pennati.

Lui gli uomini li annusava, come i cani da caccia, e quello sapeva di balordo, la puzza l'aveva sentita subito.

«Va bene», acconsentì il Pasta. «Ma tu l'hai visto giocare a pallone?»

Gliene fregava un cazzo, fu la risposta dell'Eumeo: né del pallone né di come giocava quello zingaro.

«Prima o poi ti incula», sentenziò il Pennati.

«Garantisco io per lui», fece il Pasta. «E gli ho detto a chiare lettere che con me non si sgarra!»

L'Eumeo diede a vedere di non averlo nemmeno sentito.

«E la figura non la farai solo tu, ma tutta la sezione... il Partito!»

«Chi vivrà vedrà», tagliò corto l'Aurelio.

«E riderà», aggiunse il Pennati.

«Come credi», concluse il Pasta alzandosi dalla sedia e scusandosi se non poteva trattenersi oltre: doveva seguire l'allenamento, poiché alla partita mancava meno di una decina di giorni. Si avviarono verso l'uscita, l'Eumeo davanti e l'Aurelio dietro. Sulla soglia, dal profondo della gola del Pennati uscì un'imprecazione: «Porca troia!».

Stava piovendo, gli espertoni del tempo c'avevano azzeccato.

130.

Alla quarta goccia di pioggia Landru, in qualità di capitano della squadra e considerata l'assenza del Pasta, che aveva preferito una sosta prolungata al Caffè dell'Imbarcadero piuttosto che infradiciarsi, decise di sospendere l'allenamento.

«L'incontro si avvicina e nessuno si deve ammalare.»

«Giusto!» approvò Otello Personnini, calcolando che così gli restava un'ora abbondante di tempo prima di rientrare a casa senza destare sospetti nella sorella: uno spiraglio di libertà che avrebbe passato a chiacchierare e a fare progetti con la Maddalena, che ormai gli pareva convinta delle sue oneste intenzioni.

Pure il meccanico aveva le sue buone ragioni per essere contento. A causa degli allenamenti serali, infatti, non gli era ancora riuscito di rientrare alla Trattoria della Pesa e beccare la Mirandola quando, con la Zamboni già a letto, la rossa, sola soletta, rassettava la cucina prima di tornarsene a casa.

Quella, grazie alla pioggia e all'assenza del Pasta, era la sera giusta per lanciare un primo attacco: come giustificazione, evitare di mettere a repentaglio la salute dei compagni di squadra era più che sufficiente, se il Pasta avesse avuto qualcosa da ridire.

Dopo i saluti, Landru si avviò verso la Pesa. Camminava di buon passo, perché la pioggia si era fatta più insistente, e fischiettava alla prospettiva di ciò che sarebbe potuto capitare. La porta della trattoria, come da disposizioni della Zamboni, era già chiusa, ma i clienti fissi avevano una chiave. Una volta dentro, Landru, notando che la luce della cucina era ancora accesa, aumentò l'intensità del fischio: qualcosa gli diceva che quella sera la Mirandola avrebbe fatto la stessa fine dell'Augusta. Sulla soglia della cucina, si fermò e sporse solo la testa.

«Cucù!» cantilenò.

Ma non ebbe risposta, perché china sull'acquaio non c'era la Mirandola bensì la vedova Zamboni.

131.

Acqua, e vadavialcù!

Due giorni che lavorava al cimitero e non aveva fatto altro che piovere. Con la prospettiva che non avrebbe smesso almeno per tutta la settimana. Parola di Prinetto Odiago, custode titolare, espertone del tempo e sempre informato di tutto ciò che accadeva in paese. Come diavolo facesse a sapere sempre tutto, pur stando dalla mattina alla sera in mezzo ai morti – e anche di notte, tutto sommato, visto che abitava poco lontano dal cimitero –, era un mistero. In ogni caso, il primo giorno di lavoro l'Odiago aveva aspettato Landru al cancellone del cimitero e anziché salutarlo gli aveva subito domandato: «Che novità ci sono in paese?».

Poi, senza attendere risposta, gli aveva chiesto se sapeva che la sera precedente, presso la Trattoria della Lena, il fabbro ferraio Cresto Fumetti s'era esibito nel sollevamento di un secchio mezzo pieno d'acqua utilizzando il «coso» che, stante la sua professione, asseriva essere pieno di ferro.

Fu sempre il custode titolare a chiedergli se fosse al corrente della fortuna che era capitata sulla testa della Dirce Gilardoni e di sua figlia Mirandola.

«Che fortuna?» si incuriosì Landru.

«*Mors tua vita mea*», rispose Prinetto.

Era successo che la Dirce aveva ricevuto una lettera da una cugina che di nome faceva Gioconda e gestiva una locanda a Concorezzo.

«A Con...?» lo interruppe Landru.

«Un posto dalle parti di Milano», tagliò corto l'Odiago.

Nella lettera 'sta Gioconda raccontava di essere ammalata e di non potersi più sobbarcare le fatiche del suo lavoro. Essendo sola al mondo, offriva a loro due l'eredità in cambio di assistenza sino alla fine dei suoi giorni che, aveva tenuto a sottolineare, non presagiva molto lontani.

Se la Dirce aveva titubato, la Mirandola era partita in tromba. Talmente infiammata dall'idea di mollare baracca e burattini per trasferirsi altrove e cominciare una vita nuova, e da padrona, che la sera stessa, dopo averne discusso con la madre, era andata dal signor prevosto per chiedere consiglio su come vendere la casa, garantendo che una percentuale del ricavato sarebbe finita nelle casse della parrocchia. E don Ascani, un sant'uomo ma poco esperto di faccende pratiche, le aveva consigliato di rivolgersi a lui.

«A voi?» sbottò Landru.

Ma se stava sempre in mezzo ai morti, che di case ormai non avevano più bisogno!

«Errore», rispose l'Odiago.

Da quel posto, dal cimitero, ci passavano tutti. Alcuni per fermarsi per sempre. Altri ne uscivano per ritornare, di tanto in tanto, fino al momento di ricongiungersi definitivamente con gli altri. In poche parole, per stare al corrente con le novità e scambiare quattro chiacchiere era meglio di una piazza.

«In tutti questi anni di mestiere», affermò Prinetto, «ho combinato più affari io stando qui di tanti altri che pensano di essere i re dei furbi. E vedrai che riuscirò a sistemare anche questo.»

Tuttavia, aggiunse fregandosi le mani, poiché non sarebbe stato onesto dimenticare che la loro attività principale era quella di badare al decoro del cimitero, era meglio darsi da fare.

«Visto il tempo che c'è», affermò, «mi sembra inutile

stare sotto l'acqua a strappare erbacce o a scopicchiare i vialetti.»

Quindi, considerate le circostanze, aveva in serbo due altri lavoretti che rimandava da qualche tempo: dare una bella ripassata ai marmi della cappella dei preti e mettere ordine nel locale della fossa comune, che stava nell'interrato sotto il deposito degli attrezzi. Scese lui per primo, per diritto di anzianità e di grado. A Landru non restò che calarsi nella penombra odorosa di muffa del seminterrato dove, davanti al mucchio di ossa che ne occupava il centro, non poté fare a meno di ripensare alla frase, «*Mors tua vita mea*», con la quale l'Odiago l'aveva accolto poco prima.

132.

Il Redonati junior aveva una particolare abilità nello scovare tutti i metodi possibili che gli permettessero di non fare una mazza e darsi al bel tempo. A due giorni dalla partita con la Derviese, piombò inaspettato in casa dei suoi. Madre e padre stavano pranzando. Per un po' lo guardarono come se fosse caduto dalla canna fumaria.

«Cosa ci fai qui?» riuscì poi a compitare il podestà.

«Potevo forse mancare a un evento così memorabile?» rispose il giovanotto.

I presupposti perché l'incontro fosse davvero memorabile effettivamente c'erano. Innanzitutto la rivalità atavica tra i due paesi. Poi il fatto che quelli di Dervio, da qualche anno, avevano quella squadretta niente male, che partecipava al campionato provinciale e si degnava di accettare incontri amichevoli solo con formazioni di pari categoria. A ciò si dovevano aggiungere il fatto che da quattro anni le due squadre non si incontravano e le voci, che erano corse veloci, secondo le quali con l'innesto al centro dell'attacco del meccanico Landru i derviesi non avrebbero avuto vita facile.

Nonostante la pioggia continuasse a cadere, la febbre dell'attesa non si era diluita. Molti bellanesi si stavano preparando non solo a tifare ma anche ad affrontare, a suon di sganassoni e calci in culo, i sostenitori avversari. Nemmeno quelli di Dervio sottovalutarono il rischio dell'incontro: la fama del fenomenale centrattacco aveva creato un clima di fervida attesa e alzato i toni della sfida.

La riprova che la faccenda non era più di sola competenza del popolino, ma aveva assunto un carattere ufficiale, fu la telefonata che il podestà di Dervio Pericle Tremecoli fece a quello di Bellano sabato mattina, per comunicare che si rendeva necessario rinviare l'incontro: la pioggia aveva infatti trasformato il campo di calcio in un acquitrino, una palude. Giocarci a calcio era impossibile.

«Sabato prossimo allora?» propose il Redonati.

«Nemmeno», rispose il Tremecoli. Quel sabato convolava a nozze il portiere titolare della squadra, ed era impensabile che abbandonasse sposa e invitati per mettersi tra i pali.

«Quello dopo allora», dedusse il Redonati.

«Sta bene», concluse il derviese.

Erano quasi le undici della mattina quando il podestà, accompagnato dal figlio Andrea, fece il suo ingresso nella sezione del Partito, dove la squadra al completo era riunita per un'ultima sgambata, nonostante la pioggia. Il Pasta aveva poi previsto di portarli alla Trattoria del Crachen per un pranzo leggero e poi, attorno all'una, il torpedone li avrebbe condotti tutti a Dervio.

La notizia che l'impraticabilità del campo aveva fatto saltare la partita scontentò solo il Pasta, che l'avrebbe seguita al coperto. In ogni caso, visto che ormai erano lì e in famiglia avevano avvisato che non sarebbero rientrati sino a sera, quasi tutti decisero di andare comunque a pranzare al Crachen, tanto pagava il Partito. Si dissociarono solo l'Otello Personnini, che ormai non vedeva altro che la Maddalena, e il Musante, che non si sentiva più parte integrante né della squadra né del paese. Il programma fece la felicità del Redonati junior, che aveva temuto di doversi sorbire un lungo, noioso pomeriggio al caffè oppure, peggio ancora, in casa e sotto il fuoco incrociato di mamma e papà.

«Camerati, sono dei vostri», annunciò.

133.

Niente partita quindi.

Partenze invece, con e senza ritorno.

Due, per la precisione.

Amedeo Musante, che non sopportava più la solitudine domestica, aveva saltato il pranzo e s'era rintanato nella cabina degli scambi. Ritto, le mani dietro la schiena, aveva gettato uno sguardo all'intorno, sul modesto panorama che si poteva godere da lì: ormai contava i giorni che lo separavano dalla partenza per la nuova sede. Li contava davvero, sottovoce per tenersi compagnia, ma si distrasse e perse il conto quando le vide comparire sul marciapiede della stazione: due valigie in mano la Mirandola, una sola la Dirce. Ma belle piene, gonfie di roba, a giudicare dalla fatica con la quale le due donne trascinavano il loro bagaglio. Era con ogni evidenza il quadretto di una partenza senza ritorno: ne ebbe la conferma quando staccò alle due donne un biglietto per Milano, sola andata. Non le avrebbe mai più riviste, rifletté, e meditò quindi di lasciar loro il ricordo della sua galanteria di lì a poco, aiutandole a caricare le valigie quando fosse arrivato l'accelerato delle quattordici e ventotto.

Gli andò male anche quella, invece. Era destino che sotto il cielo di quel paese per lui non ci fosse fortuna. Gli andò male perché, quando mancavano pochi minuti all'arrivo del treno, giunsero, affannati e parlando ad alta voce, il giovane Redonati e il meccanico Landru.

I due erano capitati vicini all'Osteria del Crachen. Come

suo solito il Redonati aveva preso il pallino in mano, raccontando delle sue visite nei casini di Pavia e dintorni. Man mano che arrivavano le portate e il vino transitava brevemente nei bicchieri, però, i discorsi si erano frazionati: il figlio del podestà si era trovato così ad avere come unico interlocutore Landru. Interlocutore attento, interessato.

Alla fine del pranzo agli occhi del Redonati era risultata evidente una cosa: la maggior parte dei commensali, mentre fuori continuava a piovere, non aveva alcuna intenzione di alzare il culo dalla sedia e preferiva restarsene lì per contrastare l'umidità a suon di grappa.

Lui no. Gli era venuta un'idea e l'aveva comunicata al meccanico.

Perché, anziché stare lì a finire il pomeriggio con gli inevitabili canti di montagna, non se ne andavano a fare un giretto al casino di Lecco?

Comodo comodo, c'era un treno di lì a dieci minuti.

Landru aveva soppesato la proposta.

«Mi sembra un'ottima idea», aveva poi deciso.

Dopo tutte le ossa che gli erano toccate in settimana, un po' di carne era quello che gli ci voleva.

«Ossa?» aveva chiesto il Redonati. «Cosa volete dire?»

«Vi spiegherò», aveva detto Landru.

Dopodiché erano partiti, e di corsa, perché al treno mancavano ormai solo cinque minuti.

Partenza con ritorno, quindi, fu la conclusione del Musante dopo aver staccato al Redonati due biglietti per Lecco. E addio anche ai sogni di galanteria, perché nel frattempo Landru aveva attaccato bottone con la Mirandola.

Fu lui infatti a caricare sul treno le due valigie della rossa, mentre al Redonati toccò quella della Dirce.

Non appena il treno ripartì, la Mirandola abbassò il finestrino e diede uno sguardo alla stazione. Il Musante stava ancora con la paletta per aria.

«Addio», lo salutò la ragazza.

Quel gesto e quella parola per un istante diedero modo a Landru di pensare che il suo barcamenarsi, come faceva ormai da quasi due mesi, non poteva durare in eterno. Prima o poi anche a lui sarebbe toccato il destino della Mirandola e di sua madre, andare via. Meglio prima che poi, forse. Prima di capitare in qualche guaio serio.

Ma dove andare?

In Argentina, pensò, e sorrise. Sapeva manco dov'era.

Poteva essere un'ipotesi, però: tanti c'erano andati e avevano pure fatto fortuna. Ma doveva mettere da parte ancora qualche soldino e non era certo lavorando al cimitero che ce l'avrebbe fatta.

Invece...

134.

Ossa.

Ossa senza nome, senza proprietario.

Pezzi di scheletri che un tempo avevano tenuto in piedi uomini e donne, impegnati a fare questo e quell'altro al fine di campare la vita.

E che adesso, invece, se ne stavano lì, improduttive.

«E no!» s'era detto Andrea Redonati.

Ci aveva pensato tutto il sabato sera, dopo il pomeriggio trascorso a Lecco e aveva compreso cosa intendeva il suo compagno di marchette quando aveva parlato di ossa. L'idea gli era balenata subito in testa, l'aveva soppesata per bene e infine, dopo essersi convinto che era un'ottima trovata, domenica mattina era andato alla Trattoria della Pesa per sottoporre l'affare a Landru.

«Poi si fa a metà del ricavato», aveva detto.

Il meccanico non aveva accettato.

«Io qui sono precario come una foglia su un albero d'autunno», aveva risposto ricordando una frase letta su un calendarietto di barberia.

Meglio pochi – «Duecento lire?» aveva sparato il meccanico. «Duecento lire», aveva accettato il Redonati. Ma subito.

Subito non poteva, aveva chiarito il Redonati: doveva scucirle a suo padre inventandosi la scusa giusta.

Andava bene se gliele avesse portate quella sera, con una valigia dove mettere la roba?

Benone, aveva risposto il meccanico.

Allora affare fatto, aveva concluso il Redonati.

«E ricordati», aveva detto prima di andarsene, «soprattutto crani e vertebre.»

135.

Sul «Gagliardetto» di mercoledì 5 marzo comparve una notizia che attirò l'attenzione di Dianira Noncenè, pur essendo stata inserita nelle pagine della cronaca nazionale.

La Noncenè, che di cognome in realtà faceva Vitali ma era ormai conosciuta così poiché pretendeva che i suoi clienti si presentassero ogni mattina con il denaro contato, visto che non aveva mai spiccioli per il resto, gestiva da tempo immemore l'edicola che stava quasi al centro di piazza Grossi. Prima di aprire spulciava i giornali, e «Il Gagliardetto» prima degli altri, soffermandosi sulle pagine della cronaca locale.

Quella mattina però il titolo – *Macabro commercio* – smosse la sua curiosità.

«Ostia!» commentò tra sé dopo aver letto la colonnina. E dopo essersi accesa un mezzo toscano, ripiegò per bene il giornale, titolo e prime tre righe dell'articolo in bella evidenza, e con una molletta lo fissò a un'anta dell'edicola affinché tutti lo potessero vedere: che un bellanese fosse assurto agli onori della cronaca nazionale non era cosa di tutti i giorni.

Alle nove del mattino, quando Otello Personnini in qualità di messo venne inviato dal podestà Redonati a sequestrare le copie del «Gagliardetto», non ne trovò nemmeno una.

«E cosa gli dico adesso?» chiese alla Noncenè.

«Che el so fioeu l'è un àsen!» rispose l'edicolante tirando dal toscano.

Perché ormai tutto il paese sapeva, o avrebbe saputo nel giro di qualche ora, che l'A.R. citato dall'articolista, bellanese e iscritto alla facoltà di medicina di Pavia, non poteva essere che lui.

Era stato fermato in quella stessa città dalla polizia ferroviaria mentre usciva dalla stazione, perché la valigia che portava in mano si era sfasciata all'improvviso, seminando per terra un certo numero di ossa umane, tra le quali, oltre che vertebre, femori e mandibole, si erano contati cinque teschi. Il giovane, sospettato di fare commercio delle dette ossa, era stato arrestato e consegnato ai Regi Carabinieri per gli opportuni accertamenti.

Era mezzogiorno quando, dopo un paio d'ore di riflessione solitaria, il Redonati mandò a chiamare l'Aurelio Pasta. Non ci fu bisogno di chiarire il motivo della convocazione. Il podestà entrò subito in argomento.

«In caso di processo», disse, «sosterremo la tesi che mio figlio ha erroneamente preso la valigia di un altro.»

«Come probabilmente è accaduto», commentò il Pasta.

Il Redonati gli allungò uno sguardo pietoso e non tenne in conto delle parole del segretario.

«Questa è la tesi che, da oggi stesso, deve cominciare a circolare anche qui in paese», continuò.

«Sarà fatto», acconsentì il Pasta.

«Tuttavia...» aggiunse il Redonati.

Quello che si chiedeva...

E tacque.

Il Pasta attese, pure lui in religioso silenzio.

«Quello che ancora mi chiedo...» riprese il podestà per interrompersi subito dopo.

Era una tortura, quel parlare a mezze frasi?

«Sì...» fece l'Aurelio con un soffio di voce.

«Avete detto qualcosa?» chiese il Redonati.

«No!» rispose.

Quello che si chiedeva... era... era come...

«Non so se mi spiego.»

La fronte del Pasta era ormai coperta da un sudorino fuori stagione.

«...come mio figlio abbia potuto uscire di casa senza alcun bagaglio e invece scendere alla stazione di Pavia con una valigia in mano.»

Il Pasta trasse un profondo respiro: logico, la spiegazione l'aveva data lo stesso podestà poco prima.

«Ma perché ha erroneamente afferrato la valigia di un altro passeggero», disse.

«Certo», sorrise il podestà. «Al posto della sua.»

«Appunto», confermò il segretario.

«Quella che non aveva al momento di partire», concluse il podestà.

L'Aurelio corrugò la fronte.

«Qualcosa non quadra, vero?» buttò lì il Redonati.

Il Pasta si strinse nelle spalle: qualcosa non quadrava.

Non quadrava proprio.

136.

Ossa.

Cimitero.

Landru.

Questo si ripeteva il Pasta uscendo dal palazzo comunale.

Cristo, più semplice di così! Era come fare uno più uno.

A seguire la logica, era roba da rimettere insieme la squadra e dargli tante di quelle legnate da fargli rimpiangere di essere nato. Nessuno si poteva permettere di prenderlo per il culo, tradire la sua fiducia, men che meno uno straccione di meccanico cui tra l'alto stava pagando, con la cassa di sezione, vitto e alloggio. Secondo logica quindi avrebbe dovuto agire immediatamente: con che risultato? Privare la squadra di calcio di un elemento fondamentale, l'unico in grado di cambiare le sorti di una partita che altrimenti erano segnate in partenza.

Se non ci fosse stato quel tempo di merda che aveva causato il rinvio dell'incontro, se non ci fossero state le nozze del portiere avversario che l'avevano ulteriormente fatto slittare, se la partita si fosse giocata nel giorno stabilito, adesso lui sarebbe stato libero di agire come gli imponevano i suoi doveri di segretario di sezione.

Sulla strada verso casa, a un certo punto il Pasta deviò verso il lungolago. A metà si fermò a guardare l'acqua del lago, calma.

Appunto, bisognava ragionare con calma e con la stessa calma tenere la situazione saldamente nelle mani. Per fare i conti con il meccanico, ci sarebbe stato tempo. Guai a insospettirlo adesso: prima la partita, in fondo mancavano ormai pochi giorni.

Riprese la strada verso casa più tranquillo, quasi sereno: perché a ben guardare, la logica era materia malleabile, bastava saperla manipolare. Avvertì anche un crampo allo stomaco, segno di sano appetito. Che scomparve repentinamente quando, davanti al portone di casa, notò l'Eumeo in evidente posizione di attesa e con tanto di giornale in mano.

Nessuno dei due salutò.

Fu il Pennati ad aprire la bocca per primo: «Ossa, cimitero, Landru», lo accolse agitando il giornale. «Ti dice niente?»

«No», rispose il Pasta. «A te?»

«Quello ti incula», rispose l'Eumeo.

«Vuoi scommettere?» chiese l'Aurelio.

«Ti sta già inculando.»

137.

La Personnini ormai non aveva in testa che l'Argentina. La vedeva dappertutto, nelle vaghe forme delle nuvole o in quelle, meno vaghe, di una bistecca o di una frittata.

Da quando Landru aveva cominciato a lavorare al cimitero, aveva preso l'abitudine di salirvi pressoché quotidianamente: partiva subito dopo aver mangiato, lasciando all'Otello il compito di sparecchiare, per approfittare di quella mezz'ora di tempo libero che le restava prima di tornare in ufficio. In quel breve lasso di tempo i due potevano parlare liberamente, senza testimoni visto che anche l'Odiago pranzava a casa sua e non mancava mai di schiacciare un sonnellino di almeno un'ora prima di farsi rivedere. Dopo il primo prelievo, l'Emilia ne aveva effettuati altri due, consegnando il denaro al suo bel gaucho.

«Ci stiamo pian piano avvicinando alla meta», aveva detto Landru dopo la terza consegna, «ma siamo ancora lontani.»

L'Emilia aveva sospirato: «Se si potesse sapere quanto serve in totale...».

Il meccanico aveva sospirato a sua volta: «Quanti più sono, tanto meglio è. O vi piace l'idea di viaggiare in terza classe?».

La Personnini non aveva la minima idea di cosa volesse dire viaggiare in terza classe. Sapeva invece con certezza che di quei prelievi dal conto comune con il fratello era meglio non farne più. Per raggiungere l'agognata meta serviva un'altra soluzione...

E a dire la verità lei ce l'aveva: «Un'idea ce l'avrei», disse.

Era il primo pomeriggio di sabato 8 marzo, una giornata che avrebbe meritato di essere immortalata in una cartolina per fare la pubblicità alla bellezza del lago. L'ideale, tra l'altro, per una partita di calcio, se non ci fossero state di mezzo le nozze del portiere derviese.

«Sarebbe a dire?» chiese Landru.

«È un po' rischioso», confessò l'Emilia.

«Chi non risica non rosica», ribatté Landru.

«Si tratterebbe di questo», cominciò l'Emilia.

E solo quando ebbe terminato di spiegare comprese che ormai il dado era tratto.

Una volta a casa, davanti al fornello per preparare la cena e ripensando a ciò che lei e il bel gaucho s'erano detti, si sentì legata a doppio filo: a lui e al suo destino. E comprese ancora più profondamente di essere nata per andarsene con lui quando nel semolino che stava preparando le sembrò di veder comparire la sagoma dell'agognata Argentina: era proprio lei, lunga e stretta, con quella specie di gobba a nord. Guardandola, mentre il semolino bruciava, il cuore le si riempì di pace e di letizia, tanto che non diede in smanie quando, quella stessa sera, Otello le comunicò che aveva intenzione di fidanzarsi con Maddalena d'Elia e sposarla entro l'anno.

Anzi, persa nel suo sogno d'amore, diede al fratello una sorta di ieratica benedizione e lo pregò di farle conoscere quanto prima la fortunata che l'avrebbe sposato poiché, ma non lo disse, era assolutamente convinta che da quel giorno in avanti non ci sarebbero state molte occasioni per approfondire l'amicizia.

138.

Lunedì mattina gli espertoni del tempo comunicarono che il bello avrebbe tenuto tutta la settimana. Ottima notizia per la popolazione in generale, molto apprezzata da pescatori, cacciatori di anatre, agricoltori. E soprattutto da Aurelio Pasta, che in vista della partita ormai prossima aveva intensificato gli allenamenti.

Gli bastava guardarla: quella squadra dava i brividi. Era lontana le mille miglia da quella che s'era fatta trombare dall'Azione Cattolica. Nel giro di un mese aveva fatto progressi stellari, acquisendo una proprietà di palleggio e una precisione di passaggi che la rendevano degna di partecipare al campionato provinciale. E il merito era sicuramente da attribuire a Landru che, pur puzzando di balordaggine come asseriva il Pennati, quando scendeva in campo era come se si accendesse una lampadina in una stanza sino ad allora immersa nel buio.

Il Pasta era talmente orgoglioso della sua squadra che per tutta la settimana, nelle chiacchiere al caffè o in osteria, non mancò di invitare tutti coloro che incontrava a vincere l'ozio del dopocena per andare a vedere quanto fossero bravi gli undici che si allenavano al campo dei giardini di Puncia. Il suo appello non cadde nel vuoto, anzi. Giovedì sera una cinquantina di bellanesi assistettero all'allenamento, applaudendo, fischiando e incitando. Venerdì sera il numero quadruplicò. Per dare soddisfazione al folto pubblico, il Pasta decise di far giocare

una partitella, sei contro sei, ammonendo i giocatori di evitare gli scontri duri.
«Non voglio infortunati per domani», disse.
Finì due a zero per la formazione dove giocava Landru. Dall'altra parte però il Musante parò l'imparabile, inchinandosi solo a due colpi di testa del meccanico che tolsero le ragnatele agli angoli della porta.
Alla fine non solo il Pasta ma anche i presenti erano convinti che l'indomani quelli di Dervio avrebbero avuto pane, e bello secco, per i loro denti. E probabilmente sarebbe stato così se, nella notte di venerdì, non fosse morto Gaspare Cervelletti.
Alla notizia, che gli venne annunciata verso le sette della mattina di sabato, il Pasta reagì in malo modo.
«Porca troia», mormorò, «non poteva aspettare un giorno ancora?»

139.

Partita rinviata, e per la terza volta. D'altronde il protocollo non ammetteva deroghe. Il Cervelletti, settantaduenne, era stato, insieme con altri dieci, fondatore della sezione bellanese del Partito, anche se si era ritirato nel 1925 per motivi di salute. Non era possibile fingere che fosse un morto qualunque. Anzi, bisognava applicare il protocollo alla lettera: picchetto d'onore con veglia notturna da parte dei camerati della sezione e osservanza di lutto stretto, sin dopo il funerale, con sospensione di ogni manifestazione ludica.

Alla notizia, il derviese podestà Tremecoli si permise, con tutto il rispetto per il defunto, una battuta di spirito.

«Se n'è andato prima di vedervi perdere», sghignazzò.

Il Redonati sorvolò, anche perché aveva ben altri pensieri per la testa.

«Sabato prossimo», rispose.

Con qualunque tempo, dovesse anche nevicare.

140.

Il Cervelletti, che in aprile era nato, esattamente il 30, in quella data, qualunque fosse stata l'epoca della sua morte, aveva stabilito che fosse aperto il testamento. Alla sua apertura, in una lettera lasciata al notaio Anfuso, il defunto chiedeva che fossero presenti tutte le autorità del paese, dal podestà al prevosto, e pure il segretario di sezione con tutti gli uomini che riteneva opportuni. Volontà sua, che venne comunicata dallo stesso notaio lunedì mattina, prima che partisse il funerale.

Fu una cerimonia epocale, grazie alle puntuali direttive emanate dallo stesso Pasta. Il fotografo Berleffi ne dovette immortalare ogni passaggio al fine di costituire un album da omaggiare alla vedova. Il Corpo Musicale Bellanese venne cooptato per suonare *Giovinezza* al ritmo di marcia funebre. Il maestro Fiorentino Crispini dovette stendere un'elegia del defunto che l'Aurelio lesse con qualche incertezza presso il cimitero, prima che la bara fosse inumata.

A chi, mentre la gente sfollava, gli fece notare che forse il discorso era stato un po' troppo lungo, quasi mezz'ora!, il Pasta rispose secco: «Così si rende omaggio agli uomini che hanno dato lustro al Partito!».

Approfittando della confusione, la Personnini si nascose all'interno della cappella dei preti. Da lì seguì con tutto comodo il lavoro di Landru che, di malavoglia e lasciato solo dall'Odiago, copriva la fossa del Cervelletti. Una volta terminato il lavoro, gli andò vicino e lo chiamò.

Il meccanico, convinto di essere solo, sobbalzò. L'Emilia, dentro il crepuscolo che avanzava, aveva l'aspetto di un'anima vagabonda fuggita da sottoterra.

«Scusate», disse l'Emilia, «ma non potevo fare altrimenti.»

Aveva qualcosa di molto importante da dirgli e da dargli. Landru ascoltò attentamente poi intascò la busta che gli tese la Personnini.

«A proposito», disse mentre la donna stava per andarsene, «non potremmo cominciare a darci del tu?»

L'Emilia soppesò la risposta: «Quando saremo in Argentina».

Allora si sarebbero dati del tu, e tutto il resto.

141.

I giorni che seguirono furono caratterizzati da un perdurante bel tempo e dall'attesa, in apparenza tranquilla, del grande evento sportivo del sabato: la tensione di tutti, giocatori e tifosi, era ormai al massimo, più di così non poteva aumentare.

Pochi si sottrassero alla frenesia calcistica: tra loro il podestà Redonati, che aveva già fatto un paio di viaggi a Pavia per rendersi conto della situazione del figlio, e il dottor Alfonso Lieti, cui dello sport non era mai importato niente, ritenendolo solo l'utile mezzo usato da tutti i poteri per deviare l'attenzione del popolo dai veri problemi. Così, come suo solito, anche il sabato della partita, verso le dieci del mattino, si recò presso l'infermeria del cotonificio, intenzionato a visitare alcuni operai.

Era un'attività che aveva concordato da poco più di un anno con l'ingegner Galimbelli, così come quella della distribuzione di buoni per l'integrazione del vitto. Assolutamente gratuita, la visita aveva lo scopo di tenere d'occhio soprattutto quei soggetti che, venendo da fuori paese o dalle frazioni, avevano più di una difficoltà a farsi visitare dai propri medici, oppure rimandavano per le ragioni più varie, finendo poi per ammalarsi davvero.

Il sabato era la giornata ideale per il dottor Lieti che, non avendo altro da fare, si dedicava ben volentieri a quel compito.

L'ultimo soggetto che visitò quella mattina si chiamava Niccolò Cavalli, aveva trentadue anni, era addetto alla filatura ed era stato riformato alla leva del 1916 per un focolaio di tubercolosi polmonare. Un mese prima, sulla sua cartella clinica, il Lieti aveva scritto: «Febbre serotina non superiore ai 37,5 gradi, respiro discretamente affannoso su entrambi i campi polmonari, assenza di striature ematiche nell'espettorato. Necessita di controlli mensili e integrazione del vitto».

Mentre l'infermiera che lo assisteva andò a chiamare il Cavalli, il dottore si affacciò alla finestra del locale che dava sulla Pioverna, si accese una sigaretta, tossì e guardando le acque limpide che scorrevano lì sotto pensò con allegria che a breve avrebbe potuto ricominciare a pescare le trote.

L'ingresso del Cavalli lo distolse dai suoi pensieri. Dapprima il Lieti interrogò l'operaio: la febbre serale, rispose, gli sembrava lievemente aumentata, e anche la tosse s'era fatta più intensa. Alla visita, il Lieti constatò che la sua condizione era leggermente peggiorata.

«Vi ci vorrebbe qualche mese di sanatorio», disse alla fine.

«E la mia famiglia come campa?» chiese il Cavalli.

Il Lieti sospirò: s'era aspettato l'obiezione dell'uomo, purtroppo non era l'unico in quelle condizioni.

Quindi, rivolto all'infermiera, ordinò di riportare in cartella che l'operaio Cavalli necessitava di un'ulteriore integrazione del vitto.

«Zuccheri e proteine in particolare», specificò.

Quando sentì quelle parole, il Cavalli diede segno di voler dire qualcosa.

«Se posso...»

«Ditemi», lo invitò il Lieti.

Ecco... a proposito dei buoni che integravano il vitto...

«Sì?»

Be', insomma, da un paio di settimane lui non li riceveva più.

«Come?»

«Dottore, è così.»
«Ne siete certo?»
«Io e anche altri», aggiunse l'operaio.
Lo sguardo del dottore si posò sull'infermiera, che si strinse nelle spalle per significare che lei niente sapeva e nemmeno c'entrava con quella faccenda: la distribuzione dei buoni non era affar suo.

142.

Della Personnini, piuttosto. Affidabile e discreta.

Quando era entrato in vigore il sistema dei buoni, sia il Galimbelli sia il Lieti avevano convenuto che l'Emilia fosse la persona adatta per quel compito. In fin dei conti, quel sostegno alimentare era segno di malattia o di disgrazia, quindi la sua distribuzione meritava discrezione: non si poteva certo girare per i reparti a consegnare i buoni e men che meno affidarli ai responsabili dei vari settori del cotonificio, per i quali quell'incombenza non retribuita sarebbe stata solo un fastidio.

Una consegna privata invece, fatta *ad personam.* Bastava far chiamare, con una scusa qualunque, l'operaio o l'operaia tal dei tali, farlo andare nell'ufficio della Personnini e il gioco era fatto.

Dal giorno in cui era stato varato quel sistema, l'ingranaggio non s'era mai inceppato.

Adesso, invece, cosa diavolo era successo?, si chiese il dottor Lieti.

Senza badare alla presenza del Cavalli, ancora steso sul lettino, si tolse il camice bianco e si accese una sigaretta.

«Io vado», disse senza aggiungere altro.

D'accordo, era sabato, il Galimbelli si stava probabilmente godendo la giornata libera leggendo un libro oppure occupandosi dei fatti suoi. Ma quella storia era troppo importante, non poteva aspettare, bisognava capire, subito.

143.

L'ingegner Galimbelli non stava leggendo un libro e nemmeno faceva altro. Dormiva. La sera precedente, fatto qualche colpo di tosse e lamentando di sentirsi addosso un po' di freddo come se avesse qualche linea di febbre, aveva detto alla moglie che preferiva coricarsi presto. Così aveva fatto. Di infilarsi il termometro sotto l'ascella, per verificare se davvero ci fosse temperatura, neanche a parlarne.

«Così come è arrivata passerà», aveva detto augurando la buonanotte.

La mattina, trovandosi al capezzale moglie e dottore nel semibuio della camera da letto, aveva sgranato gli occhi e poi sbottato: «Non era proprio il caso!».

Non era proprio il caso di andare a scomodare il dottore per quattro colpi di tosse e una presunta febbriciattola che tra l'altro adesso non sentiva più.

«Si vede che avevo bisogno di fare una bella dormita», disse.

«E mi scuso se vi abbiamo fatto perdere del tempo», aggiunse rivolto al Lieti.

Ben sapendo che il sabato mattina lo dedicava alla salute degli operai del cotonificio. Sino a quel momento nessuno dei due visitatori aveva parlato. Una volta che il Galimbelli tacque, fu il dottor Lieti ad aprire la bocca.

«Appunto per quello sono qui.»

«Qualcosa non va?» chiese l'ingegnere.

«Esattamente.»

«Sarebbe a dire?»
«I buoni del vitto», specificò il medico.
«Non capisco», borbottò il Galimbelli.
«Adesso vi spiego», disse il Lieti sedendosi sul letto.

144.

«Se la direzione ha sospeso la concessione dei buoni ad alcuni operai, gradirei conoscerne i motivi», si stava informando il dottor Lieti.

Il Galimbelli non gli lasciò finire la frase: «La direzione, nella mia persona, non ha sospeso un bel niente a nessuno!».

«I casi sono due, allora», propose il dottore. «O il Cavalli mi ha raccontato delle balle, oppure nell'ingranaggio qualcosa non funziona più come prima.»

Il Galimbelli rifletté: «Si fa presto a controllare», disse.

«Prima facciamo meglio è.»

«D'accordo», rispose il Galimbelli.

Solo che quella dei buoni era faccenda che lui aveva pressoché completamente delegato alla sua segretaria.

«Vedete, dottore, io mi limito a mettere un paio di firme: una sul buono che viene rilasciato e una su un registro. Quella sul buono è una garanzia per il commerciante che lo riceve e che sa quindi che verrà rimborsato per la cifra indicata. Quella sul registro serve a una specie di nostra contabilità interna, per sapere a chi abbiamo rilasciato i buoni, e quanti. Per maggior sicurezza, infine, il ricevente deve apporre anche la sua firma sul buono e ciò avviene nel momento in cui lo... diciamo che lo spende in questo o quel negozio.»

«Un sistema a prova di bomba, parrebbe», commentò il dottor Lieti. «E quindi ci basta dare un'occhiata a quel registro per capire se il Cavalli li ha ricevuti o meno.»

«Certo, è il primo passo da fare.»

Il Galimbelli nel frattempo s'era alzato dal letto e s'era lentamente rivestito, sotto gli occhi del dottore.

«Possiamo farlo questa mattina?»

«Adesso?» chiese l'ingegnere.

«Perché no?»

Il Galimbelli sospirò: «Non è che non voglia darvi una mano a capire», spiegò. «Anzi, interessa anche a me.»

Il fatto era che lui non sapeva dove mettere le mani, non aveva la minima idea di dove la Personnini custodisse quel registro. Di certo in uno dei cassetti della sua scrivania che chiudeva rigorosamente tutte le sere con chiavi che teneva sempre con sé.

«Basterà farla venire in ufficio», consigliò il dottor Lieti.

«Certo», ammise il Galimbelli.

Ma se non fosse stata a casa? In fin dei conti era sabato, gli amministrativi non lavoravano e la Personnini, approfittando della giornata, avrebbe potuto scegliere di fare una gita o andare a trovare qualche parente...

«In questo caso non ci resterebbe che rimandare a lunedì. Però un tentativo lo farei», disse, cocciuto, il dottore.

«Va bene», accettò l'ingegnere.

Sulla strada alla volta del cotonificio i due rimasero zitti. Il Lieti era impaziente di venire a capo di quella faccenda nel più breve tempo possibile; il Galimbelli invece, man mano che si avvicinava allo stabilimento, cominciava a sentire puzza di bruciato.

Al custode chiese di andare a casa della Personnini e, nel caso fosse stata presente, chiederle di raggiungerlo immediatamente nell'ufficio di direzione.

«E se non c'è?» chiese quello.

«Tornate qui e me lo riferite.»

Ma la Personnini c'era.

145.

C'era. Stava facendo i mestieri di casa. Il custode la sorprese con la scopa in mano. Quando le comunicò che il signor direttore desiderava vederla subito nel suo ufficio, si afferrò al manico della scopa per non cadere in terra.

«È successo qualcosa?» chiese d'impeto.

«Lo chiedete a me?» rispose il custode.

«Datemi il tempo per vestirmi», disse, visto che al momento non aveva addosso che un grembiale e ciabatte ai piedi.

«Va bene, io intanto vado», rispose il custode. Mica la doveva scortare. Quindi si avviò e già che c'era, già che per ordine del direttore in persona aveva potuto assentarsi dal suo posto di lavoro, approfittò dell'occasione per visitare un paio di osterie dove aveva fatto il conto di bersi un paio di bicchieri, impiegando non più di dieci minuti.

Dieci minuti, sì: ma di quelli da barbiere. Perché la compagnia l'è bèla, e il sabato era la giornata ideale per ritrovarsi. Dopo una bella mezz'ora e aver superato di un bel po' la quota dei due bicchieri preventivati, il custode fece ritorno alla sua postazione, temendo di trovarsi faccia a faccia con il Galimbelli che gli chiedeva conto del ritardo. Invece, poiché il Signore degli ubriachi esisteva davvero, quando sbucò in piazza della chiesa per ritornare al suo posto di lavoro vide, qualche metro davanti a sé, la signorina Personnini entrare nell'astanteria. Il custode tirò un sospiro di sollievo: era come se l'avesse attesa per poi accompagnarla.

Certo che, rifletté, mezz'ora per vestirsi! Nemmeno fosse dovuta andare a un matrimonio!

Pure l'Emilia s'era resa conto di aver impiegato un tempo eccessivo per cambiarsi d'abito. D'altra parte non aveva potuto vincere il tremore che le aveva afferrato le dita alla comunicazione del custode e aveva dovuto combattere un'ardua battaglia con i bottoni della camicetta, allacciata storta una prima e una seconda volta. E poi con quelli della gonna, e infine con quelli del cappotto. Una volta pronta per uscire, s'era piazzata davanti allo specchio e s'era guardata: cosa potesse volere da lei il Galimbelli al sabato mattina, non riusciva a immaginarlo.

Lo immaginava, invece. Ma forse non era quello. Poteva essere di tutto. Inutile fasciarsi la testa prima di averla rotta. E soprattutto doveva dare di sé l'immagine consueta, quella dell'impiegata affidabile e discreta. Un bel sorso di cordiale forse l'avrebbe aiutata a ritrovare la calma. L'aveva bevuto, direttamente a canna.

Una volta entrata nell'ufficio del direttore, però, vedendo che seduto davanti alla scrivania c'era il dottor Lieti, comprese che si trattava proprio di quello. Se ne avesse avuto bisogno, glielo confermò il Galimbelli quando, con il solito tono gentile, le chiese di portargli il registro dei buoni.

146.

«Qui pare tutto in regola», commentò il direttore dopo aver scrutato il registro e averlo mostrato anche al dottore.

«La firma mia», disse indicandola.

E a lato quella dell'operaio cui i buoni erano stati consegnati: Niccolò Cavalli.

«Vedo», fece il dottore.

Ma il tono della voce non era convincente.

«Non siete soddisfatto?» chiese il Galimbelli.

«Sì...» rispose il Lieti.

Però non si faceva convinto di due cose. Una la manifestò subito.

«Non capisco perché quell'operaio ha dovuto raccontarmi una bugia», disse.

«Avrà avuto i suoi buoni, o cattivi motivi», osservò il Galimbelli.

«Certo», rispose il dottor Lieti, «e non mancherò di chiederglieli quando avrò la certezza che mi ha mentito.»

«Quindi non siete ancora convinto», disse il Galimbelli.

«In tutta sincerità, no.»

Il Galimbelli chiuse il registro e lo tese alla Personnini, che sino a quel momento era rimasta impalata accanto alla scrivania, attendendo con ansia il momento di essere congedata. Il gesto del Galimbelli sembrava quello di chi mette una pietra sopra una questione. E che il dottor Lieti se ne andasse a pescare trote insieme con i suoi dubbi.

Invece, purtroppo, no.

«Sentite dottore», disse l'ingegnere, «per chiarire del tutto questa faccenda c'è un solo modo.»

«Sarebbe?»

Il Galimbelli glielo disse.

«Vogliamo andare, allora?» chiese poi.

«Sono pronto», rispose il dottore.

I due si alzarono dalla sedia. L'Emilia approfittò per chiedere se poteva richiudere il registro nella scrivania e tornare a casa.

Fu il dottor Lieti a rispondere: «Datelo a me, il registro», disse sotto lo sguardo interrogativo del Galimbelli.

Questione di dieci minuti, proseguì il dottore, e glielo avrebbe restituito.

«Vi spiace aspettarci ancora per un poco?» le chiese il Galimbelli.

La Personnini rispose con un cenno del capo. Voce in gola non ne aveva più, e le sembrava che anche il sangue si stesse allontanando dalle vene.

147.

Il macellaio Sebastiano Airoldi comprese al volo che non erano entrati nel suo negozio per fare acquisti: non ci voleva una grande intelligenza, visto che per le necessità di casa provvedevano la moglie dell'ingegnere e per il dottor Lieti, poiché era scapolo, la serva. Si asciugò le mani sulla marsina macchiata di sangue e diede un'occhiata alla moglie: che stesse zitta e lasciasse fare a lui.

«In cosa posso essere utile?» chiese rivolto alla strana coppia.

«Vorremmo scambiare due parole», rispose il dottor Lieti.

«Dite», fece l'Airoldi.

«Magari non qui», si intromise il Galimbelli, notando che con la sola presenza sua e del dottore aveva attirato la curiosità dei clienti presenti nella macelleria.

L'Airoldi scoccò un secondo sguardo alla moglie. Voleva dire: continua a stare zitta e occupati tu dei clienti.

«Possiamo andare nel retro», propose.

«Andrà benissimo», approvò il Lieti mentre il macellaio faceva strada.

Il retrobottega offerto dall'Airoldi altro non era che un buco senza finestre e arredato con un tavolaccio e due sole sedie, che il macellaio offrì immediatamente agli ospiti. Lui, disse, preferiva stare in piedi, c'era abituato.

«Va bene», esordì il Galimbelli, «tanto non vi faremo perdere troppo tempo.»

Il motivo della visita era semplice: poteva dir loro se nel corso delle ultime due settimane aveva ricevuto buoni per l'integrazione del vitto intestati al cotonificio per mano di certo Niccolò Cavalli?

L'Airoldi sospirò.

«I buoni, eh?»

«I buoni, sì. Cosa c'è di strano?» chiese il Galimbelli.

«Lo sapevo che prima o poi sarebbe successo.»

«Successo cosa?» intervenne il dottor Lieti.

Quello che era successo, bofonchiò il macellaio. Cioè che si sarebbe risaputo del commercio che tra gli operai si faceva con i buoni. Vendendoseli o scambiandoseli l'un l'altro, oppure...

«Oppure chiedendo a noi negozianti il controvalore in denaro della merce stabilita dallo stesso buono!»

L'Airoldi non sapeva dove mettere le mani e le appoggiò al bordo del tavolaccio, assumendo la posizione che teneva quando stava al banco di marmo della macelleria e guardava i clienti dall'alto in basso.

«So bene», riprese, «che non è propriamente corretto. Ci tengo a dire però che a noi negozianti non viene in tasca una lira in più del dovuto. E secondariamente, quei soldi che noi diamo invece di un mezzo chilo di carne o altra roba, vanno comunque a finire in bene... comprare un paio di pantaloni, pagare un debito o saldare il conto dal farmacista.»

Finito di parlare, l'Airoldi staccò le mani dal tavolo e incrociò le braccia in attesa della sentenza. Toccò al Galimbelli rompere il silenzio.

«Di ciò che avete detto, discuteremo magari più avanti. Però vorremmo sapere, e ve lo ripeto, se nel corso delle ultime settimane avete ricevuto buoni dall'operaio Niccolò Cavalli.»

Il macellaio fiutò odor di tranello. Ma non era mica nato ieri.

«A firma sua, sì», rispose.

«Quindi...» fece per dire il Galimbelli quando il dottor Lieti si intromise.

«Immagino che li conserviate.»

Se li conservava?, ribatté l'Airoldi. Ma certo! Erano soldi. Soldi che la direzione del cotonificio avrebbe pagato alla consegna.

«Vi chiederei di mostrarmeli, allora», insisté il dottore.

Il macellaio non fece altro che infilarsi una manona sotto la marsina ed estrarre un portafoglio a fisarmonica dentro il quale frugò per un po'.

«Eccoli», disse infine.

Il dottor Lieti li prese. Poi, dopo averlo posato sul tavolo, aprì il registro che sino ad allora aveva tenuto sottobraccio.

«Vediamo un po'», mormorò.

Gli ci vollero un paio di minuti, dopodiché sollevò il viso sull'Airoldi.

«Lo conoscete bene questo Cavalli?» chiese.

«Come no», rispose il macellaio.

«Ed è la stessa persona che vi ha portato questi buoni?»

L'Airoldi si impappinò: «Come vi dicevo prima...».

Ma il dottor Lieti non voleva più perdere tempo.

«È la stessa o no?»

«No», rispose il macellaio.

«Sapreste dirmi allora chi ve li ha dati?»

«Se non ricordo male...» esitò il macellaio.

«Forzatevi un po', su, da bravo», lo stimolò il dottore.

«Ecco, credo che sia stato quel tipo, quel meccanico o quel che l'è... quello che adesso gioca nella squadra...»

«Bene così», concluse il dottore.

148.

La grafia.

Fu l'unica parola che uscì dalla bocca del dottor Lieti quando, usciti dalla macelleria, il Galimbelli gli chiese di spiegargli che cosa avesse capito.

Solo quando furono di nuovo in ufficio il Lieti scucì le labbra e ripeté quella parola: «La grafia».

Che sul registro dei buoni era di un tipo, tracciata, a suo modo di vedere, da persona che aveva una certa confidenza con la penna. E sul buono invece, com'era lì da vedere, era piuttosto grossolana e incerta. A dimostrazione del fatto che, prima di tutto, l'operaio Cavalli gli aveva detto la verità. E, secondariamente, il meccanismo di distribuzione dei buoni s'era inceppato in qualche passaggio.

«Insomma», concluse il Lieti, «se i buoni del Cavalli, e quelli di qualche altro magari, sono finiti nelle mani di quel tipo, significa che qualcuno ce li ha messi!»

Il Galimbelli, seppur sconcertato, cominciava a capire.

«In questo caso si tratterebbe di una sorta di truffa ai danni dell'azienda», disse.

«Non solo», commentò il dottore, «anche della povera gente.»

«Ma chi potrebbe aver compiuto un'azione così meschina?»

Il dottore sorrise: «Qualcuno che aveva la libertà di gestirli».

«Intendete...»

«Non ho fatto nomi», asserì il dottore.
«Ma a che scopo?» buttò lì il Galimbelli.
«Bisognerebbe chiederlo a lui. O a lei», suggerì il dottore.
L'ingegnere soppesò le ultime parole del dottor Lieti.
«Abbiamo in mano un solo elemento di certezza», disse poi. «Cioè che, stando alla dichiarazione dell'Airoldi, quell'individuo ha spacciato per suoi buoni che erano d'altri. Lui solo quindi potrebbe dirci da chi li ha ricevuti e spiegarci come. Ma a noi manca l'autorità per farlo.»
«Quindi?» chiese il dottore.
Il Galimbelli si ingobbì sulla scrivania.
«Se fosse il maresciallo Rodinò a prenderselo e portarselo in caserma per contestargli questi fatti?»
«Mi sembra un'ottima pensata», approvò il Lieti.
«Certo bisognerà convincerlo che le nostre non sono fantasie», ragionò l'ingegnere.
«Basteranno due firme così diverse per punzecchiare la fantasia di un maresciallo dei carabinieri...»
«Quindi lo faccio chiamare per chiedergli se può venire qui in ufficio?»
Il dottor Lieti scrollò le spalle: «Non state a disturbare la vostra segretaria», disse. «Chiamatelo voi, direttamente».

149.

Al comparire del maresciallo Rodinò, la Personnini avvertì una stretta allo stomaco. Era mezzogiorno ormai, ma non era fame. Piuttosto un cerchio di apprensione o paura che le stava strizzando l'intestino, un cerchio come quello che le si stava stringendo intorno.

Non avrebbe mai dovuto falsificare le firme del Cavalli, e nemmeno quelle di Cereghini Beozio, Vitali Amodeo e Denti Carlomarzio, sul registro dei buoni alimentari, sottraendoli ai legittimi destinatari per allungarli al suo gaucho, suggerendogli di fare altrettanto: firmare con il nome di quei poveri cristi e riscuotere il contante.

Ma ormai era fatta, indietro non si poteva tornare. Solo avanti, e davanti c'era l'Argentina. Nonostante la stretta allo stomaco, quando il Rodinò entrò nel suo ufficio dicendo che il direttore lo attendeva, l'Emilia fu inappuntabile: «Vi annuncio», trillò.

All'avviso il Galimbelli si affrettò a farsi sulla porta, scusandosi con il maresciallo per averlo disturbato quando ormai era ora di pranzo.

«Accomodatevi», disse lasciando il passo al carabiniere.

«E voi, signorina», rivolto all'Emilia, «andate pure. Nel caso avessimo ancora bisogno di voi, vi manderò a chiamare.»

«Grazie, direttore», rispose la Personnini.

Solo mezz'ora prima non vedeva l'ora di essere lontana le mille miglia da lì, ma in quel momento comprese che doveva restare.

Chiuse la porta dell'ufficio sbattendola con forza esagerata, ma restò lì. Quindi, per evitare il più piccolo rumore, si tolse le scarpe e si avvicinò all'ufficio del Galimbelli, incollando l'orecchio alla porta per cercare di sentire cosa stessero tramando quei tre.

150.

All'una e trenta del pomeriggio, in piazza Verdi, era previsto il raduno dei giocatori in vista dell'attesa trasferta. Niente pranzo comune, perché le casse della sezione cominciavano a piangere. Alle due la partenza del torpedone alla volta del campo di gara.

Ma sin dalle dieci della mattina, a bordo di rare macchine, ma perlopiù a piedi o in bicicletta, decine e decine di bellanesi erano partiti per raggiungere Dervio.

«Un numero difficile da calcolare», assicurò il Rodinò. Al punto che si prefigurava una situazione di emergenza per l'ordine pubblico.

«Ora...» disse il maresciallo, parlando a un volume tale che le orecchie della Personnini non ebbero difficoltà a sentirlo.

«...sappiamo che l'entusiasmo di cui la squadra è circondata deriva dall'innesto di quell'individuo la cui abilità nel tirare calci al pallone è incontestabile. Fermarlo adesso, prima della partita, privando la squadra del suo elemento di maggior spicco, potrebbe scatenare reazioni inconsulte.»

«Quindi?» chiese il Galimbelli.

«Proporrei di farlo dopo», rispose il maresciallo.

Lasciargli giocare la partita.

«E beccarlo poi.»

Stando, loro carabinieri, nascosti dietro il torpedone.

La Personnini, captato il piano del maresciallo, comprese che era ora di ubbidire all'invito del direttore: andarsene, filare verso casa. Camminando a piedi scalzi come se scivolasse, uscì dal cotonificio e fece vela su piazza Verdi, dove il torpedone attendeva i giocatori. Appena vide Landru non ebbe esitazioni, il tempo ormai stringeva. Lo richiamò con un cenno del capo.

«Dobbiamo fuggire!» disse d'impeto.

In terza o quarta classe, non aveva la minima importanza.

Ma fuggire, perché il loro gioco era stato scoperto e i carabinieri erano sulle loro tracce.

«Qui non è più aria per noi!»

Landru si strinse nelle spalle: «Ma come faccio, con la partita di mezzo?».

La Personnini troncò i lamenti del centrattacco: «Trova il modo», gli intimò serissima. «E fatti trovare domani mattina in stazione, al treno delle cinque e dieci. Porta tutti i soldi che abbiamo. Una volta a Milano...»

Dal torpedone partì una clacsonata, era ora di andare.

Il Pasta fece l'appello aiutandosi con un megafono: ne mancava uno, il Personnini.

«Dov'è?» chiese.

«È andato su in bicicletta, con la morosa», gli rispose una voce.

Le ultime parole dell'Emilia morirono nella confusione della partenza: una volta a Milano, avrebbe voluto dire, ci sarebbero stati il viaggio, l'avventura, l'amore e infine l'Argentina.

151.

Sul torpedone che lo portava a Dervio, Landru rifletté sulle parole della Personnini. I carabinieri alle calcagna volevano dire una sola cosa: che la sua avventura in quel di Bellano era finita e bisognava, come aveva detto l'Emilia, fuggire. Ma dove andare? Per decidere poteva prendersi tutto il comodo, tanto qualche soldo l'aveva messo da parte e per un po' poteva campare. Sulla compagnia invece aveva le idee chiare: non certo l'Emilia, che aveva creduto alla balla dell'Argentina, gli si era attaccata come una mignatta e chissà che scene avrebbe fatto nel momento in cui avesse scoperto che non c'era niente di vero. Sorrise all'idea della Personnini che, l'indomani mattina, l'avrebbe aspettato al treno delle cinque e dieci. Ci sarebbe andato, come no. Poi, una volta a Milano, avrebbe avuto gioco facile nel dirle che... ecco, che gli scappava una pisciata e piantarla lì ad aspettare mentre lui menava le tolle.

Il problema vero era come fuggire. Una volta giunti presso il campo sportivo derviese, a Landru venne il dubbio che non ce l'avrebbe mai fatta. Come eclissarsi in mezzo a tutta quella gente che lo teneva d'occhio? Almeno metà degli spettatori era lì per applaudire le sue prodezze...

L'idea buona gli venne poco prima del calcio d'inizio. L'arbitro, un pelato, ragioniere di una ditta che produceva ombrelli, convocò i giocatori nel cerchio di centrocampo.

«Mi raccomando», disse, «siate sportivi, gioco corretto!»

Dissero tutti sì, compreso Landru. Che, al quinto minuto del primo tempo, sotto gli occhi dell'arbitro ragioniere e senza alcuna ragione, mollò una gomitata feroce sul naso di un difensore della Derviese, facendolo sanguinare abbondantemente.

«Mi ero tanto raccomandato», disse il ragioniere.

Landru si strinse nelle spalle.

«Mi dispiace per voi», proseguì l'arbitro, «ma devo espellervi.»

Accompagnato dai fischi del pubblico derviese e dalle bestemmie di quello bellanese, il meccanico raggiunse gli spogliatoi. Non aveva tempo da perdere, prima che qualcuno si accorgesse che la sua, anziché un'espulsione, era una fuga. Entrato nel locale, senza nemmeno cambiarsi infilò la finestra che dava sul retro del campo e imboccò, a passo di corsa, la statale verso Bellano. In lontananza sentiva l'eco dei fischi e delle grida che erano seguite all'espulsione, un motivo in più per non perdere il ritmo e guadagnare, dopo aver recuperato le sue cose alla Trattoria della Pesa, il nascondiglio per quella notte, in attesa dell'alba: l'unico rifugio dove regnavano pace e tranquillità, quelle di cui aveva bisogno per ancora qualche ora.

Quando ormai Landru era a metà strada, Aurelio Pasta, non vedendolo uscire dallo spogliatoio, l'andò a cercare. Tornò in panchina con un viso lungo e si risedette senza far parola.

«Allora?»

Era stato il Pennati a parlare.

L'Aurelio rispose senza guardarlo in viso.

«Non c'è.»

«Te l'ho detto che quello ti inculava», ribadì l'Eumeo.

L'Aurelio fece per ribattere, ma venne scosso dalle urla che salirono dalla folla dei derviesi per festeggiare il terzo dei quattro gol con cui finì la partita.

I carabinieri intanto, occultati dietro il torpedone, aspettavano il momento per entrare in azione.

152.

Al vederselo comparire in pantaloncini e camicia nera, la vedova Zamboni diede in escandescenze: non era decenza andare in giro nella sua pensione così combinati!

Il meccanico si fermò un istante e puntò l'indice contro la proprietaria: «Voi non mi avete visto», le disse.

«Come?» fece la Zamboni.

«Non mi avete visto», gridò Landru.

«Non vi sento», ribadì la Zamboni.

Landru le si avvicinò all'orecchio: «Appunto. Né visto né sentito», concluse prima di salire nella cameraccia di sottotetto a raccogliere la sua borsa. Ormai il tempo stringeva, la partita doveva essere finita ed era pronto a scommettere che di lì a poco il Pasta, in compagnia dei suoi, con un corteo di carabinieri e di chissà chi altro, avrebbero cominciato a battere il paese per trovarlo, partendo proprio dalla Trattoria della Pesa.

Se voleva farla franca, doveva giocare di furbizia. Quindi, anziché raggiungere il cimitero passando per il paese e attraversando la piazza della chiesa, una volta uscito dalla Pesa imboccò lo stradale che andava in Valsassina e quindi tagliò verso la chiesetta di San Rocco, un piccolo tempio votivo dedicato alla memoria dei caduti della guerra del '15-18. Appiattito contro il muro del tempietto aspettò, le orecchie tese ai rumori che avrebbero potuto giungere alle sue spalle, gli occhi invece a cogliere il momento in cui l'Odiago si sarebbe deciso a chiudere il cancellone del cimitero, visto che ormai era buio. Quando finalmente il custode titolare comparve e scomparve subito dopo aver chiuso il catenaccio, Landru scattò. Non aveva idea di che ore fossero.

153.

L'Otello Personnini sì che lo sapeva: erano passate le otto di sera e ne aveva anche un po' piene le balle.

La giornata era stata quella che era stata, piena fin dalla mattina, con la partita di mezzo: oltretutto durante l'incontro, in quanto difensore, aveva dovuto correre come un matto e s'era preso anche un sacco di calci, perché quelli di Dervio erano bravi con il pallone ma pure con gli stinchi. Alla fine s'erano beccati quattro pere e se n'erano andati via sommersi da fischi e pernacchie. Come se non bastasse, il Pasta aveva preteso che, senza sgarrare, alle nove precise si presentassero tutti in sezione perché Landru, sparito nel nulla, doveva ricomparire e dare spiegazioni. Ciliegina sulla torta, c'era in agguato sua sorella Emilia. La quale, per garantirsi una via di fuga tranquilla, aveva progettato di diluire nella minestrina del fratello un profluvio di goccine sedative, al fine di farlo piombare nel sonno e avere piena libertà d'azione.

Invece l'Otello, quando mancavano pochi minuti alle sette di sera, s'era presentato alla porta di casa con tanto di fidanzata.

«Se non ti spiace», aveva detto, «la teniamo a cena con noi, visto che le ho fatto fare tardi.»

Sulle prime l'Emilia aveva maledetto il destino, riflettendo sulla possibilità di servire a entrambi una bella minestra al sonnifero. Poi aveva cambiato idea, decidendo di giocarsela diversamente.

Erano appunto le otto passate da un po' quando l'Emilia pose a Maddalena la centesima domanda della serata.

E com'era il paesaggio della Sardegna, e cosa si ricordava, e quali giochi faceva da bambina, e quanti parenti aveva ancora, se li sentiva o si scrivevano, e come si chiamavano, e se avevano figli e che lavoro facevano...

L'Otello, escluso dalla conversazione, aveva dunque cominciato ad averne un po' piene le balle. Tanto più che ormai doveva andare. Lo disse.

L'Emilia allora, con un candore da immaginetta, mormorò: «Vai».

«Ma lei», obiettò l'Otello, «chi l'accompagna a casa?»

«Ci penso io», rispose l'Emilia. «D'altronde abbiamo ancora talmente tante cose da raccontarci che potresti trovarci di nuovo qui a ciacolare quando ritornerai!»

Era quasi mezzanotte quando l'Otello rientrò a casa, dopo aver battuto il paese con il resto della squadra a cercare il Landru, senza trovarlo, e chiedere sue notizie, senza averne. Era tutto buio, segno evidente che sua sorella ormai dormiva. Anche lui, quindi, poiché ne aveva un gran bisogno, si buttò sul letto e sprofondò nel sonno.

154.

L'Emilia dormiva davvero, nonostante avesse tentato di resistere al sonno e soprattutto alla scomoda posizione. Dopo aver trattenuto sino oltre le dieci di sera la Maddalena con le domande più varie, compresa la simulata curiosità per alcune ricette tipiche, la Personnini era uscita di casa per accompagnare la fidanzata del fratello.

Però sulla via del ritorno aveva tirato diritto verso la stazione. Mancavano ancora sei ore al treno della felicità, ma qualunque sacrificio valeva la posta in gioco: persino quello di passare la notte schiacciata in un angolo della sala d'attesa di seconda classe dove, stante il buio, il manovale Menegozzi l'aveva rinchiusa senza avvedersene, dopo il passaggio dell'ultimo treno per Sondrio.

Si era addormentata di schianto quando suonava mezzanotte e aveva sognato i confini dell'Argentina e le lunghe cavalcate che avrebbe fatto con il suo bel gaucho in quella terra lontana. Si era risvegliata attorno alle quattro e trenta del mattino, richiamata alla realtà dal rumore di chiavi con il quale il solito Menegozzi stava riaprendo la sala d'attesa. Certa di non essere vista, protetta dal buio ancora pieno, l'Emilia uscì e fece due passi lungo il viale che portava alla stazione, ripercorrendolo dopo un po' a ritroso, come una qualunque viaggiatrice diretta a prendere il treno. Mancavano dieci minuti circa all'arrivo del convoglio quando le luci del gabbiotto del capostazione si accesero. Il Musante, che a quell'ora della domenica non era abituato a vedere viaggiatori in partenza, si meravigliò quando colse un'ombra in attesa sul marciapiede. Si avvicinò e quando riconobbe in quella figura la signorina Personnini la sua meraviglia raddoppiò: «Siamo in partenza o aspettate qualcuno?» chiese.

Il treno stava entrando in stazione proprio in quel momento. Il Musante si scusò, il dovere lo chiamava. Una volta dato il segnale di partenza, tornò a guardare il marciapiede: la Personnini era ancora lì, guardava il treno sfilarle sotto gli occhi. Non osò più rivolgerle la parola ma non poté trattenersi dal chiedersi cosa diavolo ci facesse lì, a quell'ora e con quel freddo se, com'era evidente, non doveva partire e nemmeno, com'era altrettanto evidente, non aveva nessuno da accogliere.

155.

Per fortuna era domenica e l'Otello aveva un sonno di piombo. Rientrata a casa, l'Emilia non trovò di meglio da fare che mettersi a letto. Non certo per dormire. Riflettere, piuttosto, sulla situazione. Che fosse successo qualcosa che aveva mandato all'aria il piano di fuga era evidente.

Ma cosa? E il gaucho dov'era?

L'Emilia sentiva con certezza che era ancora lì, in paese, nascosto da qualche parte. Se non era riuscito a presentarsi all'appuntamento, doveva esserci un motivo grave e preciso. Non era quindi il momento di lasciarsi andare alla disperazione. Al contrario era proprio in quei frangenti che bisognava mantenere i nervi saldi e attendere con pazienza. Quanto prima Landru le avrebbe mandato un segnale: che importanza poteva avere un giorno in più o in meno, l'Argentina non scappava mica. Mantenendo fede al proposito di fingere che quella fosse una domenica come tante altre, verso le otto l'Emilia si levò dal letto per preparare il caffè. Alle otto e trenta l'Otello, sbadigliando come un leone, si presentò in cucina chiedendo che ora fosse.

«Meno male», sospirò.

«Meno male perché?» chiese l'Emilia. «È domenica, non devi andare a lavorare.»

«Peggio», disse lui.

Il Pasta li voleva ancora tutti in sezione, entro le nove. Non vedeva l'ora di mettere le mani addosso a quel farabutto, scovarlo a tutti i costi, anche se si fosse nascosto nelle fogne sotto piazza Grossi.

«Quello, chi?» tremolò la voce della Personnini.

«Quello là, quella specie di meccanico, il centrattacco», chiarì l'Otello.

Aggiunse che il Pasta non vedeva l'ora di averlo tra le mani per fargli pagare lo sgarro dell'espulsione.

E, per rendere l'idea di quanto la questione fosse fondamentale, qualche ora prima, quando a malincuore aveva deciso di sciogliere le righe della squadra, il Pasta aveva detto che lo voleva a tutti i costi, vivo o morto.

«Come *morto*?» chiese l'Emilia.

«Morto, ma così. Tanto per dire», rispose l'Otello sorbendo il suo caffè.

156.

«Morto.»

«Sicuro?»

«Maresciallo, morto che più non si può», confermò l'Odiago.

E a suo giudizio da parecchie ore, aggiunse, visto che il sangue era già bello rappreso e le membra erano rigide rigide.

«Dico», chiese il Rodinò, «non è che avete manomesso il corpo, eh?»

«Nemmeno per idea», rispose il custode titolare. Lui aveva solo spostato di un pelino la lastra di marmo della tomba del conte Libertino Adeli Corti dalla quale, poco prima, aveva visto spuntare un piede e...

«Siate gentile», lo interruppe il maresciallo, «e raccontatemi tutto dall'inizio.»

Era presto fatto, acconsentì l'Odiago.

Come tutti i lunedì, dopo il riposo domenicale, aveva ripreso servizio al cimitero e aveva aspettato sino alle otto che il suo nuovo aiutante lo raggiungesse. La cosa non era avvenuta, cosicché aveva deciso di mettersi al lavoro da solo, proponendosi però di dare a quel fannullone una bella lavata di capo affinché tenesse presente che l'orario è l'orario. Il lunedì, che era giorno di chiusura al pubblico, lo dedicava alle tombe nobili.

«Nobili?» chiese il maresciallo.

Nobili o come dir si voglia, rispose l'Odiago. Le chiamava così, lui, le tombe di quelli che sganciavano una mancia per tenerle pulite, lustre, perché a loro mancava il tempo o la voglia di tirare la pietra pomice sui marmi o buttar via i fiori quando erano marci.

Aveva cominciato dalla tomba dei Seffarelli, tutti ingegneri con un unico erede che abitava a Milano e si faceva vedere giusto il giorno dei morti. Poi aveva deciso di passare a quella dei Contestati, che già ospitava un professore d'università, due avvocati, un notaio e un bambinello morto non sapeva di che all'età di tre anni. Solo che per andare da una tomba all'altra era dovuto passare davanti a quella dei conti Corti...

«Pitocchi, eh, gli eredi!» precisò l'Odiago. Gente che non aveva mai scucito un centesimo e che aveva lasciato andare la tomba al suo destino: il marmo era camolato e traballante, le fotografie – «Tre...» – sembravano quelle di altrettanti fantasmi, muffa un po' dappertutto e mai un fiore fresco. Contenti loro, contenti tutti, comunque. Solo che passando da lì aveva visto il piede.

«Il piede?» chiese il Rodinò.

«Una scarpa», precisò l'Odiago.

Una scarpa incastrata tra la lastra di marmo e il bordo della tomba. Una scarpa che, quando aveva tentato di prenderla, aveva rivelato contenere un piede.

«E dopo il piede tutto il resto!»

«Quindi cosa avete fatto?»

Cosa poteva fare? Data l'assoluta stranezza della situazione, aveva dapprima spinto un poco più in là la lastra di marmo, che stante l'incuria non era più fissa da tempo; con il che aveva liberato il piede incastrato, determinando la caduta verso il fondo della tomba del corpo annesso, che era volato giù diritto, rigido come un fuso, a dimostrazione del fatto che stava in quella posizione già da parecchie ore. Poi, visto che lui dei morti non aveva la minima paura, s'era munito di una scaletta ed era sceso a vedere chi diavolo fosse l'individuo che s'era ammazzato nel tentativo di scendere dentro quella tomba.

Riconosciuto il suo ex aiutante, era volato in caserma per riferire.

Il Rodinò soppesò le ultime parole dell'Odiago.

«Avete usato il termine "ammazzarsi". Perché?» chiese.

Il custode titolare si strinse nelle spalle.

«Maresciallo, non dico che l'abbia fatto di sua volontà.»

Ma gli sembrava evidente che quello, per motivi suoi, imperscrutabili, avesse tentato di scendere dentro la tomba.

«A testa in giù?»

«Ci ho pensato anch'io», disse l'Odiago.

Ma non era da escludere che, prima di entrarci, avesse voluto annusare che tipo di aria si respirasse all'interno e forse, colpito da un'esalazione fetida o da vertigine, fosse scivolato all'interno, restando impigliato con il piede nell'angolo della tomba e magari andando a sbattere il capo contro lo spigolo di una delle bare ivi contenute.

«Comunque sia andata», osservò l'Odiago, «ha fatto la fine del topo.»

Il maresciallo sorvolò su quell'ultima annotazione.

«Andate pure, adesso», disse al custode. «Tornate al cimitero e fate in modo che nessuno si avvicini a quella tomba.»

«È giorno di chiusura, maresciallo.»

«Non si sa mai. Fate quello che vi ho detto e aspettatemi. Il tempo di procurarmi due testimoni per il riconoscimento del cadavere e sarò da voi.»

Toccò all'ingegner Galimbelli e all'Aurelio Pasta confermare ufficialmente al Rodinò quello che già sapeva: il morto era proprio l'ex meccanico, carbonaio *pro tempore*, centrattacco della squadra locale e aiutante – anzi, ex aiutante – del custode del cimitero.

Fu però il dottor Lieti l'autore della scoperta più interessante: mentre iniziava l'ispezione del cadavere, presso la cappella mortuaria del camposanto, scovò nella tasca interna del cappotto di Landru un discreto gruzzolo.

«Con questi», disse più tardi al maresciallo Rodinò dopo avergli consegnato il denaro, «si potrà pagare un funerale di prima.»

«Facciamo uno di terza», rispose il maresciallo.

Rapido e senza spreco di pompe. Meglio darli a don Ascani tutti quei soldi, che sicuramente avrebbe saputo impiegarli meglio, magari anche celebrando una messa alla memoria del defunto, anche se del suo passaggio in paese nessuno avrebbe avuto nostalgia. Meglio, quasi nessuno…

157.

Lunedì mattina la nostalgia stava tutta concentrata nelle occhiaie dell'Emilia Personnini. Svanito tutto: l'amore, il sogno, l'Argentina... Con in più l'obbligo di fingere noncuranza, sopportando, come aveva fatto per tutta la domenica pomeriggio, l'accurata descrizione dell'evento che Otello le aveva minutamente raccontato, chiedendosi con ostinazione che cosa fosse venuto in mente a quel Landru per andarsi a infilare in una tomba, e poi restarci secco a testa in giù.

Le occhiaie come piombo e i piedi pure, martedì mattina, sulla strada verso l'ufficio. I soliti gesti e le solite facce. Il custode le chiese se aveva saputo la novità e la informò che il funerale del suo bel gaucho si sarebbe svolto quel pomeriggio stesso senza uscire dai confini del cimitero: dalla cappella funeraria alla terra, pochi minuti e tac!, tutto finito.

Finito cosa?, sarebbe piaciuto chiedere alla Personnini. Perché sentiva, sapeva che qualche cosa avrebbe dovuto ancora accadere. Accadde attorno alle undici del mattino, quando il miracolo della sparizione delle occhiaie non si era ancora ripetuto e l'ingegner Galimbelli, anziché chiamarla con il solito trillo del telefono, si fece sulla soglia del suo ufficio e la invitò a entrare.

Per un buon minuto, dopo averla fatta sedere, si limitò a guardarla. Infine parlò.

«Sono costretto a chiedere le vostre dimissioni.»

La Personnini sollevò appena lo sguardo sul Galimbelli, che ne ebbe un'impressione strana: stante le occhiaie sembrava che avesse quattro occhi.

«Mi avete inteso?»

«Sì, direttore.»

Un mese ancora, disse lui. Un mese e poi sarebbe stato un ex. Sua moglie era già partita per sistemare la nuova casa.

«Torno a Treviso, dove sono nato e voglio andarmene senza lasciare guai alle spalle. Mi spiego, vero?»

L'Emilia non rispose.

«Di quel registro», proseguì il Galimbelli, «non esiste più traccia, è solo cenere. Chi sa, saprà anche tacere. Mi dispiace. Nonostante ciò che è successo, posso dirvi che siete un'ottima persona e vi auguro ogni bene. Una cosa non capisco: perché?»

Sul viso della Personnini fiorì un sorriso da convalescente.

Perché l'aveva fatto?

«Per amore», sospirò, e chiudendo gli occhi vide l'Argentina, l'oceano che la bagnava e quella gobba in alto a destra che la faceva somigliare a un cavalluccio marino.

158.

Il 21 aprile 1930, mentre in paese si celebrava il Natale di Roma, l'ingegner Galimbelli passò le consegne al collega Gaetano Chiutturino. Se la cavò rapidamente poiché il Chiutturino, assai presuntuoso, esordì dicendo che era già al corrente delle mansioni che spettavano a un direttore, avendo letto gli appositi manuali.

«Ah be'», rispose il Galimbelli, «se avete letto gli appositi manuali...»

Così, dopo avergli presentato i capi reparto e averlo accompagnato nell'ufficio che da quel momento sarebbe stato il suo, salì per l'ultima volta nell'appartamento che aveva occupato per anni e ne uscì con una valigia sola in mano e soddisfatto. Aveva scrupolosamente tenuta segreta la data del cambio della guardia, per evitare cerimonie, discorsi, possibili lacrime. Cui non scampò invece quando fu in stazione, poiché al Musante tutte le partenze, e in particolare quelle senza ritorno come quella del Galimbelli, come testimoniava la valigia che teneva in mano, davano un'emozione particolare: e a quel punto scoppiava in lacrime.

Considerata la dignità del personaggio, cercò di trattenersi e si limitò a comunicare che anche lui, di lì a pochi giorni, avrebbe salutato il lago definitivamente: il 30 aprile avrebbe rivestito il ruolo di semplice viaggiatore e sarebbe salito su uno di quei treni che per tanti anni aveva comandato per raggiungere Agrigento, la sua nuova sede.

«Ci rivedremo mai?» chiese tendendo una mano al Galimbelli.

«Non credo proprio», rispose l'ingegnere. «In ogni caso, buona fortuna!»

159.

Il 30 aprile, mentre il capostazione Amedeo Musante, insalutato viaggiatore, saliva sul treno delle dieci diretto a Milano e poi da lì verso la lontanissima Sicilia, lo studio del notaio Anfuso si stava riempiendo di ospiti.

Primo fra tutti, il Redonati. Da una settimana il podestà aveva riabbracciato, si fa per dire, il figlio Andrea: scagionato dalle accuse di traffico di ossa umane, poiché contro di lui non si erano trovate prove a sufficienza e la bugia secondo la quale aveva afferrato erroneamente una valigia d'altri aveva tenuto botta, il giovanotto era stato restituito alla famiglia e agli studi. I quali però s'erano dimostrati in grave ritardo rispetto a quanto lo stesso Redonati junior aveva dichiarato nell'arco di quattro anni: al saldo, il giovanotto non aveva dato che tre striminziti esami, mentre degli altri non ricordava nemmeno il titolo dei libri di testo. Una volta appresa la verità, il padre-podestà aveva deciso di rinchiuderlo in casa, proibendogli ogni uscita fino a che non avesse deciso del suo futuro.

A seguire nell'ufficio del notaio giunsero il Pasta e l'Eumeo Pennati: il primo con un sorriso smagliante stampato in faccia, poiché era certo che dal testamento del Cervelletti la sua sezione avrebbe avuto di che leccarsi i baffi; il secondo con un viso improntato a un'esagerata serietà perché, pur essendo convinto che il Cervelletti avrebbe beneficato il Partito, non voleva dare soddisfazione all'Aurelio. Per ultimo, trafelato, arrivò don Ascani, che chiuse il cerchio dei convocati e diede modo al notaio di procedere.

Non avendo figli o nipoti, il Cervelletti non poteva che lasciare i suoi averi ad altri, e così fece. Per cominciare, il negozio di ferramenta che la sua famiglia gestiva sin dal 1756: dispose che venisse messo all'asta, il ricavato doveva andare per l'otto per cento alla Società dei Pescatori, della quale era sempre stato affiliato, mentre il restante, tranne un due per cento, doveva essere diviso per metà tra la parrocchia e le casse del Partito.

A quel passaggio il Pasta diede di gomito all'Eumeo.

«Bel colpo», mormorò a bassa voce. Non tanto, però, visto che l'Anfuso, sollevando gli occhi dalle carte, richiese il silenzio poiché le volontà testamentarie del defunto Cervelletti non erano ancora completamente dichiarate. Si trattava di definire la destinazione di quel due per cento, percentuale minima, una somma quasi inconsistente, ma fondamentale. Infatti ogni lascito, come aveva scritto di suo pugno il Cervelletti e in sua presenza, affermò il notaio, poteva essere riscosso dai beneficiari solo dopo che la deputazione amministrativa bellanese avesse fatto murare nell'atrio del palazzo municipale una lapide alla memoria dell'antifascista Giacomo Matteotti, sulla quale dovevano figurare a chiare lettere le diciture: «EROE DELLA LIBERTÀ» e «MARTIRE DEL LIBERO PENSIERO». A quello serviva il due per cento: il marmista che si fosse incaricato di eseguire la lapide avrebbe potuto riscuoterlo immediatamente.

Quando l'Anfuso finì di leggere il testamento, levò lo sguardo sui presenti.

«È tutto chiaro?» chiese.

«Chiarissimo», rispose don Ascani, e fu l'unico a parlare.

Parlò anche l'Eumeo, ma dopo, quando furono fuori, all'aria aperta.

«Un altro che ti ha inculato», ghignò rivolto al Pasta.

160.

«Maria – o forse Mario? – Magoni, fervente fascista.»

Così, in calce, era firmata la lettera che il Federale di Como aveva appena terminato di leggere. Conteneva precisi elementi, se non di accusa, di dileggio nei confronti del bellanese segretario di sezione Aurelio Pasta, il quale nell'arco di pochi mesi aveva dapprima concesso la propria incondizionata protezione a un individuo di dubbia reputazione, chiudendo un occhio, anzi due, sul suo stato di nullafacente e addirittura inserendolo nella locale squadra di calcio, che si batteva in nome e per conto del Partito; a seguire sempre lo stesso Pasta aveva imposto funerali solenni, con tanto di picchetto d'onore, inni e discorso celebrativo, per un defunto che nella volontà testamentaria aveva lasciato scritto di esigere che nel palazzo municipale venisse murata una lapide alla memoria di Giacomo Matteotti.

«Che segretario è mai costui?» aveva chiesto infine Maria, o Mario, Magoni.

Pure il Federale di Como se lo chiedeva. Non gli interessava sapere di che sesso fosse il – o la? – fervente fascista che gli aveva scritto. Voleva piuttosto sapere se le informazioni contenute nella lettera corrispondessero a verità e si permetteva di esporre la questione al podestà Redonati poiché, com'era sin troppo facile comprendere, non poteva certo rivolgersi direttamente al Pasta.

Il Redonati risolse per primo il dubbio sul sesso: femminile. A scrivere la lettera era stata la Maria Magoni in

Pennati, moglie di Eumeo. Che probabilmente, ma non era compito suo stabilirlo, aveva scritto quella lettera sotto dettatura. Quindi, poiché al Federale non importava scoprire l'identità della (dello) scrivente, si limitò a rispondere alle domande.

Sì, ciò di cui il Federale era stato informato rispondeva alla verità. Si poteva dire che nell'arco di quei quattro mesi Aurelio Pasta aveva commesso alcune leggerezze tali da mettere in imbarazzo il Partito.

«Mi astengo comunque da qualunque giudizio», aveva concluso, «non ritenendomene investito e lasciando a Voi la competenza del caso.»

161.

D'ufficio. Destituito.

Così, che cazzo! Senza nessuna spiegazione.

Per telegramma.

```
PREGASI PRENDERE ATTO VOSTRA SOSPENSIONE EFFETTO
IMMEDIATO STOP
ATTENERSI IMMEDIATAMENTE ORDINI STOP
PASSARE CONSEGNE CAMERATA EUMEO PENNATI STOP
SALUTI FASCISTI STOP
```

Era la mattina del 14 maggio quando al Pasta venne consegnato il telegramma che sanciva la fine della sua carriera di segretario. Controvoglia, ma in obbedienza all'ordine del Federale, quella stessa sera si recò in sezione per il passaggio di consegne, di fronte alla maggior parte degli iscritti che il neosegretario aveva provveduto a convocare uno per uno.

Il Pennati sprizzava soddisfazione da ogni poro, aveva finalmente raggiunto l'obiettivo che inseguiva da tempo. Era felice, e si sentiva particolarmente generoso. Tanto che, prima di affrontare l'assemblea, prese da parte l'Aurelio.

«È inutile che davanti a tutti stiamo a scendere nei particolari, creeremmo solo pettegolezzi.»

«Vorresti dire?» chiese l'Aurelio.

«Voglio dire che potresti dichiarare che hai deciso di dimetterti per problemi di lavoro e morta lì!» spiegò l'Eumeo.

«Ma di che cazzo di lavoro parli, se fino a oggi non mi sono occupato che del Partito?» ribatté l'Aurelio.

«Be', adesso però un lavoro ti tocca trovarlo, o no?»

«Vuoi anche dirmi dove? E quale?» chiese ironico l'Aurelio.

Il Pennati non colse: «Non sei ragioniere?» chiese.

«E allora?»

«Trovati un lavoro da ragioniere», concluse l'Eumeo.

Alla sola idea all'Aurelio venne la pelle d'oca: seduto dietro a una scrivania, a far di conto tutto il giorno, a riempire colonnine di numeri, a controllare farfallette, l'avere e il dare...

«Che c'è di male?» insisté il Pennati. «La causa si serve in mille modi!»

Il Pasta lo guardò storto e si trattenne a fatica dal dirgli che la causa se la poteva infilare in quel posto.

«Vedrai che prima o poi qualcuno incula anche te», disse velenoso.

Ma l'Eumeo sorrise sicuro: «No, mio caro. A me non mi incula nessuno».

EPILOGO

Sedici anni dopo questi mesi convulsi, la mattina del 24 aprile 1946, nasceva il terzo figlio del matrimonio tra Otello Personnini e Maddalena d'Elia. Femmina, dopo due maschi, per la felicità della mamma che l'aveva tanto desiderata, del papà che era contento per la gioia di sua moglie, e dell'Emilia Personnini che era ormai diventata parte integrante della famiglia.

Dopo le dimissioni da segretaria del Galimbelli, l'Emilia non aveva più cercato lavoro. Quando, agli inizi del 1931, l'Otello le aveva comunicato che a primavera avrebbe sposato la Maddalena, aveva risposto con un sospiro: «Quindi io resterò sola...».

L'Otello aveva cercato di farla ragionare: se si fosse decisa a trovarsi un altro lavoro, magari avrebbe avuto anche l'opportunità di trovarsi una compagnia, un marito. Ma l'Emilia era stata irremovibile: si sentiva vecchia per affrontare un nuovo lavoro e assolutamente inadatta al matrimonio. Di lasciarla lì e trasferirsi nell'altra casa, come da disposizioni del testamento paterno, l'Otello non se l'era sentita. Ne aveva parlato con la Maddalena.

«Se ce la tenessimo in casa, almeno per un po'?» le aveva detto. «Poi magari, chissà, con il passare del tempo...»

La Maddalena non aveva avuto niente in contrario. Anzi, aveva avuto di che essere contenta perché, dopo la nascita del primo figlio, l'Emilia aveva dimostrato di essere un aiuto formidabile: con il bambino soprattutto, perché quando frignava bastava metterglielo in braccio e lei, sussurrandogli misteriose storie che parlavano di un paese lontano chiamato Argentina, di praterie immense sulle quali il sole non tramontava mai, di cavalli selvaggi domati da valorosi gauchos, lo riduceva a una calma esemplare. Il metodo aveva funzionato pure con il secondogenito, mentre il primo, già grandicello, non si addormentava mai se prima non ascoltava dalla bocca della zia Emilia un'altra storia sull'Argentina.

Dove andasse a prenderle, per l'Otello restava un mistero. E l'aveva sfiorato il pensiero che con l'andare del tempo sua sorella avrebbe potuto ereditare il posto che tra i bellanesi aveva l'Idina Cecchini, alla quale nessuno dava retta anche quando diceva cose sensate. Tuttavia, visto l'equilibrio e l'armonia che s'erano creati nella casa, pregava il cielo che niente li alterasse. Infine, a sei anni dalla nascita del secondo maschio, era arrivata la femminuccia.

«Se sei d'accordo la chiamerei Emilia», disse l'Otello alla moglie la sera del 24 aprile.

«Certo», approvò la Maddalena. Era il minimo, per ringraziare la Personnini di ciò che faceva per loro, e non solo con i bambini ma anche aiutando in casa.

«Bene», approvò l'Otello. «Adesso riposa.»

L'indomani sarebbe stata giornata di traffico, in quella casa: approfittando del giorno di festa, amici e semplici curiosi avrebbero voluto tutti vedere la neonata.

Il cotonificio invece non si fermava mai, giorno e notte, festa o non festa. I turni si succedevano uno dopo l'altro, da mezzanotte alle sei, dalle sei a mezzogiorno, da mezzogiorno alle diciotto, dalle diciotto a mezzanotte e via da capo!

Alle sei e dieci circa della mattina del 25 aprile, Aurelio Pasta uscì, operaio tra gli operai, dal cancello del cotonificio. Ci lavorava ormai da quattordici anni: esattamente da quando, nonostante l'informale promessa del direttore della banca del Piccolo Credito Lecchese di tenerlo in cima alla lista degli «assumibili», come l'aveva definita, s'era visto trombare da Andrea Redonati il posto di un cassiere che era andato in pensione. Era la primavera del 1931 e il direttore, un brav'uomo, aveva tenuto a scusarsi dicendo che il nome del Redonati junior gli era stato imposto dall'alto e che non aveva potuto farci niente, se non ubbidire.

Dopo un paio di mesi passati a collezionare promesse da marinaio, il Pasta s'era deciso a fare domanda di assunzione al cotonificio e aveva ottenuto il posto grazie all'intermediazione di don Ascani.

Quattordici anni con la prospettiva, che si era andata sempre più allontanando, di diventare caporeparto.

Quando la mattina di quel 25 aprile uscì dal cotonificio, era ancora e sempre un operaio semplice, incazzato oltretutto come una biscia: sapeva che quella sarebbe stata una giornata particolare.

«Ci vediamo in municipio, dopo», gli disse un compagno di linea a mo' di saluto.

«Vacci te!» rispose l'Aurelio senza nemmeno guardarlo.

«Non vieni?»

«No», ribadì l'Aurelio.

«Ma perché?» chiese ancora quello.

Voleva proprio saperlo, perché non sarebbe andato ad assistere all'inaugurazione della lapide in onore di Giacomo Matteotti che finalmente l'amministrazione bellanese, secondo le volontà del Cervelletti, aveva murato nell'atrio del palazzo comunale?

L'Aurelio s'era fermato perché la rabbia che gli stava covando dentro da sedici anni ormai ricominciava a montare.

«Se non me lo vuoi dire...» borbottò l'altro.

«Te lo dico, te lo dico.»

Non ci andava, perché non aveva nessuna, proprio nessuna voglia di vedere in prima fila, in mezzo alle autorità cui sicuramente avrebbe stretto le mani... Non aveva nessuna voglia, ribadì, di vedere quella faccia di merda dell'Eumeo Pennati con tanto di fazzoletto rosso stretto al collo, a salutare la lapide in memoria di Giacomo Matteotti.

E nemmeno di sentire per l'ennesima volta la frase che gli aveva detto tanti anni prima, quando gli aveva ciulato il posto di segretario: che a lui, all'Eumeo Pennati, non lo inculava nessuno.

Andrea Vitali

ALMENO IL CAPPELLO

Ad accogliere i viaggiatori che d'estate sbarcano sul molo di Bellano dal traghetto *Savoia*, c'è solo la scalcagnata fanfara guidata dal maestro Vergottini, prima cornetta e direttore. Un organico di otto elementi che fa sfigurare l'intero paese, anche se nel gruppetto svetta il virtuoso del bombardino, Lindo Nasazzi, fresco vedovo alle prese con la giovane e robusta seconda moglie Noemi. Per dare alla città un Corpo Musicale degno di questo nome ci vuole un uomo di polso, che riesca a mettere d'accordo il podestà, il segretario comunale, il segretario della locale sezione del partito, il parroco e tutti i notabili della zona. Un insieme di imprevedibili circostanze può forse portare verso Bellano il ragionier Onorato Geminazzi, che vive sull'altra sponda del lago, a Menaggio, con la consorte Estenuata e la numerosa prole.

Andrea Vitali

LA MAMMA DEL SOLE

La motonave *Nibbio* sta effettuando il suo ultimo viaggio. A Bellano sbarca un'anziana donna: sta cercando il vecchio parroco, don Carlo Gheratti. Attraversa a fatica il paese arso dalla canicola estiva, prima di scomparire nel nulla. Quando arriva la notizia che manca una delle ospiti del Pio Ospizio San Generoso di Gravedona, sulle due rive del lago i carabinieri iniziano a indagare.
Un secondo enigma segna l'estate del 1933. Dietro pressante richiesta del Partito e della Prefettura, i carabinieri devono raccogliere informazioni su una «celebre» concittadina, Velia Berilli, madre di quattordici figli, tra legittimi e illegittimi. Perché mai Velia Berilli è diventata così importante? Due misteri, insomma, cui si aggiunge un altro problema: in caserma si è rotto il vetro del bagno, e aggiustarlo non sarà semplice...

Andrea Vitali

LA MODISTA

Nella notte hanno tentato un furto in comune, ma la guardia Firmato Bicicli non ha visto nulla. Invece, quando al gruppetto dei curiosi accorsi davanti al municipio s'avvicina Anna Montani, il maresciallo Accadi la vede, eccome: un vestito di cotonina leggera e lì sotto pienezze e avvallamenti da far venire l'acquolina in bocca. Da quel giorno Bicicli avrà un solo pensiero: acciuffare i ladri che l'hanno messo in ridicolo e che continuano a colpire indisturbati. Anche il maresciallo Accadi, da poco comandante della locale stazione dei carabinieri, da quel momento ha un'idea fissa. Ma intorno alla bella modista e al suo segreto ronzano altri mosconi: per primo Romeo Gargassa, che ha fatto i soldi con il mercato nero durante la guerra e ora continua i suoi loschi traffici; e anche il giovane Eugenio Pochezza, erede della benestante signora Eutrice nonché corrispondente locale della «Provincia».

Finito di stampare nel mese di gennaio 2011
da Grafica Veneta s.p.a., Trebaseleghe (PD)